Ildikó von Kürthy

ENDLICH!

Ildikó von Kürthy

ENDLICH!

Roman

Mit Illustrationen von
Tomek Sadurski

Wunderlich

3. Auflage November 2010

Layout Angelika Weinert
Lithographie Cleeves Reprotechnik, Hamburg
Satz aus der Documenta PostScript, InDesign CS3
Gesamtherstellung CPI – Clausen & Bosse, Leck
Printed in Germany
ISBN 978 3 8052 0898 7

«Du musst dein Leben verändern –
sonst verändert es dich.»

«Eine Frau weicht nur zurück,
um besser Anlauf nehmen zu können.»

Zsa Zsa Gábor

Der Tag tut so, als sei nichts. Fängt ganz normal an, geht ganz normal weiter. So wie das Tage tun, normalerweise. In meinem Leben zumindest. Es ist zehn nach acht und ein Dienstag. Ein Dienstag im Februar. Also der unattraktivste Tag der Woche im unattraktivsten Monat des Jahres. Ich wette, es gibt eine Statistik, die beweist, dass überproportional wenig interessante oder gar die Welt verändernde Ereignisse an Dienstagen stattfinden.

Jetzt mal abgesehen von den Jahren, als dienstags um Viertel vor zehn «Dallas» lief. Das war die Glanzzeit dieses öden Tages, immerhin dreizehn Jahre lang, ganzheitlich betrachtet jedoch nur ein sekundenschnell verglimmender Funke im Feuerwerk der Weltgeschichte. Nur ein winziger Hauch Würde, eine kleine Prise Glamour für den Dienstag, ehe er wieder zu dem wurde, was er immer war und immer sein wird: die Grauzone der Woche.

Insofern war es klar, dass ich völlig arglos und nicht ansatzweise vorbereitet war auf das, was passieren würde.

Nun ist es aber nicht so, als würde ich ständig damit rechnen, dass sich mein Leben verändert. An einem Dienstag im Februar schon mal sowieso nicht.

Ich sitze vorm Fernseher, erwarte nichts und esse ein Schinkengraubrot mit Halbfettmargarine und frisch geschnittenen Gurken- und Tomatenscheiben, gewürzt mit salzlosem Hefegranulat. Dazu trinke ich grünen Tee. Nicht wegen des Geschmacks. Wegen der Gesundheit.

Ich bin nämlich seit neuestem in einem Alter, wo man sich auf Partys erregter über Schwermetallvorkommen in importiertem Seefisch unterhält als über die gestrige Gewinnfrage bei «Germany's Next Topmodel»:

Was fällt die Jury nach der Sendung?

a) einen Baum

b) eine Entscheidung

Die Adressen empfehlenswerter Orthopäden werden höher gehandelt als die von angesagten Szene-Treffs, und in meinem Freundeskreis gibt es bald kaum noch einen ohne Knieprobleme, «was am Rücken» oder irgendeinen verschlissenen Knorpel irgendwo im alternden Körper.

Und wenn du nicht Pilates, Yogalates, Qigong, Tai-Chi oder sonst was machst, was wie eine fernöstliche Bezeichnung für «Hähnchen süßsauer» klingt, bist du ein Exot unter deinesgleichen.

Ich bin vierzig.

Und das kommt mir echt noch nicht leicht über die Lippen. Es klingt holperig, so gar nicht nach mir. So, als hätte ich plötzlich einen neuen Vornamen bekommen, an den ich mich erst mühsam gewöhnen müsste.

Vera Hagedorn, vierzig, freiberufliche Texterin, wohnhaft in Stade, Niedersachsen und seit acht Jahren verheiratet.

Meine Güte, das bin ich! Eine erwachsene Frau!

Da kannst du dir nicht mehr vormachen, dass noch alles vor dir liegt, dass du zum «Nachwuchs» gehörst, zur «werberelevanten Zielgruppe», zu den «jüngeren Leuten», die joggen gehen, ohne sich vorher fünfzehn Minuten lang aufzuwärmen. Die auf Stretching und cholesterinbewusste Ernährung scheißen und auf Partys stundenlang im Schneidersitz auf dem Boden hocken und sich dann sogar ohne Hilfe wieder erheben können, ohne ihre schmerzenden Sitzbeinhöcker und steifen Knie noch Tage später zu spüren.

Halbzeit. Holy shit! Wenn du jetzt noch kein Tor geschossen hast, kann es sein, dass du als Verlierer vom Platz gehst. Auch ein Unentschieden wäre nicht schön. Und wenn du dir das, was du dir zum Vierzigsten wünschst, nicht selber kaufen kannst, ist auch was falschgelaufen.

Vera Hagedorn ist erwachsen, seit genau zehn Tagen. Und ich habe mich immer noch nicht von dem Schock erholt.

Während der Party zu meinem zwanzigsten Geburtstag musste ein Gast mit einer Alkoholvergiftung ins Krankenhaus gebracht werden, drei Paare trennten sich vor Mitternacht, wobei zwei davon noch am selben Abend neue Partner fanden.

Bei meinem Dreißigsten kotzte immerhin noch einer ins Klo, und ich fand Spermaflecken unbestimmbarer Herkunft auf meinem Lesesessel.

Bei dem Essen an meinem Vierzigsten ist nicht mal ein Glas zu Bruch gegangen. Und auch die Geschenke waren gesittet, jugendfrei und meinem Alter angemessen: mehrere Gutscheine für Anti-Aging-Behandlungen im führenden Stader Kosmetikinstitut, ein Trüffelhobel aus Zedernholz, ein Käsemesser-Set, zwei Flaschen Jahrgangschampagner und eine Augenmaske von Shiseido.

Von meinem Mann hatte ich ein Weinseminar in Hamburg bekommen, das wir mit zwei befreundeten Paaren besuchten. «Ein befreundetes Paar»: auch so ein Ausdruck für erwachsene Leute.

Es war bezeichnend, dass ich während der Verkostung immer wieder unangenehm auffiel, weil mir stets die Weine am besten schmeckten, bei denen es sich laut unserer strengen Seminarleiterin um «sehr laute und aufdringliche Tropfen» handelte, «die eigentlich nur da sind, sich möglichst schnell abzuschießen».

Die Faszination großer, edler Weine erschloss sich mir nicht. Als die Seminarleiterin einen besonders hochwertigen Merlot mit der Bemerkung ankündigte, dies sei ein sehr komplexer und schwieriger Tropfen, zischelte ich Marcus zu, dass ich genug eigene Probleme hätte und mir nicht noch einen Wein ins Haus holen möchte, der zusätzliche Schwierigkeiten macht.

Wir verließen das Seminar, ohne neue Freunde gefunden zu haben.

Ich habe seit meiner Geburt großes Pech mit meinem Geburtstag. Weil er im Januar ist. Die Leute rücken dann nur ungern Geschenke raus, weil sie heilfroh sind, dass Weihnachten vorbei ist.

Früher halbierten meine Eltern den Wunschzettel, den ich an den Weihnachtsmann geschrieben hatte, und schenkten mir einfach den Rest zum Geburtstag. Das habe ich immer als große Ungerechtigkeit empfunden, besonders im Hinblick auf meinen älteren Bruder, der im Juli geboren ist und draußen feiern konnte, während ich mit meinen Gästen zu oft in der «Spielstadt XXL» landete, wo die halben Hähnchen nach sehr lange gekautem Kaugummi schmeckten und immer mindestens ein Kind zeitweise verloren ging.

Im Laufe der Jahre veränderten sich die Probleme, die ein Geburtstag im Januar mit sich bringt. Heute leiden die meisten der Eingeladenen wahlweise unter ihren guten Neujahrsvorsätzen oder unter den Sünden, die sie während der Feiertage begangen haben.

Eine typische Geburtstagsgesellschaft im Januar setzt sich wie folgt zusammen: Die eine Hälfte der Gäste kommt nicht, weil sie sich auf einer Entgiftungskur oder beim Fastenwandern befindet. Von den restlichen acht Leuten sind mindestens acht unzufrieden mit dem Gewicht, das sich während der Festlichkeiten rund um ihre Problemzonen niedergelassen hat und diese nun noch problematischer gestaltet.

Drei verzichten seit Neujahr auf Kohlehydrate inklusive Alkohol, zwei davon brechen ihre Vorsätze beim Nachtisch und müssen um halb zehn beschämt und betrunken nach Hause getragen werden.

Der Rest entschlackt seinen Körper mit Heilfasten nach Buchinger oder macht eine Darmsanierung nach F. X. Mayr, hat sich stinkenden Tee in Thermoskannen mitgebracht und blockiert stundenlang die Toilette, weil das Abführmittel vom Morgen erst jetzt zu wirken beginnt.

Einmal hatte ich an so einem Abend aus einem «Brigitte»-Artikel zitiert: «Es gibt keine Schlacken im Körper – höchstens im Gehirn! Eine Fastenkur hilft nur gegen Bandwürmer. Die hauen dann ab und sehen zu, dass sie woanders was zu fressen bekommen.»

Aber diese Bemerkung war der Stimmung nicht zuträglich gewesen. Denn der fastende Mensch ist in der Regel ein Mensch mit radikaler Gesinnung, ohne Humor und mit der festen Überzeugung, als einziger auf dem rechten Weg zu sein.

Diese Einstellung ändert sich selbstverständlich mit Beendigung der Kur. Sobald das erste Glas Wein getrunken und die erste Tüte Mini-Bounty «jetzt mit zwanzig Prozent mehr Inhalt» verzehrt ist, wird auch aus dem schärfsten Entschlackungs-Terroristen wieder ein Mensch wie du und ich.

Ich weiß das, denn es ist ja auch nicht so, als würde ich nicht selbst ab und zu die ersten Wochen eines neuen Jahres mit dem radikalen Abbau der Altlasten des vergangenen Jahres beginnen. Eine Phase, der mein Mann skeptisch gegenübersteht, weil sie von meiner Seite aus immer mit sehr schlechter Laune einhergeht und aufrichtig empfundenem Hass dafür, dass er seit dreißig Jahren dieselbe Hosengröße trägt.

Von der sagenumwobenen Fasteneuphorie habe ich bisher noch nichts gespürt. Außerdem hat mein Mann mal versehentlich mit meinem Abführsalz sein Putengeschnetzeltes gewürzt.

Und das ist echt nur im Nachhinein lustig.

«Möchtest du noch Tee?», fragt Marcus an diesem Dienstag im Februar. Wir essen Brote und gucken die «Tagesschau» und denken uns nichts.

Als das Telefon klingelt, schauen wir uns gegenseitig vorwurfsvoll an.

Niemand, der uns kennt, ruft um zehn nach acht an einem Wochentag bei uns an. Denn jeder, der uns kennt, weiß: Da essen wir Brote und gucken die «Tagesschau». Und abgesehen davon tut jeder, den wir kennen, um diese Zeit genau dasselbe.

«Wer kann das denn sein, um diese Zeit?», fragt Marcus, und sein Tonfall erinnert mich an den seiner Mutter.

O Mann, wir sind echt erwachsen geworden. Oder alt?

«Bestimmt dein Vater», sage ich.

«Ich wette, es ist Johanna», sagt er.

«Wenn es Johanna ist, dann ist es wenigstens was Wichtiges», sage ich.

«Klar, in Johannas Leben ist ja immer alles wichtig», sagt er.

«Ich geh ran.»

Ich schiebe langsam meinen Stuhl zurück, lege meine Serviette zusammen, werfe erst Marcus und dann Marc Bator einen strafenden Blick zu und beeile mich dann doch, so schnell wie möglich ans Telefon zu kommen. Der Anrufbeantworter ist schon angesprungen, und Johannas Stimme, die niemals und unter keinen Umständen leise ist, dröhnt bereits durchs Mauerwerk.

«Ich weiß, es ist die allerheiligste ‹Tagesschau›-Zeit, aber tu mir einen Gefallen, Taube, leg dein Schinkengraubrot zur Seite und schieb deinen Hintern zum Telefon. Ich hoffe doch, ihr habt immer noch diesen unsäglichen Anrufbeantworter, bei dem alle mithören können? Guten Abend, Marcus, verzeih bitte die Störung, aber …»

«Schon gut, schon gut, ich bin dran.»

«Taube, ich muss unbedingt mit dir sprechen!»

«Na, da wäre ich jetzt von alleine nie draufgekommen.»

«Setz dich hin, es ist was Ernstes. Und niemand, absolut niemand darf davon erfahren!»

Ich lasse mich auf den Sessel im Arbeitszimmer fallen und schubse die Tür mit dem Fuß zu. Das klingt nach einem neuen, spannenden, vielleicht auch tragischen Geheimnis. Ich kenne Johannas Geheimnisse, und sie kennt meine. Nein, das ist nicht korrekt formuliert: Ich kenne Johannas Geheimnisse, und sie würde meine kennen, wenn ich welche hätte.

Als Johanna und ich Freundinnen wurden, bin ich zu einer ernstzunehmenden Vertrauensperson geworden, das ehrt mich und wertet mein eigenes geheimnisloses Leben deutlich auf. Es gibt jetzt tatsächlich einige Dinge, die ich auf keinen Fall verraten darf und werde. Wichtige, existenzielle Dinge, die man sonst nur aus Büchern kennt, die häufig tragisch ausgehen.

Nein, hier geht es nicht um die sogenannten Geheimnisse von blöden Tussen, die sich wispernd über ihre Weinschorlen hinweg gestehen, dass sie sich die Bikinizone im «Brazilian Style» haben waxen lassen und dass der angeblich so günstig geschossene Stella-McCartney-Blazer in Wahrheit kein Sonderangebot war.

Johannas Geheimnisse sind groß und atemberaubend und bei mir so sicher aufgehoben wie die Büste der Nofretete im ... na ja, wo auch immer die steht.

Es ist nicht so, als hätte ich nicht ganz gerne auch ein paar eigene Geheimnisse. Schließlich bin ich vierzig. Da wird es eigentlich höchste Zeit, dass man im Keller ein paar Leichen verscharrt hat. Aber mein Keller ist leer, und mein Herz ist rein. Leider. Es hat keine moralischen oder ethischen oder religiösen Gründe, dass ich nichts verberge und immer alles erzähle. Es gab bloß in meinem Leben bisher nichts, was sich zu verbergen gelohnt hätte. Warum lügen, wenn schon die Wahrheit niemanden interessiert?

Es ist nun andererseits auch nicht so, als würde ich ständig die Wahrheit sagen. Gott bewahre! Ich habe gelesen, dass jeder Mensch im Schnitt zweihundertmal am Tag lügt. Und ich würde sagen, dass ich da im vorderen Drittel locker mit dabei bin. Das liegt aber auch an meinen Lebensumständen. Wenn du in einer Kleinstadt lebst, wo jeder jeden kennt und jeder dich ganz besonders kennt, weil du mit dem Sohn des Inhabers des größten ortsansässigen Bäder- und Küchenstudios verheiratet bist, dann tust du gut daran, so unehrlich wie möglich zu sein.

Nicht auszudenken wäre das Chaos, das ich anrichten, und der Unfrieden, den ich stiften würde, würde ich die Wahrheit sagen bei den Fragen «Wie geht es Ihnen?», «Was macht das Geschäft?» und «Wie gefällt Ihnen die neue Ausstellung Ihrer Schwiegermutter? Finden Sie nicht auch, dass sie eine ganz außergewöhnliche Begabung hat?».

«Danke, es geht mir mäßig, denn ich habe nur noch einmal im Monat Sex mit meinem Mann, was schon schlimm genug ist, aber ich denke währenddessen immer öfter an Henning Baum, und das beunruhigt mich wirklich sehr. Der Laden läuft nicht so gut, wie er laufen könnte, wenn sich der schwerhörige, tyrannische Seniorchef nicht starrsinnig weigern würde, sich endlich aus seinem Büro mit Panoramablick auf die Schnellstraße nach Hamburg und aus dem Tagesgeschäft zurückzuziehen. Und, ja, ich finde auch, dass meine Schwiegermutter eine außergewöhnliche Begabung hat – eine außergewöhnlich schlechte! Ihre Töpferarbeiten, mit denen sie die Stader Gemeindehäuser, Kindergärten und Altenheime verschandelt, sind das Grauenvollste, was ich gesehen habe, seit ich im Alter von drei Jahren versucht habe, mit Knete meinen Bruder zu modellieren.»

Das sage ich nicht.

Ich bin eine Meisterin der Verstellung, des höflichen Nickens und des nichtssagenden Lächelns geworden.

Johannas Leben ist ganz anders als meines. Unberechenbar und oftmals dramatisch. Irgendwas passiert ihr immer. Mir passiert eigentlich immer nie was. Ich bin noch nie am Flughafen vom Zoll kontrolliert worden. Ich bin nie in einem Aufzug steckengeblieben und habe noch nicht einmal einen Probealarm miterlebt, geschweige denn einen echten.

Das Dramatischste, was mir in den letzten Jahren widerfahren ist, war, dass sich mein Friseur um zwei Nuancen in der Farbe vertan hat und dass mir meine saublöde Schwägerin Michaela den Umgang mit ihrer Tochter, meinem Patenkind, verboten hat.

Ich würde einen schlechten Einfluss auf das Kind ausüben, meinte sie. Und das hatte ich irgendwie als Kompliment empfunden. Das klang so verrucht und spelunkig, als hätte ich versucht, das Mädchen auf eine Drogenparty mit anschließender Sexorgie zu verschleppen. Dabei hatte ich Fee, die elf ist und aussieht wie ein schwangeres Rhinozeros, bloß gefragt, ob sie den dritten Nachtisch nicht einfach mal weglassen wolle.

Fee schrie, ich sei gemein, Michaela schrie, sie werde sich von einer kinderlosen Frau nicht in ihre Erziehung reinquatschen lassen, mein Bruder Claus schrie, ich solle mich in Zukunft gefälligst raushalten, und ich schrie, ich sei es leid zuzuschauen, wie in dieser kaputten Familie die Kinder gemästet würden, als könne man mit Zucker den Mangel an Nestwärme ersetzen, und wenn ich noch einmal den lächerlichen Satz «Das ist doch nur Babyspeck» hören würde, würde ich das Jugendamt einschalten.

Dann verließ ich tobend und zeternd die Runde. Und ich war tatsächlich ein bisschen stolz, die Scheinheiligkeit dieser Albtraumfamilie einmal durchbrochen und endlich die

Wahrheit gesagt zu haben. Eine ungewohnte Erfahrung für mich.

Der kleine Claus, der vierzehnjährige Sohn meines Bruders, stand grinsend an der Tür, einen Schokoriegel in seinen fetten Fingern, und schaute mir nach. Zu Hause sagte Marcus: «Gräm dich nicht, Vera, das sind eben einfache Leute.»

Das fand ich nur leidlich tröstlich und eigentlich auch wieder eine Unverschämtheit. Meine Familie findet Marcus zu schlicht, und meine Freundin findet er zu dramatisch.

«Die Johanna zieht das Pech doch magisch an», sagt er regelmäßig. Und seit ich ihm erzählt habe, dass meine andere Freundin Selma begonnen hat, ihren Mann mit dem Klavierlehrer ihrer Tochter zu betrügen, sieht Marcus meine Freundinnen in noch viel unvorteilhafterem Licht.

Er ist der Meinung, ich solle mich lieber von den beiden fernhalten. Als sei Drama und Ehebruch ansteckend wie Schweinegrippe. Tröpfcheninfektion, und – boing! – schlägt das Schicksal auch in deinem Leben zu.

Dabei bin ich zutiefst dankbar dafür, dass ich mich mit Selma nur noch bei uns zu Hause treffen kann – und das auch nur, wenn Marcus beim Squash ist. Endlich hat eine von uns mal was zu erzählen, wobei niemand mithören darf! Denn die Tische beim Griechen um die Ecke stehen einfach zu nah beieinander für Unterhaltungen über Untreue, Alibis und sexuelle Praktiken, die ich bis dahin nicht mal vom Hörensagen kannte.

Gespräche zwischen Selma und mir beginnen jetzt meist so, dass Selma, selbst bei uns zu Hause auf dem Sofa, ihre Stimme senkt und dann Sachen fragt wie: «Bist du schon mal mit ‹Mystical Sex Body-Lotion› eingeölt worden und hast danach Sex auf einem Latexlaken gehabt?»

In der Regel schüttele ich dann voll stummer Ehrfurcht und sich leise regendem Neid den Kopf, frage mich im Stillen, ob man Latexlaken wohl in die Waschmaschine tun kann, und schaue anschließend mal im Internet nach, wo dann steht, dass die «Mystical Sex Body-Lotion» für Abende bestimmt sei, «an denen Sie bestimmt keine Kopfschmerzen haben werden».

Marcus hat im Grunde nur Angst vor der Unruhe, die Selma und Johanna immer wieder in mein und damit auch in sein Leben bringen. Anrufe nach acht. Spontan einberufene Treffen zur gemeinsamen Verarbeitung von Kummer oder Glück. Telefonate, während derer ich die Tür schließe, und Wochenenden in Berlin, nach denen ich mit Klamotten nach Hause komme, die man in Stade nicht tragen kann, ohne als semiprofessionelle Prostituierte zu gelten.

Ich glaube, Marcus fürchtet den Einfluss meiner Freundinnen auf mich. Und vielleicht nicht ganz zu Unrecht. Denn es macht einen nervös, ja, es ist fast etwas peinlich, wenn sich andere Leute Sehnsüchte erfüllen, die man selbst nicht mal hat.

Marcus ist ein Mann der mittleren Temperaturen. Nicht zu heiß und nicht zu kalt. Das klingt nach lau? Ja, ich weiß. Aber ich weiß auch, dass sich zwischen den Extremen das eigentliche Leben abspielt. Zwischen Glück und Unglück. Zwischen Tief- und Höhepunkt. Zwischen erfrieren und verbrühen.

Es ist wie mit dem Thermostat an der Zentralheizung. Den stellst du ja auch auf neunzehn Grad durchschnittliche Raumtemperatur ein, weil es sich dabei am angenehmsten leben lässt.

Der Großteil des Lebens ist das, was meistens geschieht.

Das nennt man Alltag. Schinkengraubrot und «Tagesschau». Der Wecker klingelt immer zur gleichen Zeit. Morgens Elmex, abends Aronal. Dienstagabend Kundalini-Yoga und Samstagvormittag Großeinkauf bei Lidl.

Ja, mein Leben besteht zu fünfundachtzig Prozent aus Alltag. Wie bei achtundneunzig Prozent aller anderen Menschen auch. Trotzdem klingt «Alltag» immer irgendwie abfällig. Als müsse man ihn dringend vermeiden.

Ich hatte mal einen Freund, mit dem verstand ich mich nur in Ausnahmesituationen gut: im Urlaub, bei Wochenendausflügen, auf Partys, beim Versöhnungssex. Der Typ wurde gereizt, sobald sich auch nur die kleinste Alltäglichkeit in unsere Beziehung zu schleichen drohte. Mülleimer runterbringen? Betten neu beziehen? Altpapier entsorgen? So was machte ich, wenn er nicht da war, um ihm die Illusion zu vermitteln, das Leben würde auch ohne solche Banalitäten funktionieren.

Vor jedem Sex mussten Unmengen Kerzen entzündet und verschiedenartige Drogen ausprobiert werden. Gekocht wurde nur mit exotischen Gewürzen, von denen mir die Eingeweide explodierten, und ein Wochenende, an dem wir nichts vorhatten, gab es meiner Erinnerung nach nicht.

Ein halbes Jahr hielten wir diesen Marathon der Höhepunkte durch, dann war Schluss, und ich verbrachte ein komplettes Wochenende erschöpft im Bett in Gesellschaft von Tütensuppen und der aktuellen Staffel von «Boston Legal».

Mein Neunzehn-Grad-Leben hatte mich wieder – und ich war froh darum. Das wirkliche Leben findet nicht auf Latexlaken statt, und die «Mystical Sex Body-Lotion» ist auch nichts für jeden Tag. Spannbetttücher aus kochfester Baumwolle und «Nivea Beautiful Age – Reichhaltige Body-Lotion für reife Haut»: So ist das Leben.

Marcus ist Alltag. Mein Alltag. Gelungener, harmonischer Alltag. Er ist für den Müll zuständig, ich für die frische Bettwäsche. Außerdem verwaltet er die Ressorts «Glühbirnen auswechseln», «Steuern und Finanzen» sowie «Pastasoßen und asiatische Gerichte».

Ich zeichne verantwortlich für «Backwaren und Süßigkeiten», «Sozialkontakte außerhalb des Tennisclubs» und «Streit anzetteln».

Wir ergänzen uns perfekt, zanken uns praktisch nur, wenn ich meine Tage bekomme oder wir uns über Johanna oder Selma unterhalten.

Im Kino lege ich meinen Kopf an seine Schulter. Wenn er spät aus der Firma kommt, trinken wir als Erstes ein Glas Wein zusammen. Sonntags bringt er mir meinen verdauungsanregenden Zerealien-Joghurt ans Bett. Und wenn mir Marcus abends vor dem Einschlafen mit einer Hand den Nacken massiert – ganz früher nahm er dazu noch beide Hände, aber mittlerweile kann er ganz gut gleichzeitig lesen und massieren –, bin ich fast glücklich, also, um bei meinem Lieblingsbild mit dem Thermostat zu bleiben, bestimmt bei brodelnden dreiundzwanzig Grad.

Ob ich gerne Sex auf Latexlaken hätte? Unaussprechliche Geheimnisse? Unstillbare Sehnsüchte?

Ach nein, das muss nicht sein. Meine Sehnsüchte halten sich in Grenzen, und mir reicht es, mich mit interessanten Freundinnen zu umgeben, Dramen zu begleiten, statt sie zu erleben, und Geheimnisse zu bewahren statt zu haben. Ich habe keine großen Träume. Noch nicht mal nachts.

Wenn ich Abwechslung will, fahre ich nach Berlin. Ein

Ausflug in den Alltag von Johanna Zucker ist für mich ein Abenteuerurlaub.

«Was ist los?», frage ich also mit einer wohligen Aufgeregtheit, wie man sie an einem Dienstagabend im Februar so überhaupt nicht erwartet und umso mehr genießt.

«Taube, ich brauche deine Hilfe. Du musst kommen.»

Ich höre sofort, dass etwas nicht stimmt. Ihre Stimme ist leise, zumindest für ihre Verhältnisse, und eine Zehntelsekunde bevor das Schreckliche geschieht, weiß ich, dass jetzt gleich etwas Schreckliches geschehen wird.

Johanna sagt: «Ich muss operiert werden.»

Mir springt die nackte Angst mitten ins Gesicht, und es ergeht mir wie den Leuten, die sterben oder zumindest glauben, dass sie sterben: Zwischen zwei Wimpernschlägen rollt unsere komplette Freundschaft vor meinem inneren Auge ab, alles, was bisher geschehen ist und was womöglich keine Fortsetzung mehr erfährt.

Die ganzen fünf Jahre: Liebesglück, Hormonstress, der Tod, der viel zu schnell kam, dann das unglaubliche Wunder, bei dem ich direkt daneben stand. Und dazwischen immer wieder am Leben und an uns selbst zweifeln, fast verzweifeln, weinen, weiteratmen, durchatmen, lachen. Und alles begleitet von Hektolitern Riesling und jeder Menge Zigaretten.

Johanna und ich, wir rauchen nur, wenn wir betrunken sind. Und wir hatten in den letzten fünf Jahren viele Gründe, unser Glas zu heben.

Wir haben viel geweint und viel gefeiert.

«Das Geheimnis meiner guten Ehe?
Ich war immer verliebt –
selbstverständlich nicht in meinen Mann.»

Tante Helga

Als Johanna in mein Leben trat, tat sie das mit einer Wucht, die mich an das Auftauchen der Brachiosaurier in «Jurassic Park» erinnerte. Plötzlich war sie da, die Erde erzitterte, und das Chaos, das sie hinterließ, war unübersehbar und nachhaltig.

Ich saß in einem Wartezimmer und benutzte meine Zeitung wie einen Sichtschutz. Ich hatte mir am Bahnhof extra die «Zeit» gekauft – was ich sonst ja gar nicht so oft tue –, weil sie mir vom Format her für meine Zwecke am dienlichsten schien.

Hinter den großen, ehrwürdigen Seiten hoffte ich Schutz und Sicherheit und vielleicht sogar ein klitzekleines bisschen des Selbstbewusstseins wiederzufinden, das mir während der dreistündigen Zugfahrt abhandengekommen war. Von Stade nach Berlin, mit einmal Umsteigen.

Bereits kurz nach Hamburg hatte ich mich wie ein Häuflein Dreck gefühlt. Ich wusste genau, warum Marcus mich zu der Spezialpraxis nach Berlin geschickt hatte. Er hatte was von «international anerkannten Experten» gesagt – und das stimmte ja auch. Was er nur dachte, aber nicht sagte, war, dass mich in Berlin niemand erkennen würde. Ohne Aufsehen, ohne Gerüchte, ohne peinliche Nachfragen würde dort die ganze Sache über die Bühne gebracht werden. Denn auf so was wirst du ja nur sehr ungern im Lions Club, beim Tennisspielen oder während des Adventscafés der Kirchengemeinde angesprochen.

Ich ärgerte mich über Marcus, aber ganz besonders ärgerte ich mich darüber, dass ich ihn nicht aus Überzeugung beschimpfen konnte, weil ich nämlich ganz genauso dachte wie er. Ich schämte mich. Wir schämten uns. Aber das hatten wir uns nie eingestanden.

Ich saß also hinter der «Zeit» und wartete darauf, dass mein Name aufgerufen werden würde, als ich merkte, wie sich die Atmosphäre im Raum veränderte. Eine Frau mit einer sehr lauten und vollen Stimme sagte: «Guten Tag allerseits!»

Und das war schon mal der Gipfel.

In Wartezimmern, besonders in einem solchen, sagt man nicht laut «Guten Tag!». Das schickt sich nicht. Das gilt übrigens auch für Dampfbäder, U-Bahnen und Arbeitsämter. Da möchte man nicht offensiv begrüßt und dadurch aus der schützenden Anonymität herausgerissen werden. Kein Blickkontakt, kein Lächeln, kein Smalltalk. Wenn man den Diskretionsabstand schon räumlich nicht einhalten kann, dann wenigstens mental.

Ich zuckte zusammen, hielt meinen Blick konstant auf das «Zeit»-Feuilleton gerichtet und hasste die laute Frau auf der anderen Seite meiner Zeitung inbrünstig und auf der Stelle.

Der Sprechstundenhilfe schien es ähnlich zu gehen, denn ich hörte sie in einem selbst für Berliner Verhältnisse sehr mürrischen Ton fragen: «Wie ist denn bitte schön Ihr Name, und was wünschen Sie?»

«Johanna Zucker ist mein Name, und was glauben Sie denn, was ich wünsche? Bin ich hier in einem Gemischtwarenladen oder was? Ich will ein Kind! Sonst wäre ich ja wohl nicht hier.»

Ich saß wie versteinert hinter meiner dünnen Mauer aus Papier. Unter anderen Umständen hätte mir die Frau gefallen können. Laut, lustig, selbstbewusst. Alles, was ich nicht, zumindest aber viel zu selten bin.

In guten Momenten kann ich solche Frauen mit freundlichem Neid bewundern. So, wie ich Mutter Teresa für ihre Güte, Heidi Klum für ihre Disziplin und ihre Haare und jede Nobelpreisträgerin für ihre Intelligenz und ihre Fähigkeit bewundere, sich über Jahre hinweg auf eine einzige Sache zu konzentrieren.

Wie gesagt, das gelingt mir in guten Momenten. Aber das hier war definitiv kein guter Moment. Es war ein echter Scheißmoment, und in solchen bin ich nicht großzügig und interessiert an imposanten Vorbildern.

Nein, ich bin verbiestert, spießig, kleinbürgerlich und unsicher und kann es nicht ausstehen, wenn eine andere das nicht ist.

Da lobte ich mir doch die Dame rechts neben mir, die komplett in Grau gekommen war. Graue Kleidung, graues Schuhwerk, graue Haut. Die Frau hatte nicht ein einziges Mal aufgeschaut und die Hände so fest ineinander verschränkt, dass sie ihre Finger womöglich niemals würde entwirren können. Ein mustergültiges Verhalten für einen Ort wie diesen.

In diesem Moment wurde mein Name aufgerufen.

«Frau Hagedorn? Bitte folgen Sie mir.»

Ich schlich mit gesenktem Kopf hinter der Sprechstundenhilfe her und wagte einen Blick auf Johanna Zucker.

Leider sah ich sie nur von hinten, aber das reichte völlig, um meinem Hass auf sie neue Nahrung zu verschaffen: groß, schlank, kurze, hellblond gefärbte Haare.

Mir wurde sofort klar, dass es sich bei Johanna Zucker um eine Frau ohne akzeptable Figurprobleme handelte. Höchstwahrscheinlich hatte sie als junges Mädchen zu jenen gehört, denen die Mutter Sahne statt Milch über die Cornflakes gießt und die im Restaurant ermuntert werden, eine Extraportion Pommes zu bestellen.

Mir hingegen hatte man schon früh vom Nachtisch abgeraten und fettreduzierte Milchprodukte empfohlen. Ich konnte Kalorien zählen, bevor ich lernte, wie man Mitesser ausdrückt.

Meine Mutter hatte früh geahnt, dass ich ihren gemütlichen Stoffwechsel sowie ihren Hang zum engagierten Aufbau von Fettreserven geerbt hatte, und so war ich aufgewachsen in dem Bewusstsein, ständig von Kalorien bedroht zu sein.

Ich war nie dick, aber ich habe ständig Angst davor, es zu werden. Und ich kann mich Marlene Dietrich inhaltlich voll anschließen, die sagte: «Seit zwanzig Jahren stehe ich hungrig von jedem Tisch auf.»

Johanna Zuckers lange, schlanke Beine steckten wie zum Hohn in, dem Anlass völlig unangemessenen, hochhackigen Stiefeletten und einem skandalös kurzen Rock.

Also ehrlich, diese Person wusste wirklich nicht, was geschmackvolles Benehmen war.

Wo waren wir denn?

Bei «Bauer sucht Frau»?

Nein, wir befanden uns in Berlins renommiertestem Kinderwunschzentrum «Babyhope». Und ich finde, da sollte man lieber die Klappe halten, gedeckte Kleidung tragen und sich der Situation entsprechend zurückhalten.

Wir saßen hier doch alle im selben Boot mit der Aufschrift: «Kinderlos!»

Ein Haufen frustrierter Frauen, die sich nicht damit abfinden können, dass sie keinen Nachwuchs bekommen. Frauen, die der Natur ins Handwerk pfuschen wollen, um den Makel, die Leere, die Sehnsucht loszuwerden.

Kinderlos.

Meine Güte, wie ich diese Bezeichnung hasse!

«Kinderlos» klingt wie «freudlos», «wohnungslos», «arbeitslos» oder – für Frauen um die vierzig mit durchschnittlich ausgebildeter Oberarmmuskulatur ebenfalls ein Unding – «ärmellos».

Die letzte Silbe des Wortes signalisiert deutlich: Da fehlt was! Da gibt es einen schlimmen Mangel, der schnellstmöglich behoben werden muss. Und zwar nicht nur, um der eigenen Existenz Wert und Sinn zu verleihen, sondern auch, um Vater Staat durch verantwortungsvolles Reproduktionsverhalten einen zukünftigen Steuerzahler zu schenken.

Ich wünschte, ich könnte von mir behaupten, dass mir kein Kind zum Glück fehlt. Ich wünschte, ich wäre eine dieser Frauen, deren Leben schon ohne Kind so reich und erfüllt ist, dass sie sich lange und ernsthaft überlegen, ob sie sich den Nachwuchs-Stress wirklich antun wollen. Für die sind Kinder nicht der Sinn ihres Daseins oder das Sahnehäubchen auf dem Kakao. Die machen sich Sinn und Sahne selber und haben tatsächlich was aufzugeben.

Ich ja nicht. Ich habe keine aufsehenerregende Karriere, keine spektakuläre Führungsposition, kein zeitaufwendiges

Hobby, kein überbordendes Sexualleben und keine gutgepflegte, bretttharte Bauchmuskulatur.

Ich gebe es nur ungern zu: Ein Kind würde mich bei überhaupt nichts stören. Wie bereits erwähnt: neunzehn Grad Durchschnittstemperatur. Perfekt für die Kinderaufzucht. Ich bin sowieso am liebsten zu Hause, gehe gerne vor Mitternacht ins Bett, und die paar schlappen Werbeaufträge, die ich bekomme, könnte ich ohne Probleme während des Stillens, auf dem Spielplatz oder später unauffällig bei sich hinziehenden Elternabenden erledigen.

Ich fühle mich nicht komplett ohne Kind. Ich habe das schreckliche Gefühl, das Beste zu verpassen. Verdammt, in meinem Leben ist noch Platz! Und mein Schwiegervater, mein Bruder und seine Frau mit ihren fetten, hässlichen und schlechterzogenen Gören lassen auch keine Gelegenheit aus, mich auf meinen erbarmungswürdigen Zustand hinzuweisen.

Dabei würde ich mir die Eileiter lieber mit Beton zugießen lassen, als mit solchen Blagen leben und mir vormachen zu müssen, das sei die Erfüllung. Es ist nämlich nicht so, dass ich Kinder besonders mag. Man mag ja auch nicht automatisch alle Männer, bloß weil man gerne einen eigenen will.

Die meisten Kinder, die man so in freier Wildbahn zu sehen bekommt, sind nicht dazu angetan, den eigenen Vermehrungswunsch zu verstärken. Besonders in Freibädern hatte ich in den letzten Jahren immer heimlich, weil politisch unkorrekt, gehofft, aus zwei alarmierenden, weltweiten Phänomenen einen ganz persönlichen Nutzen ziehen zu können: Dank globaler Erwärmung und sinkender Geburtenraten hatte ich mit einem Bombensommer im weitgehend menschenleeren, zumindest aber kinderfreien Erlebnisbad Stade gerechnet.

Jedoch: Ich bin immer wieder enttäuscht worden. Das Wetter war meist durchwachsen, das Babybecken randvoll mit Urin sowie Babys, und vom Fünfer sprangen dicke Teenager, die beim Aufprall auf der Wasseroberfläche eine Detonation auslösten, wie man sie sonst nur aus Katastrophenfilmen kennt.

Ich lag auf meinem Badelaken und bemühte mich um Nachsicht und ein gleichmäßiges Bräunungsergebnis. Als sich ein schlechtgelaunter Säugling auf dem Nachbarhandtuch schwungvoll übergab und drei Halbwüchsige in meiner unmittelbaren Nähe eine Nacktschnecke zerteilten, wurde es mir zu bunt. Ich packte meine Sachen und murmelte vorwurfsvoll: «Ich dachte, die Deutschen sterben aus, aber hier merkt man leider nichts davon.»

Wie die meisten mir bekannten Frauen war auch ich davon ausgegangen, irgendwann Kinder zu haben. Irgendwann. Ich hatte es nicht eilig gehabt. Lange Zeit nicht. Dann wurden Marcus und ich ein Paar, und nach zwei Jahren machte er zwei vernünftig klingende Vorschläge. Wir sollten heiraten, und ich sollte die Pille absetzen.

Ich war sechsunddreißig, er drei Jahre älter.

«Höchste Zeit, sich zu vermehren», hatte Marcus' Vater dröhnend kundgetan. «In eurem Alter hatte ich schon einen Stammhalter gezeugt!»

Ein Jahr später begann ich, Buch zu führen über meine fruchtbaren Tage, was mir schon mal gar nicht liegt, da ich von Haus aus nicht so der durchorganisierte Filofax-Typ bin. Sechs Monate später ließ ich mich untersuchen. Keine Ursache zu finden. Und weitere sechs Monate später ging Marcus schließlich zu einem Arzt in Hamburg – die beiden niedergelassenen Urologen in Stade kannte er aus dem Tennisclub.

Als er zurückkam, erkannte ich am Klang seiner Schritte auf der Treppe, dass es auch nicht an ihm liegen konnte. Er nahm zwei Stufen auf einmal und wedelte stolz mit seinem «Spitzen-Spermiogramm», wie es der Arzt angeblich genannt hatte. Ich denke, Marcus war kurz davor, es einzurahmen und auf der Gästetoilette aufzuhängen.

Ich war sehr, sehr erleichtert, dass es nicht an ihm lag. Marcus ist nicht der Typ Mann, der mit so einer Diagnose fertig würde. Dazu bräuchte er ein etwas, nun ja, sagen wir mal: weniger störanfälliges Ego.

Er ist viel verletzlicher, als es nach außen den Anschein hat. Viel weicher und viel instabiler, als man denkt. Manchmal scheint es mir, als würde er den Geschäftsführer nur spielen, weil das alle von ihm erwarten.

Ich kann das verstehen. Wenn du groß wirst in einer kleinen Stadt, wenn dein Name bekannt ist und die Leute ganz genau wissen, was aus dir werden soll, lange bevor du selbst dir auch nur ansatzweise darüber Gedanken gemacht hast, dann fragst du nicht lange, sondern gehst den Weg, der sich vor dir auftut, weil du denkst, es sei der einzige und der richtige. Weil das alle denken.

Marcus macht seine Sache gut. Aber nur, weil man etwas gut macht, heißt das nicht, dass man das Richtige tut. Er steht unter Druck, das ist klar. Wenn er sich vorstellt, sagt er jedes Mal: «Ich heiße Marcus Hogrebe. Marcus mit c.» Und ich finde, das sagt schon alles über ihn und sein Selbstbewusstsein. Es steht und fällt mit einem Buchstaben. Ich liebe ihn dafür. Er sich nicht.

Nach dem Test war für Marcus klar, dass die Ursache irgendwie doch bei mir versteckt sein müsse. Er vermutete wahlweise Stress, innere Verkrampfung oder einen ärztlichen Diagnosefehler. Und ich vermutete, dass er damit recht haben könnte.

Wenige Wochen später saß ich in der Berliner Praxis «Babyhope», in deren Prospekt es geheißen hatte: «Wir bieten Paaren mit unerfülltem Kinderwunsch alle gängigen Methoden der Behandlung. Der unerfüllte Kinderwunsch ist ein Problem, das jedes sechste Paar betrifft. Sie sind also nicht allein!»

Das mag ja prinzipiell ganz tröstlich sein, aber in dieser Sekunde wollte ich lieber allein sein als in einem Raum mit Johanna Zucker, die mich schon dadurch beschämte, dass sie sich anscheinend überhaupt nicht schämte für ihren, für unseren elenden Zustand.

Wie ich das hasste, hier sitzen zu müssen! Und wie ich sie dafür hasste, dass sie es ganz offensichtlich nicht hasste, sondern es wie ein großes, spaßiges Abenteuer zu nehmen schien, in das man gut gelaunt und gut geschminkt und laut trompetend hineinmarschieren sollte.

Also ehrlich, da werden mit heftigsten Hormonspritzen möglichst viele Eier in deinem unwilligen Körper herangezüchtet, unter Narkose rausgesammelt wie an Ostern und dann in Petrischalen mit dem Samen des erwünschten Erzeugers zu einem Stelldichein gezwungen.

Wenn du Glück hast, tun sich ein paar von denen zusammen, und nach zwei Tagen kriegst du bis zu drei propere Mehrzeller zurück in deine Gebärmutter, wo sie sich hoffentlich so verhalten, wie sie es im Biounterricht gelernt haben: teilen, teilen, teilen – so lange, bis dir der undankbare

Zellhaufen sechzehn Jahre später an Weihnachten eröffnet, dass er ab jetzt lieber bei seiner Freundin feiern will.

Mir graute schon jetzt vor alledem. Ich betrachtete noch einmal kurz Johanna Zucker, ein menschgewordener Eierstock, so wie ich, und fragte mich, woran es bei ihr wohl liegen mochte. An ihr? An ihrem Mann? An beiden?

Sicherlich ein liederlicher Lebenswandel in Kombination mit zu viel Alkohol und Drogen in jungen Jahren. Schon allein der Name. Johanna Zucker. Bestimmt ein Künstlername. Na ja, was sich heutzutage alles so Künstler nennt.

Am Theater in Stade würde es meiner Meinung nach gar nicht auffallen, wenn zur Abwechslung mal eine Aufführung von den Bühnenarbeitern und Platzanweiserinnen gespielt würde.

Nicht, dass ich einen besonderen Zugang zur Kunst hätte. Das Theater-Abo hatte mir Marcus vor drei Jahren zum Geburtstag geschenkt. Und er hatte genau gewusst, dass ich mich nicht darüber freuen würde. Aber er hatte auch genau gewusst, dass ich so tun würde, als ob ich mich darüber freuen würde.

Ich bin in dieser Hinsicht, das muss ich zugeben, etwas bequem und inkonsequent. Meine Tante Rose weiß bis heute nicht, dass ich keine Rosinen mag, und backt mir eifrig mindestens drei Christstollen pro Adventssaison mit geschätzten vier Rosinen pro Quadratzentimeter Fläche, und mein doofer Bruder glaubt seit neunundzwanzig Jahren, ich würde Schlümpfe sammeln, bloß weil er mir zu meinem elften Geburtstag einen schenkte und ich nicht unhöflich sein wollte. Mittlerweile ist unser Keller voll mit den blauen Idioten.

Ich habe übrigens gelesen, dass Frauen im Gegensatz zu

Männern oft aus Rücksichtnahme lügen. Wenn eine Frau ein Gespräch mit jemandem führen muss, der ein grottenschlechtes Englisch spricht, wird sie so tun, als läge es an ihr, und sich dafür entschuldigen, dass sie ihr Gegenüber so schlecht versteht. Ein Mann würde sagen: «Sag mal, Alter, soll das Englisch sein, was du da redest?»

Männer lügen selbstverständlich auch – aber um sich Vorteile zu schaffen, besser dazustehen, Unannehmlichkeiten zu vermeiden oder Fehler zu vertuschen. Frauen geben Fehler leichter zu als Männer, darum sieht es so aus, als machten sie mehr.

Seit drei Jahren hocke ich aufgrund meiner natürlichen, genetisch bedingten Rücksichtnahme einmal im Monat mit Marcus im Theater, um seinen gesellschaftlichen Verpflichtungen nachzukommen, denn auch er ist nicht gerade das, was man einen Liebhaber der klassischen Bühne nennen kann. Neben uns sitzen leider seine Eltern, sodass wir uns noch nicht mal was zu lesen mitnehmen können.

Ich mag es ja schon nicht leiden, dass es im Theater immer so leise ist. Kann ja mal vorkommen, dass du vorher was Schwerverdauliches gegessen hast. Da passiert es leicht, dass deine Magengeräusche wesentlich lauter sind als der Monolog von Nathan dem Weisen.

Worunter ich aber am meisten leide in diesen Theatervorstellungen, ist mein Schwiegervater.

Hermann Hogrebe hat sein Leben lang nie auf andere Rücksicht genommen. Er hat das «Bäder- und Küchenstudio Hogrebe» ganz alleine aufgebaut, worauf er gerne immer wieder zu sprechen kommt, und die Geschichte dauert dann nicht unter dreißig Minuten. Auf dem Weg vom Handwerker zum Großhändler hat er seine Frau Erika geheiratet, einen Sohn gezeugt und nicht ein einziges Mal den Tisch abgeräumt, ein Unrecht eingestanden oder um Verzeihung gebeten. Er ist mittlerweile fast taub, gibt aber allen das Gefühl, sie würden undeutlich sprechen.

Ins Theater geht er nur, weil er es immer so gemacht hat und weil er seine Premierenplätze in der dritten Reihe nicht hergeben will.

Da sitzt er dann, versteht so gut wie nichts, fragt mich mindestens einmal in Überlautstärke, wann ich ihm denn endlich einen Enkelsohn zu schenken gedenke, ob ich nicht allmählich aufhören wolle zu arbeiten, es sei doch völlig unnötig für das bisschen Geld, das ich verdienen würde, und ob ich ihm mal ein Taschentuch reichen könne.

Den Rest der Vorstellung hustet er dann krachend vor sich hin, und manchmal landen zähe, von seinen Zigarren gelblich gefärbte Schleimfäden auf den Schultern seines Vordermannes oder auf meinem Handrücken.

Mein Verhältnis zu meinem Schwiegervater, ich darf das so sagen, ist nicht ungetrübt.

Einmal war Judy Winter mit dem Stück «Marlene» zu Gast in Stade. Das hat mir sehr gefallen. Weckte Sehnsüchte in mir nach Zeiten, die ich nie erlebt hatte und nur aus Schwarzweiß-Filmen kannte. Als die Frauen Diven waren, zwischen behandschuhten Fingern Zigarettenspitzen hielten, wussten, was Leidenschaft, Zerrissenheit und großartiges Unglück war, und es regelmäßig praktizierten.

«Treue macht gar keinen Spaß!», rief Judy Winter als Marlene Dietrich auf der Bühne. Und das klang irgendwie glaubhaft, zumal meine Freundin Selma durch ihre Affäre mit dem Klavierlehrer und die Erfahrungen auf dem Latexlaken so augenscheinlich und unglaublich aufgeblüht war, dass allein ihr strahlendes Aussehen ihren Mann hätte misstrauisch machen müssen.

Aber der merkte natürlich wie immer nix – was ja unter anderem Auslöser für die Affäre gewesen war.

Verlassen will sie ihn aber nicht: «Dann hätte ich ja in zehn Jahren mit dem Klavierlehrer wieder dieselben Probleme! Nein, ein Geliebter ist ein Mann, den man nicht heiratet – weil man ihn liebt.»

Selma will sich in Zukunft an der Aussage ihrer Tante Helga orientieren: «Das Geheimnis meiner guten Ehe? Ich war immer verliebt! Selbstverständlich nicht in meinen Mann.»

Ich persönlich stehe dem Thema Treue ja durchaus zwiespältig gegenüber. Ich war eigentlich nie untreu. Das jedoch weniger aus Überzeugung als aus Dilettantismus. Zweimal schlief ich mit einem Mann, während ich noch in einer anderen Beziehung war, verliebte mich auf der Stelle, trennte mich umgehend und fand mich übergangslos in der nächsten Beziehung wieder.

Mir fehlt einfach die Leichtigkeit und die Professionalität im Umgang mit Seitensprüngen. Ich steigere mich immer gleich so rein in solche Intimkontakte. Man darf mich eigentlich nicht küssen, wenn man mich im Prinzip nicht auch heiraten würde. Ich nehme das alles viel zu ernst und bin keine Frau für eine Nacht.

Ich meine, man sucht sich doch keinen Typen aus, bei dem man schon vorher weiß, dass die Nacht, die man mit ihm verbringen will, so schlecht sein wird, dass keine folgen soll. Du bestellst dir ja von der Speisekarte auch nicht genau das, was du auf keinen Fall ein zweites Mal essen wirst.

Insofern halte ich die Fähigkeit zum One-Night-Stand im Grunde für Unfähigkeit in Sachen sorgsame Auswahl des

Geschlechtspartners. War es gut, will ich nochmal. Ist doch logisch, oder?

Sobald Gefühle mit im Spiel sind, kann man ja sowieso nichts mehr richtig genießen. Dann muss man planen, den Bauch einziehen, den Verstand einschalten und zusehen, dass man mit Hilfe ausgeklügelter Taktik den Grundstein für eine dauerhafte Zweisamkeit gelegt bekommt.

Meinen letzten Sex ohne Beziehung drum herum hatte ich mit Marcus. Und da hat es mich dann gleich so erwischt, dass ich Stadt, Beruf und Anderthalb-Zimmer-Wohnung aufgab und zu ihm zog. Zurück in meine Heimatstadt Stade, vier Straßen weit weg vom Grab meiner Eltern, viel zu nah an meinem Bruder und seiner Familie und damit zurück in ein Leben, mit dem ich eigentlich abgeschlossen hatte.

Ob ich es jemals bereut habe? Ja, selbstverständlich. So, wie ich jede Entscheidung, die ich jemals getroffen habe, bereut habe. Ich bin einfach nicht der Typ, der sich gerne entscheidet und dann auch noch seinen Frieden macht mit der einmal getroffenen Entscheidung.

Frauen sind grundsätzlich nicht zufrieden. Weder mit sich noch mit ihren Männern. Da wird immer wieder überdacht und überarbeitet und nachgebessert. Der Mann ist das unfertige Projekt der Frau. Faszinierenderweise liegt der Sinn dieses Projektes darin, dass es unfertig bleibt.

Und das betrifft nicht nur provinzielle Möchtegern-Emanzen wie mich. Nein, schon Katharina die Große hat gesagt: «Jeder Mann ist ein Manuskript, das erst korrigiert werden muss.»

In Restaurants denke ich dauernd, es gäbe vielleicht noch einen besseren Tisch. Ich bestelle mindestens dreimal um, nur um dann, wenn das Essen kommt, neidisch auf den Teller meines Nachbarn zu äugen. Gucke ich den «Tatort», frage ich mich die ganze Zeit, wie wohl die Rosamunde-Pilcher-Verfilmung im ZDF ist. Und kaum habe ich den Weihnachtsurlaub auf Teneriffa gebucht, wird die Sehnsucht nach unserem niedlichen Stader Weihnachtsmarkt und dem strohtrockenen Puter, den meine Schwiegermutter Jahr für Jahr ohne erkennbare Lernfortschritte serviert, schier unerträglich. Frauen suchen immer. Frauen befinden sich in einem permanenten Entwicklungsprozess.

Deswegen kracht es auch ständig: Männer finden, Frauen suchen. Das ist der Unterschied. Frauen tun sich schwer damit, dass man sich tunlichst für einen Mann entscheiden sollte, dann aber nur eine unzureichende Kopie dessen bekommt, was man will. Damit können sie sich eigentlich nicht abfinden.

Hat man die Sicherheit, fehlt die Leidenschaft. Hast du hingegen einen, der dich auf Latexlaken einölt, macht der garantiert hinterher die Flecken nicht weg und vergisst dauernd, die Kinder von der Schule abzuholen.

Frauen können sich, was ihre stets sich ändernden Bedürfnisse angeht, wenig auf sich selbst verlassen. Ich kenne es an mir: Wenn ich in der Stimmung bin, jedem Bauarbeiter nachzupfeifen, habe ich wahrscheinlich gerade meine fruchtbaren Tage und suche einen Zeuger.

Schmelze ich hingegen beim Anblick von Schalterbeamten in dezent gemusterten Pullundern dahin, dann ist mein Eisprung höchstwahrscheinlich vorbei, und ich bin auf der Suche nach einem Ernährer.

Frauen täten gut daran, sich selbst und ihre schwankenden Gelüste weniger ernst zu nehmen und sich nicht einer spontanen Regung folgend mit einem muskulösen Alphamännchen fortzupflanzen.

Das soll man lieber lassen, in jedem Fall aber nochmal drüber schlafen. Meine Meinung.

Ich bin nicht untreu. Und Marcus auch nicht. Er liebt und braucht klare Verhältnisse, ein geregeltes Leben und Verlässlichkeit. Er ist das, was man, etwas altmodisch, mit «anständig» bezeichnet. Das liebe ich an ihm. Er hält seine Versprechen, er kommt pünktlich zu Verabredungen, er lässt Rechnungen nicht ungeöffnet liegen in der Hoffnung, dass sie sich irgendwann von selbst erledigen.

Er ist nicht zu provozieren, er ist nie unsachlich, er hasst Allüren, knallroten Lippenstift, Katzen und Hugh Grant. Er lästert nie, er interessiert sich nicht für das Privatleben von Boris Becker, für die Liebschaften von Madonna und hat mich neulich tatsächlich gebeten, ihm nichts mehr über Selmas Affäre zu erzählen: «Ich möchte wirklich nicht wissen, was in anderer Leute Schlafzimmer vor sich geht.»

Das hat mich irgendwie sehr beeindruckt und etwas beschämt.

Denn ich liebe die Schlafzimmer anderer Leute! Besonders, seit in meinem eigenen nicht mehr so irre viel los ist. Neulich hörte ich mich sogar den Satz aussprechen: «Sex wird heutzutage doch total überbewertet.» Vor ein paar Jahren hätte ich das noch nicht behauptet, denn da hatte ich ja auch noch viel mehr.

Marcus ist ein durch und durch erwachsener Mann. Und das war er eigentlich schon immer.

Ich bin sicher, dass er mich sofort verlassen würde, wenn

ich ihn betrügen würde. Das ist eine unausgesprochene Vereinbarung zwischen uns. Untreue passt nicht zu uns. Zu ihm noch weniger als zu mir. Also lass ich es lieber. Das Risiko ist mir viel zu groß. Denn eines weiß ich ganz gewiss: Marcus ist der richtige Mann für mich.

«Und wenn ich den Richtigen fände, brächt mir das auch keine Ruh», seufzte Marlene auf der Bühne und sang: «Wenn ich mir was wünschen dürfte, möchte ich etwas glücklich sein, denn wenn ich gar zu glücklich wär, hätt' ich Heimweh nach dem Traurigsein.»

Ich sehnte mich wohlig vor mich hin, träumte von einem divenhaften Leben, mit mehreren, südländischen Liebhabern, eleganten Hüten und applaudierenden Menschenmassen – als mein Schwiegervater mir direkt ins Ohr brüllte: «Sonntag macht die Erika ihren Rollbraten. Kommt ihr?»

Und dann fing er an zu husten.

Und Judy Winter hörte auf zu singen.

Von da an unterbrach sie ihre Vorstellung jedes Mal, wenn Hermann Hogrebe hustete, und wartete, bis er fertig war. Keiner von beiden gab auf. Es gab keinen Zweifel, wer in diesem Kräftemessen seine Würde verlor.

Nach dem letzten Lied verließ Judy Winter die Bühne, ohne sich ein einziges Mal zu verbeugen. Der Applaus war spärlich. Im Foyer scharte sich das aufgebrachte Premierenpublikum um meinen Schwiegervater, der vom vielen sinnentleerten Husten ganz heiser war. Die Empörung war groß. Was sich diese Person einbilden würde. Bloß weil sie in Amerika und Japan aufgetreten sei, brauche sie nicht zu glauben, sie könne die feine Stader Gesellschaft beleidigen. Man würde den Bürgermeister auffordern, ein Protestschreiben aufzusetzen.

Ich schaute zu Judy Winter hinüber. Die stand im eleganten Marlene-Abendkleid stolz am Ausgang und hielt den Leuten einen Hut hin. Ich hatte gelesen, dass sie nach jeder Vorstellung, egal wo und was sie spielt, Geld für ein Aids- und Sterbehospiz sammelt.

«Wer Aids hat, der hat es auch verdient», krächzte mein Schwiegervater.

Ich legte hastig fünfzig Euro in den Hut von Judy Winter, bat sie um Verzeihung und rannte heulend vor Scham nach Hause.

Wie kam ich jetzt darauf?

Ach ja, Johanna Zucker, die vermeintliche Künstlerin. Ich hätte sie gerne gemocht, aber ich konnte nicht. Nicht an diesem Tag, nicht hier im Kinderwunschzentrum «Babyhope». Ich warf ihr einen letzten, bösen Blick zu und entdeckte bei der Gelegenheit eine Laufmasche, die sich wie eine kleine, fiese Natter aus ihrer rechten Stiefelette über ihre Wade schlängelte.

Und da war meine kleine, spießige, scheinheilige Welt wieder in Ordnung! Seien wir doch ehrlich, nichts erschreckt uns so sehr wie Perfektion. Damit kommen wir nicht zurecht. Das müssen wir schon allein aus unserem Selbsterhaltungstrieb heraus ablehnen.

Da fällt mir sofort wieder die Sache mit Heidi Klum ein.

Ich bemerke die meisten Dinge ja wirklich nicht früher als alle anderen. Ich habe die Wirtschaftskrise nicht vorausgesagt und nicht das Comeback der Schlaghose, und

selbst den Niedergang der SPD konnte ich erst sicher prognostizieren, als ich die ersten Hochrechnungen sah. Aber eines wusste ich vorher: die Sache mit Heidi.

Mir war bereits vor etlichen Jahren alles völlig klar. Einen Monat nach der Geburt ihres zweiten Kindes besuchte sie damals in New York die glamouröse Modenschau der Unterwäschefirma Victoria's Secret.

Und sie saß nicht irgendwo ganz hinten links, eine großzügig geschnittene Tunika über dem zerbeulten Bauchgewebe, ein Babyphon und eine Milchpumpe in der Handtasche und ein Gummikissen zur Sitzbeinhöckerentlastung unterm Hintern. Nein, Heidi Klum schwebte als weißer Dessous-Engel verkleidet im Glitzerbikini über den Laufsteg. Vier Wochen nach der Niederkunft!

Zur Erinnerung: Das ist die Zeit, wo sich normale Frauen beim Blick auf den eigenen Bauch missmutig fragen, ob die Hebamme dadrin womöglich ein Kind vergessen hat.

Und Heidi? Ein Abdomen so flach und glatt wie die Ostsee an einem besonders windstillen Tag. Ich wusste damals sofort: Das verzeiht ihr auf Dauer keine Frau. Zu perfekt, um sympathisch zu sein.

Und dann zeigte sich, Jahre später, die Qualität meiner weisen Voraussicht: Aus dem gefeierten und geliebten deutschen Exportschlager, der Heidi aus dem Rheinland, war eine karrieregeile Hexe geworden, die ab und zu aus Übersee einfliegt, um hier mit falschem Lächeln eine frauenverachtende Show zu moderieren.

Ich und Deutschland, wir waren genervt. Was geschehen war? Nichts.

Eben.

Nichts ging schief im Heidi-Leben. Ich persönlich tue mich ja schon schwer, Frauen nicht zu beneiden, die ohne medizinische Hilfe schwanger werden, ihre Schuhe regelmäßig putzen und ihre Steuererklärung rechtzeitig abgeben.

Aber Heidi? Nicht zu fassen: vier Kinder insgesamt! Auch noch fast alle vom selben Mann! Die Immobilie abbezahlt, die Karriere unbeeinträchtigt von so viel Kind und das Bindegewebe so gut wie neu. Ist das zum Aushalten? Nein. Denn ein Leben ohne Tragik ist wie ein Krimi ohne Leiche.

Und eine Suppe ohne Haare ist doch auch irgendwie keine vollwertige Mahlzeit.

Aber eine Strumpfhose mit Laufmasche, das ist das wahre Leben! Das ist das unperfekte Leben, in dem ich mich bestens auskenne. Johanna Zucker, dachte ich, du bist eben doch nur ein Mensch. So wie ich, die kinderlose Vera Hagedorn aus Stade in Niedersachsen.

Ich lächelte zufrieden, wurde in die Tiefen der Praxis geführt und vergaß Johanna Zucker fürs Erste.

«Nörgeln ist der Tod der Liebe.»

Marlene Dietrich

Als ich die Augen aufschlug, sah ich eine Hand mit langen, roten Fingernägeln. Sie hing schlapp und blass aus dem Bett neben mir heraus. Der schwere Goldarmreif am Handgelenk drohte fast herunterzufallen.

Komisch, dachte ich noch, mir hatte man gesagt, ich solle völlig ungeschminkt und ohne Schmuck zu dem Eingriff erscheinen.

Dann musste ich jedoch aufhören zu denken, weil ich kotzen musste. Dann musste ich weinen, und dann versagte mein Kreislauf, und ich sank nahezu ohnmächtig in mein Kissen zurück.

Ich bekam jedoch noch mit, wie die roten Fingernägel bedrohlich auf mich zuschossen, mir dann unerwartet mütterlich über die Schläfe strichen und eine volltönende Stimme die Patientinnen auf den OP-Tischen aus ihren Narkosen riss: «Hört mal, Leute, meiner Bettnachbarin geht es gar nicht gut. Würde sich mal bitte eine Fachkraft herbequemen?»

Nanosekunden später war eine Schwester zur Stelle, maß meinen Blutdruck, flößte mir irgendein Zeug ein und trat dann zur Seite, weil die Ärztin mir das Ergebnis des Eingriffs mitteilen wollte.

«Frau Hagedorn, es tut mir wirklich außerordentlich leid, aber die Ausbeute an Eizellen war nicht berauschend.

Es sind nur drei Stück. Aber immerhin: Eine reicht, sage ich immer.»

Ich musste schon wieder heulen. Drei läppische Eier und dafür der ganze Aufwand: jeden Tag Hormone spritzen, Stimmungsschwankungen wie ein Teenager und ein Blähbauch wie nach acht Litern Linseneintopf. Dann hörte ich die Ärztin zu der Patientin im Bett neben mir sagen: «Herzlichen Glückwunsch, Frau Zucker, wir konnten Ihnen achtzehn Eizellen entnehmen.»

Ich wurde auf der Stelle wieder ohnmächtig.

Zwei Stunden später saß ich im «White Trash» in Berlin-Mitte, aß eine Ofenkartoffel mit doppelt Sour Cream und trank meinen zweiten Whiskey. Ist sonst nicht meine Art, schon gar nicht, wenn drei befruchtete Eizellen sich demnächst häuslich bei mir niederlassen sollen, aber andererseits: Sollte es klappen, würde es der letzte Whiskey für verdammt lange Zeit sein. Ich beschloss, Marcus lieber nichts davon zu erzählen. Er sollte mich nicht schon vor der Zeugung im Labor für eine trunksüchtige Rabenmutter halten.

«Auf dein Wohl, Johanna Zucker», sagte ich, «du Heldin und Vorbild aller Gebärmütter. Auf deine Eier und deine achtzehn Kinder.»

«Auf dein Wohl, Vera, und darauf, dass du nie wieder ungeschminkt zu einem wichtigen Termin erscheinst. Stell dir vor, du wärest bei dem Eingriff gestorben. Wie hätte das denn ausgesehen!»

Ja, da hatte sie allerdings recht.

«Versuchst du's schon lange?», fragte ich.

«Nein. Es ist das erste Mal.»

«Liegt es an dir?»

«An meinem Mann.»

«Seid ihr schon lange verheiratet?»

«Zwei Wochen.»

«Oh. Ihr verliert ja keine Zeit.»

«Wir haben keine Zeit zu verlieren.»

In diesem Moment kam Ben Zucker herein, um seine Frau abzuholen – und ich verstand, was sie meinte.

«Du hast mit der Frau von Benjamin Samuel Zucker Whiskey getrunken?»

Es war mir blöderweise dann doch rausgerutscht, aber ich hätte nicht gedacht, dass Marcus so einen Ärger deswegen machen würde.

«Herrje, noch bin ich nicht schwanger. Jetzt übertreib es mal nicht mit deinen Brutbeschützerinstinkten. Es handelt sich um zwei Vier- und einen Dreizeller. Und die paddeln friedlich im Labor in einer Nährlösung. Bis morgen ist der Alkohol doch längst abgebaut.»

«Ach, Vera, darum geht es doch gar nicht. Du scheinst keine Ahnung zu haben, wer Zucker ist. Hast du denn die Titelgeschichte über ihn in der ‹Wirtschaftswoche› nicht gelesen?»

Also, was war denn das für eine bescheuerte Frage? Ich hatte in meinem ganzen Leben noch nie die «Wirtschaftswoche» gelesen und bisher auch nicht den Eindruck gehabt, dadurch etwas Wesentliches zu versäumen.

Ich lasse mir ja wegen einiger Dinge Vorwürfe gefallen,

Unordnung zum Beispiel oder Vergesslichkeit. Aber die «Wirtschaftswoche» nicht zu lesen? Das war wirklich kein Grund, so ruppig zu werden.

Ich schaute Marcus pikiert an und schwieg.

«Zucker ist einer der vermögendsten und einflussreichsten Immobilienentwickler des Landes», dozierte Marcus. «Der Mann hat das halbe Regierungsviertel hochgezogen, und seine Kontakte reichen bis zur Kanzlerin. Aber was hat dieser alte Knacker in einem Kinderwunschzentrum verloren? Der ist doch schon über siebzig und hat drei erwachsene Töchter.»

«Ben ist neunundsechzig und hat zwei Töchter, eine ist siebenundvierzig, die andere fünfzig. Er ist seit vier Wochen geschieden und seit zwei Wochen in zweiter Ehe mit der achtunddreißigjährigen Johanna Zucker, geborene Dagelsi, verheiratet. Die beiden wohnen in einem Dreihundertachtzig-Quadratmeter-Penthouse in Berlin-Mitte», erwiderte ich kühl. Von wegen «Wirtschaftswoche».

«Du kennst die Quadratmeterzahl seiner Wohnung, weißt aber nicht, was der Mann beruflich macht?»

«Das hat mich nicht so interessiert.»

Marcus schüttelte den Kopf. Reichtum und Macht hatten ihm immer sehr imponiert. Schon in den frühen achtziger Jahren, als er mir Nachhilfe in Mathe gegeben hatte, war er der einzige mir bekannte Neunzehnjährige, der ein Giro- und ein Wertpapierkonto bei der Stader Sparkasse hatte und die Börsenkurse im «Stader Tageblatt» studierte.

Das hat mich, damals wie heute, sehr beeindruckt. Denn mein Verhältnis zu Geld ähnelt meinem Verhältnis zu meinem Idealgewicht: Ich schätze es, ich hätte es gerne, aber irgendwie halten wir es auf Dauer nicht miteinander aus.

«Und wie ist Zucker so?», fragte Marcus.

Ich musste lächeln.

«Anders, als du ihn dir vorstellst.»

«Johanna, mein Engel, wie geht es dir und unserem zukünftigen Sohn? Und ist das die junge Frau, die du wiederbeleben musstest? Sie wirkt zerbrechlich wie eine kleine Taube.»

Von da an hieß ich für ihn und Johanna nur noch Taube. Bis heute.

Mir hatte das Wort «zerbrechlich» gleich ausnehmend gut gefallen, weil ich es im Zusammenhang mit mir noch nie gehört hatte und es sich eigentlich bei meinem Anblick auch nicht wirklich aufdrängt.

Ich wirke eigentlich eher robust. Und egal, wie schlecht es mir geht, ich habe immer diese verdammten rosigen Bäckchen im Gesicht, so als hätte ich just auf der Weide ein paar glückliche Kühe gemolken.

Selbst wenn ich krank bin, sehe ich gesund aus. Vornehme Blässe ist das Gegenteil von mir. Ich werde bei der kleinsten Anstrengung und bei der minimalsten Unwahrheit rot. Und besonders rot werde ich dann, wenn ich darum bete, jetzt bloß nicht rot zu werden, weil ich sonst wie eine Lügnerin, wie eine prüde Nuss oder wie das personifizierte schlechte Gewissen aussehe.

Meine Augen sind groß und blau und rund, mein Po ist nur groß und rund. Ich habe ein Becken, das eigentlich sehr gebärfreudig rüberkommt, ziemlich breite Schultern, Hände, die man auch nach längerem Überlegen nicht als «Pianistenhände» bezeichnen würde, und eine Haarfarbe, die keinen eigenen Namen hat.

«Als hätte jemand ordentlich Spargel gegessen und dir dann auf den Kopf gepinkelt», hatte mein Bruder früher immer gesagt. Wir hatten schon in jungen Jahren kein ganz unbeschwertes Verhältnis zueinander, und es war für mich als jüngere und ständig gepiesackte Schwester nicht leicht, eine tragfähige Beziehung zu meinem eigenen Körper zu entwickeln.

Dennoch würde ich sagen, dass ich heute nicht stärker mit mir selbst hadere als jede andere durchschnittlich neurotische Frau. Mir persönlich ist jedenfalls keine bekannt, die rundweg zufrieden mit sich ist und bei Themen wie «Abnehmen im Schlaf», «Mehr Spannkraft für feines Haar» oder «Das Geheimnis jugendlich glatter Haut» gelangweilt weghören würde.

Ich habe ein total normal gestörtes Verhältnis zu meinem Äußeren. Ich stehe nicht unnötig lange nackt in der Sammelumkleidekabine unseres Freibades rum. Ich habe im Laufe meines Lebens etwa sechs verschiedene Haarfarben, dreihundertvierundvierzig Lippenstifte und zweiundsechzig Nachtcremes ausprobiert, die mir alle eine Regeneration bis in die tiefen Hautschichten versprochen hatten.

Ich mache seit neun Jahren ohne durchschlagenden Erfolg Experimente mit einer rotierenden Warmlufttrockenbürste mit einziehbaren Borsten für eine automatische Lockenfreigabe.

«Welche Locken?», frage ich mich jedoch stets wieder nach der Behandlung, bei der ich mir mehrmals die Finger verbrannt, zweimal meinen Blusenkragen angesengt habe und einmal Marcus' Kulturbeutel geschmolzen ist.

Ich habe noch nie zu wenig gewogen. Ich konnte noch nie essen, was ich wollte, habe es aber viel zu oft getan. Ich bevorzuge Kleidung mit einem gewissen Stretchanteil, finde meine Oberarme unstrukturiert und bemerke seit neuestem einen leichten, aber sehr beunruhigenden Abwärtstrend meiner Augenlider und Pobacken.

Nachdem ich jedoch gelesen habe, dass selbst Scarlett Johansson ihre Oberschenkel zu dick findet, bin ich mit meiner eigenen Unversöhnlichkeit eigentlich ziemlich versöhnt.

Ich frage mich allerdings manchmal, was Scarlett Johansson tun würde, wenn sie eines Tages aufwachen, vor den Spiegel treten und aussehen würde wie ich.

Ben Zucker war klein, alt und glatzköpfig. Aber ich verstand sofort, warum Johanna sich in ihn verliebt hatte.

«Er war mein Sitznachbar auf einem Zwölf-Stunden-Flug von Los Angeles nach Frankfurt», hatte sie mir beim ersten Whiskey berichtet. «Er fliegt immer Economy, weil er die Leute in der First Class mit ihren Angebergeschichten öde findet. Statt von sich und seinen Millionen zu erzählen, stellte er mir die einfühlsamsten Fragen, die ich jemals von einem Mann gehört habe. Meine Selbstzweifel schien er genauso zu mögen wie meine schmutzigen Witze und meine Ironie. Über Schottland nahm er meine Hand und sagte, dass er mich heiraten werde – sobald das Flugzeug gelandet und er geschieden sei.»

«Und, was hast du ihm geantwortet?»

«Es war ja keine Frage, sondern eine Feststellung. Er war sich so sicher, dass er gar nicht auf den Gedanken kam, dass ich mir nicht genauso sicher sein würde. Und damit hatte er recht. Seine Frau schüttete er mit Geld zu, sodass sie in eine Blitzscheidung einwilligte. Geheiratet haben wir auf Ibiza. Jetzt wollen wir so viele Kinder wie möglich haben. So eine Liebe passiert einem nur einmal im Leben.»

«Wenn überhaupt.»

Nach ein paar Minuten mit Ben im «White Trash» konnte ich Johanna verstehen. Er hatte so viel Souveränität und Selbstironie, so viel Männlichkeit und Wärme, dass ich ganz eingeschüchtert war.

Ben schob meine Zurückhaltung auf meinen angeschlagenen Zustand und bestand darauf, dass ich mich vor meiner Heimreise noch etwas ausruhe.

Sein Fahrer fuhr uns in der größten schwarzen Limousine, die ich jemals außerhalb von amerikanischen Gangsterfilmen gesehen hatte, zu einem Hochhaus am Alexanderplatz.

Wenige Minuten später war ich der nächsten Ohnmacht nahe. Der Aufzug hatte uns in den neunzehnten Stock gebracht und sich mitten in einer Wohnhalle geöffnet, die trotz ihrer enormen Größe behaglich und heimelig war. Johanna zündete den Kamin an, und Ben schenkte Rosé-Champagner ein.

Ich wagte den zarten Hinweis, dass mein Zug nach Stade in einer Stunde fahren würde.

«Vergiss den Zug», sagte Ben. «Mein Fahrer bringt dich nach Hause, wann immer du möchtest.»

Johanna legte den Arm um ihren Mann: «Alt und reich finde ich besser als nur alt.»

Beide lachten, und Ben sagte: «Männer lieben mit den Augen, Frauen mit den Ohren.»

Sie sahen aus wie ein Paar aus einem Comic, bei dem sich der Zeichner keine Mühe gegeben hatte, auch nur ein einziges Klischee zu vermeiden. Johanna war sehr groß und fast schon dünn und hatte wildes, hellblondes Haar. Sie sah altmodisch und modern zugleich aus, melancholisch und schwierig, humorvoll und klug.

Ben dagegen: ein kleines, dickliches, rosiges, haarloses Männlein mit übergroßen Ohren und schönen weisen Augen, die schon alles gesehen zu haben schienen.

Es konnte keine zwei Menschen geben, die äußerlich weniger zusammenpassten – aber ich hatte noch nie ein so schönes Paar gesehen.

Wir redeten stundenlang, ohne uns ein einziges Mal nach den Hotels zu fragen, in denen wir bevorzugt Urlaub machten. Es ging eigentlich nur um Liebe. Wie oft wir schon geliebt hatten. Ob eine kleine Liebe keine Liebe ist. Ob man irgendwann ganz aufhören sollte mit der Liebe, weil sie ja doch, auf die eine oder andere Art, letztendlich immer zu Liebeskummer führt.

«In meinem Leben hat es für Liebeskummer nie gereicht», hatte Ben erzählt. «Es gab entweder schöne Frauen, die ein kleines, träges Herz hatten, oder Frauen, die mich ausnutzen wollten. Beides hat mich nie gestört.»

«Du bist noch niemals enttäuscht worden?», hatte ich gefragt.

«Nein. Ich lasse mich nicht enttäuschen, weil ich mich in Menschen nicht täusche.»

«Es hat dich nie verletzt, dass die Frauen auf Geld aus waren?»

«Nein. Ich habe zu lange ähnlich funktioniert, um mich über diese Frauen moralisch zu erheben. Außerdem ist es unmöglich, mich mit Gelddingen zu verletzen, dazu habe ich zu viel davon.»

Wann immer ich Ben von da an traf, wurde er zu meiner Selbstbewusstseins-Tankstelle. Er verstand es, den Menschen, die er mochte, das Gefühl zu geben, einzigartig und bewundernswert zu sein. Ben konnte das Gute sehen, er war ein Seismograph für Stärken und Talente. Er machte nie falsche oder holperige Komplimente, er lobte nur Lobenswertes.

Ben hat immer an mich geglaubt, mehr als jeder andere, mich selbst eingeschlossen.

Auf der Rückfahrt nach Stade hatte ich meine drei mickerigen Eizellen einstweilen völlig vergessen.

«Ich dachte immer, dass das Unglück eine größere Phantasie hat als das Glück», hatte Ben beim Abschied gesagt, «aber Johanna hat mich eines Besseren belehrt. Jetzt fängt mein Leben erst richtig an.»

Sein Leben sollte bald zu Ende sein.

«Wer sich in der eigenen Gesellschaft
nicht wohlfühlt,
hat gewöhnlich ganz recht.»

Coco Chanel

Wie lange habe ich geschwiegen? Wie lange wartet Johanna am anderen Ende der Leitung schon auf meine Reaktion, dass sie operiert werden muss? Wenn ich sie nun auch noch verliere? Nicht auszudenken!

«Eine Operation? Wie grauenvoll! Aber du musst jetzt unter allen Umständen optimistisch bleiben. Dein Körper merkt es, wenn du ihm vertraust. Die Heilungschancen sind dann viel besser.»

«Ich vertrau meinen Titten absolut – aber größer werden sie dadurch auch nicht.»

«Wie?»

«Komm, du weißt doch selbst, wie die Teile jetzt aussehen. Sie sind dreiundvierzig Jahre alt, und die Tatsache, dass sie acht Monate von einem verfressenen Säugling leer genuckelt wurden, ist ihnen auch nicht gut bekommen. Mit diesen schlappen Tüten kann ich unmöglich auf die Bühne zurückkehren. Jedes Abendkleid würde an mir aussehen wie ein Luftballon ohne Luft. Ich habe mich schlaugemacht: Zweihundertfünfzig bis dreihundertfünfzig Gramm schnittfestes Silikon auf jeder Seite, und meine Brüste sind wieder wie neu. Was meinst du?»

«Oh.»

Ich bin immer noch dabei, mich von dem Schock zu erholen, dass ich gar keinen Schock zu haben brauche. Meine feierliche Nahtod-Erfahrung kommt mir jetzt, da es sich nicht um Leben oder Sterben handelt, sondern um eine läppische Brustvergrößerung, doch etwas lächerlich vor.

Ich beschließe zu schweigen. Und schweige.

«Taube, bitte jetzt nicht wieder diese vorwurfsvolle Stille, bloß weil du ein gutdeckendes Make-up bereits für einen widernatürlichen Eingriff hältst. Ich bin Schauspielerin und Sängerin. Meine Brüste und Falten werden von zweitausend Watt ausgeleuchtet. Wer im Scheinwerferlicht natürlich aussehen will, der soll in die Politik gehen, aber nicht auf eine Bühne. Ich mache dir einen Vorschlag. Kurz vor meiner OP fahren wir zu einer Ayurveda-Kur an die Mosel. In den Wochen nach der OP wohnst du bei mir und überarbeitest den ‹Damenwahl›-Text – der ist nämlich vollkommen missraten. Du trägst Sammy durch die Gegend, denn ich darf auf keinen Fall schwer heben. Sonst platzen die Narben auf, und meine Brüste liegen auf der Straße wie tote Quallen am Strand.»

Ich muss diesen wilden Haufen von Informationen erst einmal sichten und sortieren. In Johannas Kopf ist es üblicherweise so unordentlich wie in meinem Kleiderschrank. Gewaschenes und Sauberes, Reparaturbedürftiges und Ausrangiertes: alles wild durcheinander.

Wie bereits gesagt, treffe ich Entscheidungen nur ungern, und wenn überhaupt, nur nach reiflicher und langwieriger Abwägung eines jeglichen Für und Wider. Johanna entscheidet lieber schnell und unüberlegt. Ich entscheide lieber gar nicht – und das wohlüberlegt. Wir ergänzen uns hervorragend. Sie ist mein Tritt in den Hintern, ich bin ihre menschgewordene Pro-und-Contra-Liste. Zusammen liegen wir selten daneben.

«Taube, hallo! Notierst du gerade mit rotem und schwarzem Edding die Argumente auf ein Flipchart?»

«Bitte mal der Reihe nach. Die Ayurveda-Kur …»

«… machen wir in Traben-Trarbach. Das ist die beste Adresse für so was in Deutschland. Böse teuer, aber keine Sorge, meine Agentur zahlt. Die wollen ja auch, dass ich bei meinem Bühnen-Comeback jünger und schöner aussehe, als ich bin.»

«Und wer kümmert sich um Sammy?»

«Unsere Hausdame Martha. Sammy liebt sie wie eine zweite Mutter.»

«Und was ist mit dem ‹Damenwahl›-Text? Ist er wirklich so schlecht?»

«Unterirdisch. Ich habe gleich gesagt, dass du das Stück schreiben sollst. Jetzt haben wir die doppelte Arbeit.»

«Johanna, ich bin Werbetexterin, keine Theaterautorin. Such dir einen Profi.»

«Es war ein Profi, der das Ding in den Sand gesetzt hat. Außerdem war es deine Idee, dass ich nach vier Jahren in der Versenkung wieder auf einer Bühne stehe. Johanna Zuckers ‹Damenwahl› eine ganze Saison lang im Tigerpalast in Berlin: Bitte, Taube, mach mir das nicht kaputt! Sag, dass du wenigstens versuchen wirst, das Stück zu retten.»

«Und wie stellst du dir das rein organisatorisch vor?»

«Du bringst Sammy morgens in den Kindergarten, das Abholen übernimmt Martha. Wir beide arbeiten tagsüber am Stück, abends kannst du losziehen und endlich mal versuchen, untreu zu sein.»

«Und wer erledigt in der Zeit meine Arbeit?»

«Welche Arbeit? Du sagst doch selbst, dass du kaum noch Aufträge bekommst, weil in Stade jetzt auch noch die letzte Werbeagentur Pleite gemacht hat. Und Marcus war ja wohl auch nicht besonders glücklich darüber, wie du den letzten Katalog seiner Firma betextet hast.»

Johanna kichert. Ich auch.

Die Info-Broschüre über Landhaus-Bäder hatte mich wieder derartig zu Tode gelangweilt, dass ich mir einen kleinen Scherz erlaubt hatte. Über die Abbildung einer ganz besonders geschmacklosen Badewannenverkleidung in Eiche rustikal hatte ich geschrieben: «Gönnen Sie sich doch schon zu Lebzeiten was aus Holz.»

Nach den ersten Beschwerdebriefen von Rentnern hatte ich von Marcus und seinem Vater einen Tadel bekommen. Ich konnte heilfroh sein, dass niemandem der andere kleine Witz aufgefallen war, den ich mir im Katalog erlaubt hatte. Einer Duschkabine mit grauenerregenden Goldmosaiken hatte ich den Namen «Golden Shower» gegeben. Dass dieser Begriff aus dem unappetitlichen Bereich der Urophilie stammt und in Sadomaso-Kreisen die sexuelle Vorliebe für Urin bezeichnet, hatte bisher keiner gemerkt. Gut so, denn Hermann Hogrebe war auch so schon schlecht genug auf mich zu sprechen.

Beim letzten Rollbratenessen hatte er zum ersten Mal ganz offen gefragt, warum Marcus und ich eigentlich keine Kinder hätten. Die Antwort hatte er allerdings nicht abgewartet, sondern kumpelig seinem Sohn in die Seite geboxt und gesagt: «Na ja, an uns Hogrebe-Männern kann's ja wohl nicht liegen. Unser Sperma ist Spitzenklasse, was, Erika?»

Seine Frau hatte nichts gesagt. Sie sagte nie etwas, und ich rechnete auch nicht damit, dass sie noch jemals etwas sagen würde. Hermann Hogrebe deutete wortlos auf seinen Weinpokal der Firma Zwiesel, und Erika Hogrebe schenkte wortlos nach.

Das nenne ich eine harmonische Ehe.

«Dein Steinpilzrisotto schmeckt wirklich köstlich, Mama», sagte Marcus. Aber sein Vater war noch nicht bereit zu einem Themenwechsel: «Ganz im Vertrauen, Vera, du musst lockerer werden. Karriere und Kinder, das verträgt sich nun mal nicht. Lass deinen Mann das Geld verdienen und entspann dich. Wenn Marcus abends nach Hause kommt, trinkst du zwei Glas Rotwein und siehst zu, dass du endlich schwanger wirst. So einfach ist das, nicht wahr, Erika? Gib mir bitte den Rest von dem Risotto.»

Ich spürte, dass ich mich nicht länger zurückhalten konnte. Zwei Tage zuvor hatte ich von «Babyhope» erfahren, dass ich mal wieder nicht schwanger war. Mittlerweile kannte ich sämtliche Sprechstundenhilfen und Schwestern beim Vornamen und bekam meinen Anti-Ohnmachts-Trunk so selbstverständlich und kommentarlos wie ein Stammgast sein Kölsch in der Eckkneipe.

Ich wagte schon gar nicht mehr zu zählen, wie oft es in den vergangenen fünf Jahren nicht geklappt hatte. Zehnmal? Zwölfmal? Wir hatten die unterschiedlichsten Methoden ausprobiert und waren sogar nach Belgien gereist, weil es dort rechtlich mehr Möglichkeiten für eine künstliche Befruchtung gibt. Ich fühlte mich wie eine hormongemästete Weihnachtsgans, hatte mindestens vier Kilo zugenommen, und in meinem Gesicht begannen sich die ersten Spuren der ständigen Niederlagen zu zeigen.

Nach Hermann Hogrebes Zeugungsvortrag war ich heulend aus dem Esszimmer gerannt und hatte eine halbe Stunde gebraucht, um mich wieder zu beruhigen. Aus Marcus' ehemaligem Kinderzimmer hatte ich wimmernd Johanna angerufen, und sie hatte das gesagt, was sie mir seit vier Jahren immer wieder sagt: «Taube, hör endlich auf mit dieser Laborscheiße. Dein Körper wehrt sich dagegen. Du wirst noch krank davon werden.»

«Marcus will aber nicht aufgeben.»

«Es ist dein Körper. Du entscheidest.»

«Aber es sind unsere Kinder, die ich nicht bekommen werde.»

«Du klingst schon wie dein Schwiegervater, dieser widerwärtige Zeugungs-Nazi. Lass dir nicht einreden, dass es an dir liegt. Erinnere dich bitte daran, was dir die Ärztin in Brüssel gesagt hat.»

«Dass manchmal einfach die Chemie nicht stimmt?»

«Genau. Und dafür kann niemand was.»

«Und was soll ich tun?»

«Ändere die Chemie, Liebes.»

«Was meinst du damit?»

«Das besprechen wir ein andermal. Jetzt putzt du dir die Nase, atmest tief durch, machst den Rücken gerade, gehst zurück an den Esstisch und sagst den Herrschaften, sie sollen sich gefälligst aus deinen Eierstöcken raushalten.»

Ich fühlte mich schon viel besser und öffnete beherzt die Tür zum Esszimmer. Mein Schwiegervater war schon zu Bett gegangen, und meine Schwiegermutter tat das, was sie immer tat: die Spülmaschine ein- oder ausräumen.

Hermann Hogrebe sollte ich nie wiedersehen.

«Viele, von denen man glaubt,
sie seien gestorben,
sind nur verheiratet.»

Françoise Sagan

Taube, Liebes, komm, gib dir einen Ruck. Ich brauche dich hier wirklich. Und dir täte eine Pause sehr gut.»

Johanna reißt mich aus meinen Gedanken, ich weiß genau, was sie meint, frage aber trotzdem.

«Eine Pause wovon?»

«Von den Hormonen, von deiner Sippe, von Marcus. Etwas Abstand wird euch beiden helfen. Ihr schmort schon viel zu lange im eigenen Saft. Es geht um sechs Wochen, nicht um Jahre. Im besten Fall werdet ihr euch sogar vermissen. Wäre das nicht geradezu kurios in deinem Fall: Sehnsucht nach dem eigenen Mann? Vielleicht müsstest du beim Sex dann auch nicht mehr an Henning Baum denken. Ich habe sowieso nie verstanden, was du an diesem Langweiler findest.»

«Der wirkt so solide. Breite Schultern zum Anlehnen, Sicherheit, Vertrauen, Verlässlichkeit.»

«Eben: Langeweile! So einen hast du doch schon zu Hause. Sicherheit ist eine Illusion und das Ende der Liebe. Du sitzt in einem Nest ohne Eier und hast es dir darin so pseudogemütlich gemacht, dass du gar nicht merkst, wie du ganz langsam darin verrottest.»

«Jetzt übertreib mal nicht.»

«Glaub mir, langsame Veränderungen sind tödlich, weil

man sie nicht bemerkt. Weißt du, wie man einen Frosch kocht? Wenn man ihn ins sprudelnd heiße Wasser wirft, springt er sofort raus und rettet sein Leben. Aber wenn man ihn ins lauwarme Wasser setzt und es langsam erhitzt, dann merkt er nicht, wie ihm geschieht. Er bleibt einfach sitzen. So lange, bis das Wasser kocht, er tot und gar ist und reiche Fettwänste sich seine Schenkel in den Schlund schieben.»

Natürlich übertreibt Johanna. Wie immer. Aber wie immer hat sie auch ein kleines bisschen recht. Und das ist unangenehm, wie ein Zwiebackkrümel in der Strumpfhose, ungemütlich, kratzig. Das Bild vom arglosen Frosch im Kochtopf schnürt mir komischerweise die Kehle zu.

«Und was soll ich Marcus sagen?», frage ich. «Ich kann schlecht sechs Wochen nach Berlin kommen, ohne ihm zu sagen, was ich dort mache.»

«Du kannst ihm ruhig die Wahrheit über meine Titten sagen. Dem ist das viel zu peinlich, um es weiterzuerzählen.»

Da hat Johanna wahrscheinlich nicht ganz unrecht. Ihr ganzes Wesen ist Marcus nicht geheuer, und seit Ben, der sich immer bemüht hatte, zwischen Johanna und Marcus zu vermitteln, tot war, war Marcus nur zweimal in Berlin gewesen. Einmal zu Johannas vierzigstem Geburtstag und ein halbes Jahr später, um auf die Geburt von Samuel Zucker anzustoßen, meinem Patensohn.

Ich hatte immer das Gefühl, dass Marcus beleidigt war, weil Johanna schwanger geworden war und ich immer noch nicht. Das schien er ihr persönlich übelzunehmen. Und mir nahm er übel, dass ich jedes Mal nur mit den Schultern zuckte, wenn er aus mir herausbekommen wollte, wer denn nun der Vater von Sammy sei. Dieses Geheimnis war bei mir sicher. Und den kleinen Sammy liebte ich vom ersten

Tag an so von Herzen und neidlos, als wäre er mein eigener Sohn.

Nein, alles, was mit Johanna Zucker zu tun hat, ist Marcus nicht geheuer, und er würde absolut nicht begeistert sein, wenn ich für ein paar Wochen zu ihr nach Berlin gehen würde. Aber Johanna hat recht, ich brauche eine Pause. Irgendwie bin ich festgefahren und unglücklich, aber zu träge, um mich selbst zu befreien. Ich bin wie der Frosch: Zwar kocht das Wasser noch nicht, aber der Siedepunkt ist bald erreicht.

Johannas schlappgenuckelte Brüste sind mein Glück. Und zum ersten Mal in meinem Leben treffe ich eine schnelle und unüberlegte Entscheidung. Eine, die ich niemals bereuen würde.

Ich hatte es ja selbst die letzten Monate geahnt und eine ganze Weile lang sportlich verdrängt, aber beim Shopping hatte ich mir leider nichts mehr vormachen können. Irgendwas stimmte nicht mit mir, und nirgends zeigt sich die beschädigte Seele einer Frau so deutlich wie beim Einkaufen.

Ich war, wie jeden Dezember, seit ich Johanna und Ben kennengelernt hatte, am Wochenende vor Weihnachten nach Berlin gefahren. Es war eine liebgewonnene Tradition, den langen Samstag durch die Geschäfte zu ziehen, ab mittags Glühwein zu trinken, sich den Magen mit gebrannten Mandeln und Schmalzgebäck zu verkleben, Dutzende Kleider anzuprobieren und Verkäufer in den Wahnsinn zu treiben.

Ich war jedes Mal euphorisch mit irgendeinem aberwitzigen Fummel nach Stade zurückgekehrt, bei dessen Anblick Marcus standardmäßig sagte: «Sehr hübsch – und wann willst du das tragen?»

Und diese Frage war ja leider nicht ganz unberechtigt, wenn man bedenkt, dass die Frau des Stader Bürgermeisters für einen Skandal gesorgt hatte, als sie den Silvesterball im Rathaus in einem asymmetrisch geschnittenen Minikleid von Marc Jacobs und auf ungeheuerlich hohen Plateau-Peeptoes von Christian Louboutin eröffnet hatte.

Damit war sie die bestaussehende Frau des Abends gewesen und hatte sich mit einem Schlag mehr Feindinnen gemacht als Joan Collins alias Alexis Carrington in den zweihundertachtzehn Episoden vom «Denver Clan».

Frauen hassen Frauen, die besser aussehen als sie selbst. Und in Stade kann man sich gemeinhin darauf verlassen, dass diesbezüglich ein sehr niedriges Niveau nicht überschritten wird.

Ich habe gehört, dass eine Wiederwahl unseres Bürgermeisters derzeit mehr als fraglich erscheint, obschon seine Gemahlin seit dem erschütternden Vorfall nur noch in marinefarbenen, kniebedeckenden Kostümen gesichtet wurde.

In meinem Kleiderschrank, ganz hinten, hingen also vier nahezu ungetragene Kleidungsstücke. Drei davon habe ich mittlerweile bei eBay wieder verkauft. Nicht ohne gehörige Verluste, denn ich bin, ich erwähnte es bereits, kein großes Verkaufstalent.

Als geradezu «geschäftsschädigend» hatte mich meine Freundin Selma beim letzten großen Stader Flohmarkt beschimpft. Wir hatten gemeinsam einen Stand gemietet. Zwei Tapeziertische brachen unter der Last unseres Gerümpels beinahe zusammen, und das Sturmtief «Sören» machte die ganze Angelegenheit nicht gerade angenehmer.

Selma hatte mich überredet, denn ich hasse Flohmärkte. Und ich hasse die Menschen, die auf Flohmärkten einkaufen gehen: Schnäppchenjäger, geifernde Preisdrücker, grapschende Wühltischexistenzen – igitt! Das sind Leute, die bei einem Preis von einem Euro noch versuchen, dich runterzuhandeln. Ich nehme so was persönlich.

So war ich bis ins Mark beleidigt, als eine Pissnelke ein T-Shirt, das einen Neupreis von vierzig Euro hatte, mit den Worten runtermachte: «Drei Euro? Ich gebe Ihnen fünfzig Cent, und das ist noch überteuert.»

Ich sah Selma, die mir verstohlen zunickte, ich sah die ekelige Frau, die grinsend mein T-Shirt in der einen und fünfzig Cent in der anderen Hand hielt, und mit einem Mal fühlte ich die Würde meiner Garderobe, meiner Person, ja meiner gesamten Existenz bedroht.

Ich griff nach meinem T-Shirt, sagte sehr laut «Für fünfzig Cent schmeiße ich es lieber weg!» und warf das Teil theatralisch vor meine Füße, wo Sturmtief «Sören» ihm sogleich ein nasses, jedoch würdevolles Grab bereitete.

Am Ende dieses Tages, man kann es sich denken, hatte ich einen sehr überschaubaren Geldbetrag eingenommen und mir in der Stader Flohmarktszene nur wenig Freunde gemacht.

Mein liebstes, nicht ein einziges Mal getragenes Kleidungsstück ist ein nachtblaues, knielanges Donna-Karan-Kleid, das Ben mir bei unserem ersten und letzten Weihnachtseinkauf hinter meinem Rücken gekauft hatte. Das habe ich aus sentimentalen Gründen behalten.

Johanna hatte uns befohlen, sie eine Stunde in der Dessousabteilung allein zu lassen, sie wolle Ben die Überraschung für die Heilige Nacht nicht verderben. Und so war ich in den Genuss gekommen, sechzig Minuten lang die alleinige Begleiterin von Ben Zucker zu sein. Eine bemerkenswerte Erfahrung: abschätzige Blicke von Kundinnen, verstohlene Flirtversuche von Männern, beflissenes Dauerlächeln von Verkäuferinnen, die einen dicken Umsatz witterten.

Jeder geht wie selbstverständlich davon aus, dass bei solchen Paaren immer einer das Geld hat, und dieser eine ist der Mann. Und meistens stimmt das auch. Kommt ja keiner auf den Gedanken, dass ich eine millionenschwere Unternehmenschefin bin, die sich zum Vergnügen einen dreißig Jahre älteren, knackigen Greis hält.

Es ist zu bedauerlich, dass Klischees immer ausgerechnet dann stimmen, wenn sie ganz besonders peinlich sind. Das Thema Partnerwahl ist da ein ganz herausragendes Trauerspiel. Was das angeht, passen Frauen und Männer nämlich hervorragend zusammen: Die einen lieben den Status, die anderen die Schönheit. Und beide hoffen so auf das bestmögliche Fortpflanzungsergebnis.

Ich habe mal von einem Versuch gelesen, bei dem Frauen dieselben Männer einmal im Anzug und einmal in der Uniform von Burger King gezeigt wurden. Anschließend wurden die Frauen gefragt, welche Typen sie attraktiver fänden. Das peinliche Ergebnis kann man sich denken.

Wenn man den Damen vor dem Experiment die Information zuspielte, bei den Anzugmännern sei der vierte von rechts Arzt, gab es überhaupt kein Halten mehr, und der

Typ wurde mit Bestnoten überhäuft. Frauen suchen nach dem Alphatier und legen weniger Wert auf Attraktivität, während Männer ohne Probleme auf Status bei Frauen verzichten können.

Man sieht es an Flavio Briatore und Boris Becker, was Frauen gewillt sind, für sexy zu halten, wenn sie bloß eine solide finanzielle Grundversorgung ihres potenziellen Nachwuchses wittern.

Erst mit dem Chef ins Bett und dann mit dem mittleren Angestellten vor den Altar. Frauen sind auch bloß Tiere.

Und so treffen auf den Luxusyachten und in den Besenkammern dieser Welt zwei niedere Instinkte aufeinander, um sich fortzupflanzen und anschließend zu behaupten, dass wahre Schönheit von innen käme.

Johanna hat eine Freundin, die Vorstandsvorsitzende eines riesenhaften Pharma-Unternehmens ist. Sie hat vier Assistentinnen, die auch ihre Privattermine verwalten, eine Porsche-Sammlung und eine dreistöckige Villa am Ufer des Heiligen Sees in Potsdam.

In den USA hat sie sich jetzt künstlich mit dem Sperma eines Nobelpreisträgers befruchten lassen. Sie sagt: «Ich verdiene mehr, als die meisten Männer aushalten können. Die fühlen sich kastriert von meinem Geld und meiner Position. Wenn ich denen abends erzähle, dass ich am Vormittag drei inkompetente Mitarbeiter rausgeschmissen habe, bekomme ich es im Bett garantiert mit einer handfesten Erektionsschwäche zu tun. Das Problem ist: Der Mann, den ich suche, sucht mich nicht. Der will eine, die jünger ist als ich und anschmiegsamer. Und ehrlich gesagt kann ich ihn sogar verstehen. Ich überlege, lesbisch zu werden – nicht aus Neigung, sondern aus Vernunft und Resignation.»

Ob Johanna sich in Bens Status verliebt hat? «Natürlich!», hat sie mir mal geantwortet. «Wie soll ich denn den Mann von seinem Status trennen? Die Macht von dem Menschen, der sie hat? Ich wette, dass charismatische, intelligente, selbstbewusste Menschen mehr Macht und Geld haben als verschüchterte Stubenhocker, die sich für ihre Modelleisenbahn mehr interessieren als für ihren Beruf und die ihren Hund schlagen, um sich mal überlegen fühlen zu können. Und das gilt für Männer wie für Frauen. Kennst du diese Mütter, die quallenblöde sind, aber ein völlig unangemessenes Selbstbewusstsein daraus schöpfen, dass sie Kinder haben, denen sie Vorschriften machen dürfen? Solche Leute gefallen mir nicht. Ich brauche keinen reichen Mann. Ich liebe kluge Männer. Und ich liebe kluge Frauen. Und wenn die Klugheit einhergeht mit Geld und einem Altersunterschied von dreißig Jahren? Kein Problem, das nehme ich in Kauf.»

An Bens Seite fühlte ich mich automatisch schön, weil Schönheit ja bekanntermaßen im Auge des Betrachters liegt, und alle, die uns betrachteten, gingen davon aus, dass ich, bei einem derart alten Begleiter, wohl schön sein müsse.

«Probier das Kleid mal an, Taube, nur zum Spaß», hatte Ben gesagt. Wie überall, wo er auftauchte, kamen sofort mehrere Verkäuferinnen angeschossen, die ihn nach seinen Wünschen fragten. Eine von ihnen bot sich an, mir in das Donna-Karan-Kleid zu helfen, auf dessen Preisschild die niederschmetternde Zahl «2799,–» stand.

Ich war von so viel Service überrumpelt, gehöre ich doch sonst eher zu der Sorte Frau, die gerne vom gesamten Personal übersehen und nur nach mehrmaligem lauten Bitten widerwillig bedient wird.

«Wie man dich behandelt, ist keine Frage deines Geldes, sondern deiner Haltung», erklärte Ben mir. Und Ben sah tatsächlich nicht annähernd so reich aus, wie er war – wozu maßgeblich eine Plastiktüte beitrug, die er fast immer bei sich hatte. Darin steckten die sechs Tageszeitungen, die er abonniert hatte, sowie zwei, drei Bücher.

Wann immer Ben irgendwo warten musste, begann er, seine Tüte leer zu lesen. Bei Flug- und Bahnreisen reservierte er grundsätzlich zwei Plätze: einen für sich und einen für die Müllhalde aus Papier, die neben ihm entstand.

Johanna und ich hatten Ben zu seinem neunundsechzigsten Geburtstag einen piekfeinen Aktenkoffer aus Ziegenleder geschenkt. Es war, wie sich herausstellte, der dreiundzwanzigste Aktenkoffer, der ihm in den letzten zwei Jahrzehnten geschenkt worden war. Und auch dieser wurde an die Hausdame Martha weitergegeben mit der Frage, ob es in ihrer weitverzweigten Verwandtschaft nicht jemanden gebe, der noch keinen von Bens verschmähten Aktenkoffern bekommen habe.

«Ich liebe meine Plastiktüten», hatte Ben gesagt. «Wenn ich den Inhalt gelesen habe, schmeiße ich auch die Tüte weg. Ansonsten müsste ich einen leeren Koffer mit mir herumtragen, und das wäre doch äußerst unpraktisch.»

Als ich aus der Umkleidekabine trat, wünschte ich, die Frau zu sein, die ich dort im Spiegel sah. Das Kleid hatte aus mir genau die elegante, kühle Diva gemacht, die ich immer sein wollte.

Keine Ahnung, wie, aber mein ansonsten so rosiger Landmädchenteint und meine eher stabile Statur waren in dem nachtblauen Stoff zu einer vornehmen Blässe und einem gestreckten, fast schon grazilen Körper mutiert. Selbst meine Haare – Wohlmeinende bezeichnen sie entweder als dunkelblond oder hellbraun, realistisch gesehen sind sie eine fade Promenadenmischung aus beidem – hatten, angespornt durch dieses Kleid, eine Art Ehrgeiz und so etwas wie vorsichtigen Glanz entwickelt.

Sogar die Verkäuferinnen waren beeindruckt, und ich kam mir vor wie in einer Vorher-Nachher-Show. Bloß dass es für mich ärgerlicherweise kein Nachher geben würde.

Betrübt zog ich das Kleid aus und wurde wieder ganz ich selbst.

Als ich am Sonntagabend wieder zu Hause war, lag im Flur ein Karton mit einer Karte: «Du brauchst dieses Kleid nicht, liebe Taube, denn schön bist du schon. Schenken möchte ich es dir trotzdem, denn ich bin zwar nicht schön, aber wenigstens reich. Frohe Weihnachten wünscht dir dein Freund Ben.»

«Hinter jeder großen Frau steckt ein Mann, der versucht hat, sie aufzuhalten.»

Naomi Bliven

Ich stand im «Quartier 206», und mir fehlte es an Haltung. Das war schon mal eindeutig. Ben war lange tot, Johanna und Sammy waren bei einem Kindergeburtstag auf dem Land, und ich schlurfte allein und verzagt durch Berlins Luxuskaufhaus. Die Verkäuferin, die mir vor fünf Jahren versichert hatte, die Farbe Nachtblau würde mich in eine unvergessliche Erscheinung verwandeln, hatte mich komplett vergessen.

Ungegrüßt und unbeachtet schlich ich durch die Abteilungen und fragte mich, in welchem Geschäft ich eigentlich meine Selbstachtung liegengelassen hatte. Es ist tatsächlich so, dass du selbst als vierzigjährige Frau an schlechten Tagen von Komplexen eingeholt werden kannst, mit denen du bereits als Sechzehnjährige in einem mit indischer Seide bezogenen Tagebuch gehadert hast.

Dann fühlst du dich wieder jung – im allerschlechtesten Sinne. Dünnhäutig und schutzlos. Ein schiefer Blick kann dich aus der Bahn werfen, ein ruppiger Busfahrer stürzt dich in eine Sinnkrise, und Label und Preis einer Kaschmirstrickjacke lassen dich vor Ehrfurcht erschauern.

Ich habe den Begriff «Frustkauf» nie verstanden. Kaufen gegen Frust? Wenn ich ohnehin schon frustriert bin, dann hat ein Bummel durch piekfeine Boutiquen auf mich in etwa die Wirkung, die eine Schlaftablette auf einen Übermüdeten hat: Alles wird nur noch schlimmer! Und der Anblick von hauchdünnen Kleidchen in Größe vierunddreißig, die so ziemlich jeden Körperteil frei lassen, den man als Frau – statistisch gesehen bereits in der zweiten Hälfte des Lebens – lieber bedeckt wissen will, wirkt auf mich nicht im mindesten stimmungsaufhellend. Ganz im Gegenteil.

Ich habe mal gelesen, dass gutaussehende Verkäuferinnen geschäftsschädigend sind. Laut Statistik kaufen Kundinnen weniger ein und verlassen das Geschäft schneller wieder, wenn sie von einer besonders hübschen Frau bedient werden. Und das hat mir sofort eingeleuchtet.

Es ist ja schon nicht schön, wenn man in eine Hose nicht reinpasst. Noch viel weniger schön ist es, wenn deine Verkäuferin die gleiche Hose zwei Nummern kleiner und mit Gürtel trägt.

Ich habe eigentlich nichts gegen schöne Frauen – es sei denn, sie stehen direkt neben mir. Da kann ich ausgesprochen intolerant werden. Das ist doch, wie wenn du deinen silbergrauen Mazda direkt neben einem BMW Coupé mit nachtblauer Sonderlackierung parkst. Der direkte Vergleich stimmt einen meist recht unzufrieden.

Deshalb darfst du das «Quartier 206» nur betreten, wenn dein Ego gerade intakt ist und du bereit bist, auszuhalten, dass du achtzig Prozent der Klamotten dort weder tragen noch bezahlen kannst und du von Verkäuferinnen bedient wirst, neben denen du aussiehst wie ein Gebrauchtwagen, der höchstwahrscheinlich nicht mehr durch den nächsten TÜV kommt.

Wenn du dich wohlfühlen möchtest, wenn du Selbstbewusstsein tanken willst, wenn du dich weniger durchschnittlich und womöglich ein klitzekleines bisschen überlegen fühlen willst, dann geh zu Ikea.

Ach, ich sehne mich nach dem schwedischen Möbelhaus, in dem alle Menschen gleich und die Sofas abziehbar sind. Wo Mode das ist, was den meisten Leuten gefällt. Wo die Köttbullar seit fünfundzwanzig Jahren unverändert schmecken und immer irgendein Lasse oder Fynn aus dem Bällebad abgeholt werden möchte. Da ist die Welt, meine Welt, in Ordnung. Aber hier? Im schwarz-weißen Design-Tempel, wo man statt Limo und Hot Dog Champagner und Cracker mit Blue Stilton bekommt?

Gerade zupfte ich verzagt an einem Hosenanzug herum, als doch tatsächlich eine Verkäuferin auf mich zukam. Verschreckt wollte ich das Teil schon wieder zurückhängen – vielleicht hatte sie geglaubt, ich wollte es klauen, denn wie sonst war die plötzliche Aufmerksamkeit zu erklären? –, als sie mich in leidlich höflichem Ton fragte: «May I help you? Are you looking for something particular?»

Oh. Ich meine, ich hab auch zehn Jahre Englisch gehabt und sogar einen dreiwöchigen Sprachkurs an der Südküste Englands absolviert, wo es ununterbrochen regnete und ich den Vater meiner Gastfamilie mit dem Au-pair-Mädchen kopulierend in der Waschküche antraf, aber ich wusste trotzdem nicht, was ich sagen sollte.

Meine Güte, ich war deprimiert, unsicher und vierzig, und nun sollte ich auch noch in einer Fremdsprache erklären, warum ein schmalgeschnittener Hosenanzug in Größe vierunddreißig für mich nicht in Frage kam?

Ich schwieg zerrüttet und fragte mich, seit wann es wohl zum guten Ton gehörte, die Kundschaft in Luxusläden nicht mehr in der Landessprache anzusprechen.

Nein, zu Hause in Stade wäre mir das nicht passiert. Und ich sehnte mich vehement nach meinem eierlosen Nest im Norden Deutschlands, wo dich die Verkäuferinnen mit einem barschen «Moin, moin» begrüßen und die Größen vierunddreißig und sechsunddreißig als Sondergrößen für Sonderlinge gelten und nur auf Wunsch bestellt werden.

«I'll get someone for you», sagte die Verkäuferin nur und winkte in Richtung einer zweiten Person, die hinzukam und mich in gebrochenem Deutsch mit russischem Akzent fragte, ob ich mich für diesen Hosenanzug interessieren würde.

«Haben Sie den auch größer? Vielleicht in achtunddreißig?», piepste ich nahezu unhörbar, gedemütigt durch die Tatsache, dass ich weder eine dem Geschäft angemessene Sprache sprach noch in eine dem Hosenanzug angemessene Konfektionsgröße passte. Wobei ich bei meiner Frage nach Größe achtunddreißig noch großzügig nach unten abgerundet hatte.

«Njet», sagte die Dame. «Aberrr unsere Model kann Ihnen diese Anzug gerrne vorrführen, wenn wünschen.» Sie deutete auf ein etwa zwei Meter großes, mageres Mädchen, die problemlos mitsamt Proviant in meiner Jeans hätte zelten können.

«Warum?», fragte ich irritiert.

«Dann Sie können sehen, dass gut aussieht.»

Am Ende dieses niederschmetternden Wochenendes kam ich lediglich mit einer kleinen, unbeschrifteten Tüte nach Hause, deren Inhalt ich sofort in einer entlegenen Schublade meines Kleiderschrankes verbarg, denn ich weiß genau, was es über den Seelenzustand einer Frau aussagt, wenn sie von einer ausgiebigen Shoppingtour ausschließlich mit Formwäsche nach Hause kommt.

Ich selbst bevorzuge allerdings den englischen Terminus «Shapewear».

Es handelt sich hierbei um latexartige Spezialunterwäsche, einen hautfarbenen, engen Schlauch, der den Speck an den unerwünschten Stellen platt drückt und Üppigkeit an erwünschten Stellen durch brachiales Zusammenquetschen vortäuscht.

Der Werbeslogan «Jeder Tag, an dem Ihnen niemand sagt, dass Sie einen schönen Hintern haben, ist ein verlorener Tag!» hatte mich augenblicklich überzeugt.

Ja, es gab wahrhaftig schon viel zu viele verlorene Tage in meinem Leben.

Doch die sauteure Leberwurstpelle, das war mir auch klar, würde nicht ausreichen, meine angeschlagene Psyche zu heilen. Denn im Grunde wusste ich ganz genau, in welche besorgniserregende Lebensphase ich gerade hineinschlitterte.

Egal, ob mit oder ohne «Power Panties» und «Slim Cognito»-Wäsche: Ich befand mich an der Schwelle zu meiner zweiten Pubertät.

Freundinnen, Schwestern, Frauen in der Mitte eures Lebens, ich sage euch: Wie ein hormongebeutelter Teenager hat auch die Frau um die vierzig das Gefühl, ihr Leben müsse mehr zu bieten haben, und ganz genauso wie mit vierzehn steht «Selbstverwirklichung» wieder ganz oben auf der To-do-Liste der pubertierenden Frau.

Und eine Frau auf dem Weg der Selbstverwirklichung, das weiß nun wirklich jeder, ist eine Frau auf dem Kriegspfad.

Das wurde mir besonders klar beim Weihnachtsessen, zu dem Selma geladen hatte. Sie hatte Mann und Kinder über Nacht zu den Schwiegereltern geschickt, ihrem Liebhaber freigegeben – ich erwähnte den Klavierlehrer bereits – und drei Freundinnen zum «Putenessen nur für Puten» gebeten.

Was soll ich sagen? Das Essen stand an diesem Abend nicht im Vordergrund. Ich kenne mittlerweile keine Frau mehr, die ohne schlechtes Gewissen Krustenschweinebraten, mit Schmalz gegarten Rotkohl und zum Nachtisch Mascarpone-Creme mit Himbeersirup zu sich nehmen würde.

Also hatte Selma, quasi um uns allen einen Gefallen zu tun, von vorneherein auf die Zubereitung von Beilagen, Soße und Dessert verzichtet und die Pute ohne Haut und nur mit Salat serviert, Dressing extra.

Das hatte zur Folge, dass der reichlich vorhandene Rotwein in unseren leeren Mägen zügig Wirkung zeigte und wir bereits um halb zehn beim Themenkreis «Bindegewebe, Ehe, Sexualität» angelangt waren.

Denn eines muss man ganz klar so sagen: Du kannst nicht vierzig und gleichzeitig zufrieden sein. Keine von uns wollte, dass ihr Leben bleibt, wie es ist. Die Einzige, die im Einklang mit sich und dem Ist-Zustand ihres Daseins war, schien Selma zu sein.

«Du hast aber auch wirklich alles, was man sich wünschen kann», moserte Karin, die nach fünfzehn Jahren Ehe angefangen hatte, an ihrem Mann rumzunörgeln und regelmäßig mit Trennung zu drohen, bis der entnervt auszog, um mit Melanie, achtundzwanzig, aus der Buchhaltung seiner Firma eine neue Existenz zu gründen. «Dein Mann geht einer regelmäßigen Arbeit nach, ist ein guter Vater und kommt nicht überraschend früher nach Hause. Dein Liebhaber hat sensible Hände, ist verheiratet und wird euer Geheimnis ebenso konsequent hüten wie du. Deine Kinder können sprechen und alleine kacken, sind aber noch nicht in dem Alter, dass sie dich versehentlich zur Oma machen könnten. Was will man mehr?»

«Jetzt übertreib mal nicht», sagte Selma. «Mir ist klar, dass solche Geschichten nicht lange gutgehen. Fliege ich auf, ist meine Ehe im Arsch. Fliege ich nicht auf, langweile ich mich in drei Jahren mit meinem Liebhaber genauso wie mit meinem Mann. Affären muss man genießen, weil sie kein gutes Ende nehmen.»

«Wenigstens hast du aufregenden Sex», sagte Elli müde. Sie hatte vier Kinder und schlief an ihren rargesäten freien Abenden regelmäßig um halb elf ein, egal wo. Selma und ich hatten sie schon aus Bars, Kinos und Bowlingcentern raustragen müssen.

Ich betrachtete den unzufriedenen Weiberhaufen. Eigentlich könnte sich jede endlich beim vollmundigen Roten zurücklehnen und sich freuen, dass sie es bis hierher ohne größere Blessuren geschafft hat: Kinder gekriegt, Karriere gemacht, Männer, Städte und Chefs verlassen, Liebeskummer überlebt, Eltern beerdigt, Langzeitbeziehungen geführt und endlich eingesehen, dass Diäten nichts bringen.

Aber mir persönlich sind keine Frauen bekannt, die sich behaglich zurücklehnen. Frauen sind stetig vor sich hin sprudelnde Nölquellen, immer unzufrieden, immer damit beschäftigt, irgendwas zu optimieren, meistens ihren Partner oder ihre Figur.

Ich hab es ja immer gerne, wenn es zu meinen persönlichen Beobachtungen passende wissenschaftliche Studien gibt. Eine von denen besagt, dass in Deutschland das Alter, in dem die Unzufriedenheit am größten ist, bei zweiundvierzig Jahren liegt.

Wir alle wissen ja, dass unzufriedene Männer völlig harmlos sind. Sie drehen den Fernseher lauter und gehen davon aus, dass sich alles von selbst erledigt. Die unzufriedene Frau hingegen ist eine fleischgewordene Bombendrohung.

Solide Ehen werden mehrmals täglich angezweifelt, die letzten Eizellen mobilisiert, Salsa-Kurse gebucht und der Seitensprung immer mehr für einen Stützpfeiler der modernen, dauerhaften Ehe gehalten.

Denn jetzt ist die Zeit, in der noch einmal, ein letztes Mal, alles möglich ist. Oder möglich scheint.

Du siehst noch schnafte aus, es gibt in deinem Leben noch regelmäßige Eisprünge, und du kommst spielend mit Puls hundertzwanzig einmal durch den Stadtpark und wieder zurück, bist beruflich etabliert und hast keine Kinder, oder sie sind aus dem Gröbsten raus.

Jetzt könnte es beginnen, dein zweites Leben. Und dann kaufst du dir figurformende Latex-Wäsche und fragst dich, wer du bist und wer du eigentlich sein willst, wie du lebst und wie du eigentlich leben könntest.

Du zweifelst an dir und am Sinn des Lebens, fängst an, esoterische Bücher zu lesen, und fühlst dich wieder so orientierungslos wie mit vierzehn, bloß dass du Krähenfüße bekommst statt Pickel und Krampfadern statt Mitesser.

Du weißt, dass die Wünsche, die du jetzt nicht verwirklichst, in deinem Herzen vermodern und die Luft verpesten werden. Aber du weißt auch, dass die Fehler, die du jetzt machst, nicht wiedergutzumachen sind.

Und wieder kaufst du Push-ups, teurer zwar und besser geschnitten als die vor fünfundzwanzig Jahren, aber ihr Sinn ist derselbe. Bin ich schon eine sexy Frau?, willst du mit fünfzehn wissen. Heute fragst du dich: Bin ich es noch?

In den letzten zehn Jahren ruhten deine Brüste friedlich und unbehelligt in harmlosen Büstenhaltern. Mit dreißig stabilisieren sich Karrieren, Beziehungen und Egos. Das Altwerden ist genauso weit weg wie die Torheiten der Jugend. Die goldene Mitte. Eine angenehme Zeit für alle Beteiligten, auch für Brüste.

Aber jetzt sind dir die tapferen Kameraden plötzlich nicht mehr gut genug, werden hochgeschnürt und eingezwängt, obschon sie sich auf einen gemütlichen Lebensabend in Baumwoll-BHs mit breitem Bündchen eingestellt hatten.

Und dann fängst du an, dich für Botox-Injektionen und Lid-Straffungen zu interessieren, für den zweiten Bildungsweg, für eine Hypnotherapie, für eine Samenspende oder eine Ausbildung zur Pilates-Trainerin.

Das alles ist schlimm genug.

Aber noch schlimmer ist, dass du dich bei alledem tatsächlich auch noch fragst: Lohnt sich das überhaupt noch, in meinem Alter? Liegt die beste Zeit meines Lebens nicht bereits hinter mir? Sollte ich nicht langsam anfangen, in Würde alt zu werden, die kurzen Röcke und engen Lederhosen an jüngere Cousinen weiterverschenken und Frieden schließen mit mir und der Welt und vielleicht sogar mit meinen Oberschenkeln?

«Ab wann ist man eigentlich alt?», fragte ich. «Selma treibt es jetzt noch auf glitschigen Latexlaken, aber in vier, fünf Jahren wird sie sich fragen, ob sie sich dabei nicht allzu leicht eine Zerrung oder gar einen Bruch zuziehen könnte.

Und mit einem gebrochenen Oberschenkelhalsknochen beginnt immer der Anfang vom Ende.»

«Dasselbe gilt ja auch für Sex im Auto», sagte Selma. «Zum Glück fahre ich mittlerweile einen Kombi. Ich glaube, dass es meiner sexuellen Entfaltung gar nicht zuträglich war, dass ich in einer Ente entjungfert wurde. Du doch auch, Karin, oder?»

«Klar, die Ente von Sebastian Kaiser, dem Bauchnabeleinspeichler. Haben wir darin nicht alle zumindest Teile unserer Unschuld verloren?»

«Wisst ihr, woran ich merke, dass ich alt bin?», fragte Elli. «Gestern kamen mir im Park ein paar junge Typen entgegen, alle Anfang zwanzig. Und das Einzige, was ich dachte, war: Ob die wohl warm genug angezogen sind?»

«Bald werde ich einen Liebhaber haben, bei dem ich nicht genau weiß, ob er leidenschaftlich ist oder einen Asthmaanfall hat», sagte Selma.

«Was mir zu schaffen macht», fügte ich zerknirscht hinzu, «ist, dass wir in diesem Land jetzt schon Bundesminister in meinem Alter haben. Ich meine, wie soll ich einer Regierung vertrauen, die von Männern gebildet wird, die den gleichen Musikgeschmack haben wie ich und womöglich auch bei ‹99 Luftballons› ihren ersten Zungenkuss bekommen haben? Bald wird ‹Wetten, dass …› von jemandem moderiert werden, der jünger ist als wir. Und unser nächster Kanzler heißt wahrscheinlich Justin oder Emily mit Vornamen.»

«Eine Freundin von mir war vor zwanzig Jahren mal mit Freiherr von und zu Guttenberg zusammen», erzählte Selma. «Stell dir vor, da ist einer Minister, mit dem du vielleicht das erste Petting deines Lebens hattest! Wir werden noch einen Bundeskanzler erleben, mit dem eine von uns im Pfadfinderlager gevögelt hat. Das ist doch widerlich! Ich komme ja schon kaum damit klar, dass ich mein Konto bei einer Bank habe, deren Filialleiter ich vor siebzehn Jahren mal einen geblasen habe.»

«Steffen Klinkhammer?», fragten wir alle wie aus einem Mund.

«Na ja, ich wollte es damals nicht an die große Glocke hängen. Ich war zu der Zeit mit Tobias zusammen und hatte ein ziemlich schlechtes Gewissen wegen der Sache. Darunter leide ich ja heute zum Glück nicht mehr. Das Gute am Älterwerden ist nur, dass man sich nicht mehr wegen jedem Scheiß schuldig fühlt. Treueschwüre und Gewissensbisse sind was für junge Leute. Ich finde, wer sich in unserem Alter noch über Untreue aufregt, macht sich lächerlich.»

«Du hast gut reden», wandte Karin ein. «Du bist ja auch diejenige, die einen Lover hat. Warte ab, bis du von deinem Mann wegen einer Jüngeren verlassen wirst. Mal sehen, ob Untreue dich dann immer noch nicht aufregt.»

«Du hast doch bloß noch über deinen Mann gemeckert, Karin. Nicht mal seinen Geruch konntest du mehr ertragen. Erinnere dich: Du hast immer die Luft angehalten, wenn er an dir vorbeiging, und seine Bettwäsche tagsüber zum Auslüften rausgehängt. Jetzt bist du frei und kannst tun und lassen, was du willst. Wo ist dein Problem?»

«Ich bin nicht frei, ich bin einsam.»

«Sex im Kombi, Latexlaken, jüngere Liebhaber – ich wünschte, ich hätte eure Luxusprobleme», seufzte Elli müde. «Ich habe keine Probleme, weil ich überhaupt nicht dazu komme, welche zu haben. Ich habe nicht mal Zeit, mich einsam zu fühlen. Vier Kinder und ein Mann im Schichtdienst: Mich gibt es überhaupt nicht mehr als Person. Ich frühstücke morgens im Auto. Wie soll ich in so einem durchgetakteten Leben einen Liebhaber unterbringen? Meinem jüngsten Sohn werden nächste Woche die Polypen rausgenommen, mein Ältester hat eine Vorhautverengung und in Deutsch eine Fünf. Ich habe rein gar nichts zu erzählen, was euch interessieren könnte. Selbst für spannende Sehnsüchte fehlt mir die Kraft. Meine größte Sehnsucht ist, endlich mal wieder ausschlafen zu können.»

Elli ließ ihren Kopf auf den Tisch sinken, schloss die Augen und murmelte:

«Nur eine schlafende Frau ist eine zufriedene Frau.»

«Eine Versuchung ist dazu da, dass man ihr nachgibt.»

Madonna

Rostbratwürstchen. Ich bin umgeben von Bergen von Rostbratwürstchen. Die Berge rücken näher, schon purzeln mir die ersten fettigen Würste vor die Füße. Ein gigantischer Strom aus zäh fließendem Senf kommt auf mich zu, und ein bedrohliches Klopfen wird immer lauter. Es ist mein Herz, das sich in Todesangst überschlägt.

Ich fahre hoch. Langsam beruhigt sich mein Herzschlag wieder. Aber das Klopfen bleibt. Verflucht, ist das dunkel hier! Wo bin ich? Ach ja, in diesem Ayurveda-Hotel.

Zum Glück liegt mein Handy auf dem Nachttisch: drei Uhr neun. Es hört nicht auf, an der Tür zu klopfen.

Ich öffne, und vor mir steht ein kleiner, runder Mann mit tiefschwarzem Haar im zitronengelben Bademantel. «Könnten Sie nicht endlich mal still sein?», faucht er mich an. «Wie soll man sich denn da entspannen?»

«Wie bitte?» Um drei Uhr morgens kann ich weder sprechen noch denken.

«Sie schwatzen seit drei Stunden ununterbrochen mit Ihrer Freundin! Ich habe ernsthafte gesundheitliche Probleme und fordere Sie hiermit auf, Rücksicht auf meine Schlafbedürfnisse zu nehmen.»

Ich drehe mich um. Johanna liegt tief schlafend in unserem Doppelbett.

«Wie Sie sehen, sind Sie es, der seine Mitmenschen um den Schlaf bringt. Beschimpfen Sie Ihren Nachbarn zur anderen Seite.»

«Das Zimmer zur anderen Seite ist leer.»

«Na dann gute Nacht!»

Ich mache die Tür zu. Leute gibt's.

Ich lege mich wieder hin. Mein Magen hat immer noch mit den Rostbratwürstchen vom Abendessen zu tun, und die vier Gläser Wein zirkulieren auch noch giftig in meinem Blutkreislauf herum.

Es war unser letzter Abend in Freiheit gewesen, und wir meinten beide, dass wir es nochmal richtig krachenlassen sollten, ehe sich morgen früh die Ayurveda-Gurus über uns hermachen.

Nach acht Stunden Zugfahrt waren wir endlich in Traben-Trarbach an der Mosel angekommen, einem Ort, der, wie uns der Schaffner im Regional-Express erzählt hatte, bei Einheimischen nur «Trüb und Traurig» genannt wird.

Zu Recht, wie wir leider schnell feststellten. Ich hatte mir Weinberge bis dahin immer als sanfte toskanahafte Hügel vorgestellt, auf denen ältere Männer mit Baskenmützen fröhlich Träubchen von den Reben zupfen.

So ist es aber an der Mosel nicht. Hier handelt es sich tatsächlich um Berge, hohe Berge, die jegliche Sicht in jeder Richtung versperren, überall und jedem im Weg rumstehen, auch der Sonne, die etwa drei Stunden am Tag die obersten Wipfel der Traben-Trarbacher Bäume bescheint. Meist scheint sie jedoch gar nicht, da sich hier im Tal gerne Nebel bilden, die sich manchmal nur schwer und oft gar nicht auflösen.

Wir hatten am frühen Abend im Hotel «Parkschlösschen»

eingecheckt, einem imposanten Jugendstilgebäude, das mir sehr gut gefallen hätte, wenn es nicht zwischen besagten Weinbergen eingeklemmt gewesen wäre.

«Bitte erscheinen Sie nüchtern, ungewaschen, ungeschminkt und ohne die Zähne geputzt zu haben, um halb neun zum morgigen Untersuchungstermin», hatte auf dem Zettel gestanden, der mir bei unserer Ankunft übergeben worden war.

Da hatte sich bei mir die Vorfreude schon in überschaubaren Grenzen gehalten.

Wir behaupteten gegenüber der Rezeptionistin, noch einen kleinen, erfrischenden Spaziergang durch die Umgebung machen zu wollen, und steuerten dann ohne Umwege das nächste Restaurant an. Da saßen wir draußen auf wackeligen Gartenstühlen auf einer Verkehrsinsel und wurden von Gelüsten nach Alkohol und ungesundem Essen übermannt.

«Es ist ja quasi unsere Henkersmahlzeit», sagte Johanna und bestellte die «Schlachtplatte für den großen Hunger». Ich nahm eine doppelte Portion Rostbratwürstchen mit großzügig Fritten und ertappte mich dabei, dass ich mich unsicher umsah.

Ich hatte Angst, erwischt zu werden. Ein Gefühl, das man ja nicht mehr oft hat als erwachsene Frau. Das fand ich lustig, weil ich mich fühlte wie in den Zeiten, als ich auf der Schultoilette heimlich geraucht, in meinem Zimmer heimlich gekifft und im Tiefkühlfach meiner ersten Wohnung heimlich Marihuana aufbewahrt hatte, das meine biedere Mitbewohnerin ärgerlicherweise für Oregano gehalten und über ihrer Pizza verteilt hatte. Danach hatten wir unseren einzigen wirklich lustigen Abend gehabt.

Am Nebentisch auf unserer Verkehrsinsel saß ein Mann, der aussah wie ein trauriges Monchichi-Bärchen. Hoffentlich keiner der Ayurveda-Ärzte oder ein Masseur, der mir morgen vorwurfsvoll die Ablagerungen der ungesättigten Fettsäuren aus den Muskeln kneten würde.

Als ich jedoch hörte, dass der Mann eine Flasche Rotwein und den «Moselteller mit dem Besten vom Schwein» bestellte, zerstreuten sich meine Sorgen.

Johanna hat ihre Schlachtplatte offensichtlich gut verkraftet, denke ich missgünstig und immer wieder aufstoßend. Sie schläft neben mir ruhig und friedlich und gibt dabei diese tiefen langen Atemzüge von sich, die jeden Schlaflosen wahnsinnig machen.

Jetzt klopft es schon wieder!

Ich bin zum Kampf bereit und reiße die Tür auf.

«Jetzt reicht es mir aber endgültig!», belle ich den runden Mann an.

«Mir auch!», giftet es böse aus zitronengelbem Frotté zurück. «Sie quatschen ja immer noch ohne Punkt und Komma. Ich habe die Rezeption angerufen und mich über Ihre Rücksichtslosigkeit beschwert. Es wird gleich jemand hier sein, der Sie zur Ordnung ruft. Typisch militante Lesben!»

Er dreht sich wie ein Kinder-Kreisel und spurtet in sein Zimmer zurück.

Ich hinterher.

«Kann es sein, dass Sie unter Halluzinationen leiden? Sind Sie deswegen hier? Sie sollten besser über einen längeren Aufenthalt in der Psychiatrie nachdenken.»

«Beleidigen wollen Sie mich auch noch, Sie Kampflesbe? Das wird ja immer bunter hier!»

Er schließt seine Zimmertür auf.

In diesem Moment hören wir Stimmen.

«Hören Sie doch selbst!», sagt die fiese Zitrone triumphierend. «Jetzt führt Ihre Quasselfreundin schon Selbstgespräche.»

Es ist wirklich seltsam. Wo kommen nur diese Stimmen her? Kann fettes Essen zu Halluzinationen führen?

«Vielleicht hätten Sie auf Ihren Moselteller und ich auf meine Rostbratwürste verzichten sollen», sage ich, jetzt etwas milder gestimmt.

Ich hatte die gelbe Frotté-Kugel als unseren Tischnachbarn von der Verkehrsinsel wiedererkannt.

«Oh», kam es beschämt zurück. «Ich habe mich so einsam gefühlt zwischen den ganzen Weinbergen, und da dachte ich, ehe morgen der ganze Entspannungs- und Entgiftungs-Stress losgeht, schlage ich nochmal richtig zu. Glauben Sie mir, ich achte sonst sehr auf meine Figur.»

«Entschuldigung. Ich höre, Sie haben eine Beschwerde.»

Eine offenbar aus dem Tiefschlaf gerissene Hotelmitarbeiterin steht in der Tür.

«Ja», sagt das Monchichi-Bärchen. «Ich höre dauernd Stimmen!»

«Bitte beruhigen Sie sich, mein Herr. Das sind bloß die Veden.»

«Wer?»

«Haben Sie denn von meinen Kollegen noch keine Einweisung bekommen?»

Das Monchichi-Bärchen schüttelt den Kopf.

«Ihr Radio ist eingeschaltet, und es läuft unser Hauskanal, der rund um die Uhr Veden sendet. Veden sind die Wahrheiten, die Gott den großen Sehern Indiens offenbart hat.

Wir lassen sie in Sanskrit vorlesen. Das beruhigt und schafft einen klaren Geist.»

Die Hoteldame drückt einen Knopf am Radio, und das unheimliche Gewisper verstummt.

Der Mann in Gelb und ich trinken noch ein Schnäpschen auf die Veden – nicht aus der Minibar, denn so was gibt es hier selbstverständlich nicht. Aber mein Nachbar führt einen Kosmetikkoffer stattlicher Größe mit sich, der mit einer Auswahl geistiger Getränke gefüllt ist. Und das empfinde ich schon mal als sehr beruhigend.

Die nächsten Tage verbringe ich wie in Trance. Auf dem Programm stehen vierhändige Synchronmassagen mit warmem Sesamöl, Yoga, Stirngüsse, Nabelgüsse und zwischendurch viel heißes Wasser und noch mehr Entspannung. Das Essen ist leicht, vegetarisch und trotzdem lecker. Es gibt sogar Nachtisch – allerdings vor dem Essen. Ich war lange nicht mehr so umsorgt, so friedlich und so weit weg vom Rest der Welt.

Mit Marcus telefoniere ich täglich, aber immer nur kurz. Bei mir passiert ja auf angenehmste Weise nichts Besonderes und bei ihm anscheinend auch nicht.

Ich war überrascht gewesen, wie klaglos und besonnen er reagiert hatte, als ich ihm von Johannas Vorschlag erzählte. Er redete mir sofort zu und war sogar bereit, mir seinen Laptop mitzugeben für die Überarbeitung von «Damenwahl». Die Tatsache, dass ich mindestens einen Zyklus aussetzen und damit eine potenzielle Chance, schwanger zu werden, verspielen würde, kommentierte er mit keinem Wort.

Einen Moment lang überlegte ich, ob ich mich ärgern sollte. Woher kam diese neue Gelassenheit, diese Toleranz, diese Großzügigkeit? Hatte er denn gar keine Sorge vor dem negativen Einfluss, den Berlin und Johanna auf mich haben könnten?

Aber dann fand ich es mehr als albern, wenn ich nun auch noch beginnen würde, mich über gute Eigenschaften meines Mannes aufzuregen. Mit den schlechten hat man ja wahrlich schon genug zu tun.

Also nahm ich seine angenehme Reaktion als das, was es war: eine angenehme Reaktion, und brach auf ins Land der Ölmassagen, heilenden Hände und Abführtage.

Bereits bei unserem ersten Gespräch hatte mir der indische Arzt gesagt, was mit mir nicht stimmte: Hormonhaushalt in chaotischem Zustand, Seele in chaotischem Zustand, und mit meinem Verdauungsapparat stünde es auch nicht zum Besten. Außerdem seien meine Doshas im Ungleichgewicht, zu viel Pitta und zu viel Vata.

Aha, dachte ich. Aber es klang, als hätte er recht. Und dann sagte er: «Was Ihnen fehlt, ist Klarheit und mentales Licht. Sie müssen lernen, das loszulassen, was Ihnen nicht gehört, und auf das zu verzichten, was Sie nicht haben können.»

Daraufhin fing ich sofort an zu heulen.

Ich bin es nicht gewohnt, dass man sich um mein Wohlergehen sorgt. Marcus ist eher der pragmatische Typ, der erst dann fragt, ob eigentlich alles in Ordnung sei, wenn Blut fließt, die Körpertemperatur über einundvierzig Grad steigt oder dein Gesicht blau anläuft. Er ist keiner, der sich unnötig verrückt machen lässt, der dich mit Mitleid überhäuft, wenn du mal schlecht geschlafen hast, oder eine kleine depressive Verstimmung sonderlich ernst nehmen würde.

Und ich bin da genauso. Ich kenne es nicht anders. Meine Eltern waren auch nicht zimperlich. Meine Mutter war Krankenschwester, mein Vater bei der Bahn. Die hatten keine Zeit, sich um Wehwehchen zu kümmern, und so manche Kinderkrankheit musste ich allein auskurieren. Unsere Nachbarin schaute ab und zu nach, ob ich noch am Leben war, und telefonierte dann eine entsprechende Entwarnung an meine Mutter durch.

Ich hatte mich längst daran gewöhnt, meine eigenen Befindlichkeiten nicht allzu ernst zu nehmen, und nahm es selbstverständlich auch niemandem übel, wenn er das ebenso wenig tat. Demzufolge hatte ich in den letzten Monaten gar nicht gemerkt, dass es mir nicht gutging. Das änderte sich erst bei der intensiven Befragung durch den indischen Arzt.

Eigentlich schlafe ich keine Nacht länger als vier Stunden am Stück, und das, obschon ich jeden Abend eine Flasche Wein trinke. Ich habe entsprechende Schatten unter den Augen, meine Haut ist für meine Verhältnisse ungewöhnlich blass, und zum ersten Mal seit meiner Pubertät verbringe ich wieder einen Gutteil der Zeit im Bad damit, Mitesser auszudrücken, sodass die tägliche straffende Klopfmassage meines Dekolletés viel zu kurz kommt.

Ich habe mir sogar Ohrenstöpsel und eine Schlafbrille gekauft, weil ich anfing, unter den Geräuschen zu leiden, die Marcus nachts von sich gibt. Hier ein seliges Schmatzen, da ein zufriedenes Grunzen, dann wieder diese tiefe regelmäßige Schlafatmung, die ich zunehmend als nicht wiedergutzumachenden Affront empfinde.

Als Schlaflose neben einem zu liegen, der schon in dem Moment unbeschwert losschnorchelt, wo er das Licht ausmacht, das ist, wie mit jemandem zusammenzuleben, der jeden Abend eine Schachtel «Edle Tropfen in Nuss» aufisst und immer noch in seinen Konfirmandenanzug passt, während man selbst schon zulegt, wenn man sich mal zwei Pinienkernchen auf dem Salat gönnt.

Ich muss allerdings sagen, dass sich in meinem privaten Umfeld fast keine Frau befindet, die nicht unter den Geräuschen leidet, die ihr Partner nachts von sich gibt.

«Ich würde ihn sehr gerne erwürgen» oder «Wie konnte ich nur so ein grunzendes Monster heiraten?» sind unter den Aussagen über schnarchende Männer noch die freundlichsten.

Ich habe mir – um die optimale Schlaftemperatur von neunundzwanzig Grad unter meiner Decke zu gewährleisten – ein Lammfell, eine körpergroße Heizdecke und ein ergonomisch perfekt geformtes schlafförderndes Nackenkissen zugelegt. Hilft alles nichts. Spätestens um vier werde ich wach. Und liege rum, verpasse meinen Schönheitsschlaf, meine armen alten Zellen können sich nicht angemessen regenerieren, und morgens sehe ich aus wie ein sehr alter Basset.

Kein Wunder, dass ich zunehmend verspannt war und meist schon beim Frühstück anfing, mich über Marcus zu ärgern, sei es, weil er gut gelaunt war, oder sei es, weil er schlecht gelaunt war.

Er hatte geschlafen, der Schuft, das machte ihn mir grundsätzlich unsympathisch, und er nahm keine zyklusregulierenden Hormontabletten nach dem Frühstück ein, sondern lediglich ein pflanzliches Mittel zur Stärkung der Immunabwehr.

Ich heulte immer noch, als mir der indische Arzt seine Hand auf den Unterarm legte, mir empfahl, täglich heißes Ingwerwasser zu trinken, meinen Geist zu harmonisieren und die Hormonbehandlungen endgültig zu beenden.

«Dasselbe sage ich dir seit Jahren, dafür brauche ich kein Inder zu sein», schimpft Johanna einige Abende später an der Bar des «Parkschlösschens». Es ist ihr Lieblingsthema.

«Leicht gesagt, Johanna, du hast schon ein Kind.»

«Du setzt dich viel zu stark unter Druck.»

«Die Zeit rennt mir davon.»

«Du schläfst nicht mehr richtig, du siehst scheiße aus, und du heulst vor Ergriffenheit, wenn dich jemand fragt, ob es zieht und er das Fenster schließen soll. Du bist auf dem falschen Weg. Worauf wartest du noch, um endlich die Konsequenzen zu ziehen?»

«Ich habe immer noch die Hoffnung, dass es mal klappt.»

«Weißt du, was das Schlimme ist? Während man sich Hoffnungen macht, macht man in der Regel nichts anderes. Wenn die Hoffnung schneller stürbe, würden wir alle wesentlich weniger Zeit verlieren.»

«Ich kann aber noch nicht aufgeben. Nicht nach diesen vielen vergeblichen Versuchen. Dann wäre doch alles umsonst gewesen.»

«Entschuldige, aber das ist hammerblöde. Einen Fehler zu machen, lohnt sich doch nur, wenn man ihn einsieht und korrigiert. Willst du wirklich aus Trotz in der falschen Richtung weiterlaufen, bloß weil du nicht umkehren möchtest? Manchmal ist Aufgeben der schnellste Weg zum Sieg. Du musst dein Leben verändern – sonst verändert es dich.»

«Ich bin dabei», sage ich und gönne mir noch einen Schluck heißes Ingwerwasser.

Ich habe die letzten Nächte acht Stunden am Stück geschlafen. Im Spiegel erkenne ich mich selbst wieder. Die künstlichen Hormone scheinen durch alle Poren meinen Körper zu verlassen. Es geht mir hier gut.

Fühle mich weise und innerlich gereinigt. Bin eins mit der Welt, und selbst die Weinberge empfinde ich nicht mehr als bedrohlich, sondern als wohlwollende Beschützer meiner gesundenden Seele.

An den Nebentischen sitzen gediegene Herrschaften und unterhalten sich über ihre Gedärme und die Beschaffenheit ihrer Ausscheidungen. «Ich habe schon seit Tagen keinen Stuhlgang mehr», höre ich jemanden klagen, und ich bestelle alarmiert noch ein Tässchen Abführtee. Sicher ist sicher.

Ich lächle buddhahaft und nicke milde einem älteren Paar zu. Er lässt sich seine gute Laune durch sie nicht verderben und sie sich ihre schlechte nicht durch ihn. Wie harmonisch und ausgeglichen, denke ich, so soll es sein.

«Meine Güte, du gehst mir wirklich auf den Keks mit deinem Harmoniegetue», meckert Johanna. «Was ist los mit dir? Du bist doch sonst nicht freundlich.»

«Meditative Selbstfindung», antworte ich einsilbig.

«Viel Vergnügen. Die meisten Menschen, die sich selbst gefunden haben, merken, dass da gar nichts ist.»

Johanna bekommt der Aufenthalt im «Parkschlösschen» ganz offensichtlich nicht so gut. Sie wird von Tag zu Tag gereizter: «Kaum bin ich aufgestanden, muss ich mich schon wieder entspannen. Ich habe Sehnsucht nach dem richtigen Leben, nach Lärm, nach Menschen, die einfach drauflos-kacken, ohne die Konsistenz zu analysieren und beim Mittagessen zu kommunizieren.»

«Du übertreibst.»

«Überhaupt nicht. Gestern hat mir bei der Suppe eine Juwelierin aus Düsseldorf erzählt, dass sie etwas habe, das sich ‹Spritzstuhl› nennt. Ich komme mir hier vor wie eine fette Amöbe in warmem Öl. Diese ganze Harmonie bringt mich noch zum Durchdrehen. Aber warte mal, sieh dir bitte den Typen da drüben an!»

Johanna deutet auf ein korpulentes Männchen Ende dreißig im lila Samtanzug, dessen Revers mit Dutzenden Strass-Steinen verziert sind.

«Großer Gott, diese Türken-Tucke sieht so scheiße aus, dass es schon wieder lässig ist.»

«Das ist unser Zimmernachbar.»

«Der, der nachts Stimmen hört?»

«Genau. Der Arme sieht wirklich schlecht aus.»

Ich winke ihm mit meiner neugewonnenen Sanftheit zu wie Königinmutter ihren Enkelkindern. Seine Miene hellt sich augenblicklich auf, und er trabt auf unseren Tisch zu.

«Bin ich froh, Sie zu sehen!», sagt er und lässt sich neben mich plumpsen. «Endlich eine normale Seele inmitten dieser verdauungsbesessenen Entrückten. Beim Abendessen, übrigens meinem ersten nach drei Tagen dünner Reissuppe, wollte mir jemand ein Gespräch über Einläufe aufzwingen. Und dann fand ich auch noch heraus, dass das, was auf meinem Teller wie Hähnchengeschnetzeltes aussah, verkleideter Tofu war. Igitt! Tofu ist schwules Fleisch.»

«Sie kommen leider zu spät, Herr Nachbar», sagt Johanna. «Meine Freundin ist bereits infiziert und auch kein normaler Mensch mehr. Da müssen Sie sich schon an mich halten. Ich habe gehört, Sie führen einen Kosmetikkoffer mit sich, dessen Inhalt stimmungsaufhellend wirkt.»

Johanna prostet unserem Zimmernachbarn mit ihrer Tasse heißen Wassers zu. Er strahlt sie an und sagt: «Darf ich mich vorstellen? Küppers, mein Name, Erdal Küppers. Und wenn ich mich recht erinnere, habe ich Sie gestern in der Stadt vor dem Chipsregal bei Edeka gesehen.»

«Du hast dir heimlich Chips gekauft?»

Ich schaue Johanna mit ayurvedahafter Strenge an.

«Nicht gekauft, ich hab bloß davorgestanden. Ich wollte endlich mal wieder echte Lebensmittel und echte Menschen sehen. Man fühlt sich ja hier, als sei der Rest der Welt von einer Tsunami-Welle aus warmem Sesamöl weggespült worden.»

«Sie sprechen mir aus der Seele. Gestern bin ich bis nach Trier gefahren, um mich zu vergewissern, dass es noch ein Leben jenseits dieser verdammten Weinberge gibt.»

«Und?»

«Es war herrlich. Allein schon etwas anderes zu riechen als indische Gewürzmischungen, habe ich als tröstlich empfunden. Da ich inzwischen drei Kilo weniger wiege, habe ich ausprobiert, ob ich bereits in eine kleinere Hosengröße reinpasse. Ich bin ja leider recht kräftig gebaut. Eine Frage der Gene. Mein türkischer Vater war klein und einen Hauch übergewichtig, und meine westfälische Mutter war leider auch keine hochbeinige Elfe. Von ihr habe ich die breiten Hüften und den gesunden Appetit. Soll ich Ihnen was sagen? Auf dem Rückweg hierher aus Trier habe ich auf dem Wegweiser zum Hotel statt ‹Parkschlösschen› tatsächlich ‹Markklößchen› gelesen! So weit ist es schon gekommen. Aber wo war ich stehengeblieben? Ach ja, die Hose. Ich quetsche mich also in einem Geschäft in eine dieser ‹True Religion›-Jeans, wie sie auch dieser schnuckelige Bill von ‹Tokio Hotel› trägt. Natürlich null Stretchanteil und null Spielraum am Hintern.

Kaum bin ich drin, sehe ich, was das Teil kosten soll: zweihundertneunundachtzig Euro! Ich fragte die Verkäuferin, was denn an dieser Hose so besonders sei. Da sagt die doch tatsächlich: der Preis.»

«Gut, dass Sie die Jeans nicht gekauft haben», sage ich tröstend. «Innere Balance und Harmonie sind doch viel wichtiger als diese maßlos überteuerten Designerklamotten.»

«Selbstverständlich habe ich das Teil gekauft! Sie glauben doch nicht, dass ich eine ‹True Religion›-Jeans, in die ich reinpasse, wieder zurück ins Regal lege. Es kann sich um Tage oder vielleicht nur Stunden handeln, in denen mir so eine Hose passt – und davon will ich jede einzelne Sekunde auskosten.»

«Abzunehmen ist ja schön und gut», sage ich sanft, «aber haben Sie denn gar keine spirituellen Ziele? Unser Aufenthalt dient doch nicht nur der körperlichen, sondern auch der seelischen Entgiftung.»

Johanna legt mir eine Hand auf den Arm.

«Herr Küppers, ich muss mich in aller Form für meine fehlgeleitete Freundin entschuldigen. Ich schwöre Ihnen, bis letzte Woche war sie eine ernstzunehmende Frau, die sich für ihre Orangenhaut mehr interessierte als für den Weltfrieden. Die Vera, die ich zu kennen glaubte, verzichtete beim Abendessen auf Kohlehydrate, um dann kurz vorm Schlafengehen eine Schachtel Schokocrossies zu verzehren. Bitte glauben Sie mir, Vera verfügt über Selbstironie und Humor.»

«Das ist kaum zu glauben, aber wenn Sie das sagen, liebe Johanna.»

Herr Küppers wirft mir einen misstrauischen Blick zu.

«Die Frage Ihrer Freundin ist jedoch nicht ganz unberechtigt. Es gibt tatsächlich einen mentalen Anlass für mein Hiersein.»

Er schweigt bedeutungsvoll.

«Ich bin nämlich sehr, sehr krank.»

Sofort ergreift Johanna eine Hand von Herrn Küppers.

Sie hat ein großes, wenn man mich fragt, manchmal zu großes Herz für kranke, leidende und irgendwie beschädigte Kreaturen. Das reicht von Stofftieren, denen ein Auge fehlt, bis hin zu herrenlosen Katzen und weinenden Kindern.

Johanna hat schon Säuglinge aus ihren Kinderwagen rausgeholt und sie ihren Müttern nachgetragen, die sich bloß mal schnell ein belegtes Brötchen kaufen wollten. Auf den Spielplätzen im Prenzlauer Berg macht sie sich bei den Erziehungsberechtigten immer wieder unbeliebt, weil kein Kind mal in Ruhe ein paar Minuten heulen kann, ohne von ihr zum Trost ein paar Gummibärchen in den Mund gestopft zu bekommen. Von den viel zu vielen Hunden und Katzen, die Johanna ins Tierheim gebracht hat, als sie noch gar nicht richtig weggelaufen waren, will ich jetzt gar nicht anfangen.

In Herrn Küppers hat Johanna ein neues und, wie es scheint, sehr dankbares Opfer gefunden.

«Um Gottes willen, mein Lieber, was fehlt Ihnen denn bloß?»

Erdal Küppers schweigt wieder bedeutungsschwer. Dann atmet er tief durch, seufzt laut und sagt mit brechender Stimme:

«Ich leide an einer schweren postnatalen Depression.»

«Ein Geliebter ist ein Mann,
den man nicht heiratet –
weil man ihn liebt.»

Vanessa Redgrave

Frau Hagedorn, entschuldigen Sie bitte die Störung, aber da ist ein Anruf für Sie. Wollen Sie das Gespräch vielleicht in meinem Büro entgegennehmen? Ich fürchte, es handelt sich um eine tragische Nachricht.»

Der Direktor des «Parkschlösschens» tritt in der Sekunde an unseren Tisch, als Erdal Küppers uns mit seinem Krankheitsbild überrascht.

«Soll ich besser mitkommen?», fragt Johanna.

Ich schüttele den Kopf und folge dem Direktor. Das Gespräch mit Marcus ist kurz. Wir klären schnell alles, was es zu klären gibt, und ich gehe zurück zur Bar.

«Mein Schwiegervater ist tot.»

«Ich dachte schon, es sei was Schlimmes», sagt Johanna.

Als ich am nächsten Tag vorzeitig abreise, besteht sie darauf, mich zu begleiten. Und Herr Küppers ist nicht davon abzubringen, uns in seinem Wagen nach Stade zu fahren.

«Ich wohne in Hamburg. Bis Stade ist es nur ein Katzensprung. Und außerdem ist es doch eine Frage der Humanität, dass ich Sie fahre – auch wenn es für mich den Verzicht auf vier Kur-Tage und zwei Einläufe bedeutet. Ich sage immer: Man muss Mensch bleiben, besonders wenn andere in Not geraten.»

Auf der Fahrt sind Johanna und Herr Küppers nicht wiederzuerkennen. Vergnügt decken sie sich an der ersten Tankstelle mit Schokoriegeln, Mini-Salamis und einer Jumbotüte «funny-frisch Erdnuss Flippies» ein, und ich finde, es geschieht meinem Schwiegervater recht, dass er durch seinen Tod zwei Menschen versehentlich eine Freude bereitet hat.

Ich sitze auf der Rückbank, mache es mir gemütlich mit meinen neuen Büchern «Ayurveda im Alltag», «Die drei Doshas» und «Harmonische Wechseljahre» und lausche dem aufreizenden Knistern von Schokoladenpapier. Als sich das Auto dann auch noch mit dem Duft von Erdnussflips füllt, murmele ich mein stabilisierendes Mantra «Ong Namo Guru Dev Namo».

«Ich bin ein sehr sensibler Mensch», höre ich Herrn Küppers kauend sagen. «Deswegen hat mich die Geburt meines Sohnes in eine tiefe postnatale Verunsicherung gestürzt. Auf einen Schlag bist du verantwortlich für ein Menschenleben!»

«Sind Sie allein erziehend?», fragt Johanna mitfühlend.

«Nicht direkt, aber empfindliche Gemüter wie mich trifft die Wucht der Erkenntnis eben viel unmittelbarer. Karsten und Leonie sind da etwas eindimensionaler in ihren Empfindungen. Ich finde es offen gestanden schon sehr bedenklich, wenn jemand die Geburt des eigenen Kindes problemlos und ohne die Hilfe eines Therapeuten verarbeitet. Der Johann hat mir da im Grunde genommen zugestimmt und deswegen auch die Kur im ‹Parkschlösschen› befürwortet.»

«Und wer, bitte schön, sind Johann, Karsten und Leonie?»

«Johann ist mein Hypno-Therapeut, ein absoluter Spezialist in Sachen posttraumatische Belastungen und Reizdärme. Karsten ist mein Freund, und Leonie ist die Mutter von Joseph, unserem Sohn.»

«Könnten Sie mir helfen, dieses verzwickte Beziehungsgeflecht zu entwirren?»

«Leonie ist die Cousine meiner Schulfreundin Rosemarie Goldhausen. Auf der Beerdigung einer Tante trafen sich die beiden nach langer Zeit wieder. Leonie kotzte auf das Grab von Bertolt Brecht und gestand Rosemarie, dass sie schwanger war, allerdings nicht so genau wusste, von wem. Ich muss ja leider sagen, dass die Zeit, in der ich mit Männern intim war, deren Nachnamen ich nicht kannte und die vor Morgengrauen schon wieder verschwunden waren, seit längerem vorbei ist.»

Ich überlege, ob ich jemals mit jemandem geschlafen habe, von dem ich nur den Vornamen kenne. Ich muss das beschämt innerlich verneinen, und mir fällt auch kein einziger Zeitraum meines Lebens ein, in dem ich, wäre ich schwanger gewesen, nicht sehr genau gewusst hätte, von wem.

Wieder will das emsige Nagetierchen Zweifel anfangen, an meinen Innereien zu knabbern: Hast du nicht von allem, was Spaß macht, viel zu wenig gehabt? Zu wenig Sex mit Männern ohne Nachnamen zum Beispiel? Wann bist du zum letzten Mal morgens um halb sieben nach Hause gekommen, die Schuhe in der Hand, weil dir die Füße vom Tanzen wehtaten, und die Handynummer eines wesentlich jüngeren Mannes auf dem Unterarm?

Wann warst du zum letzten Mal schwanger und wusstest nicht, von wem? Wann hast du zum letzten Mal im Gewitterregen dein Auto gewaschen? Um vier Uhr morgens mit deiner besten Freundin auf dem Balkon gesessen? Um zehn nach acht, während der «Tagesschau», jemanden angerufen?

Nachts in einem Strandkorb geknutscht? Auf einem Konzert geweint? Auf dem Fußboden geschlafen? Ein Gedicht geschrieben?

Und der Geruch der Erdnussflips macht alles nur noch schlimmer.

Ich konzentriere mich auf einen Punkt in meiner Stirnmitte, lasse meine innere Stimme dreimal «Ong Namo Guru Dev Namo» und abschließend zur Sicherheit noch zweimal «Sat Nam» sprechen, dann habe ich meine törichten Sehnsüchte wieder im Griff.

Schließlich habe auch ich atemberaubende Pläne für meine Zukunft. Ich habe mir fest vorgenommen, auch in Zukunft jeden Morgen heißes Ingwerwasser zu trinken, meine Zunge mit dem silbernen Zungenschaber zu reinigen und meine Doshas ins Gleichgewicht zu bringen.

Herr Küppers ist immer noch dabei, sein Beziehungsgeflecht zu entwirren.

«Rosemarie wusste, dass Karsten und ich uns ein Kind wünschten, denn ich hatte schon jede mir bekannte fruchtbare Frau ohne nennenswerte Figurprobleme auf eine Leihmutterschaft angesprochen. Leonie zog zu uns nach Hamburg, und jetzt haben wir einen zauberhaften Sohn, der mir sehr ähnlich sieht, weil Leonie völlig vergessen hatte, dass sie nach dem Verzehr einiger Haschkekse mit einem sich auf der Durchreise befindlichen Türken namens Volkan geschlafen hatte.»

«Wie alt ist Ihr Sohn?»

«Joseph wird nächsten Monat zwei. Haben Sie Kinder?»

«Ja, auch einen Jungen. Er heißt Sammy und ist gerade drei geworden.»

«Leben Sie mit Sammys Vater zusammen?»

«Nein.»

«Abgehauen, das Schwein?»

«Nein, das kann man so nicht sagen. Ich spreche nicht über ihn.»

Herr Küppers wirft Johanna einen faszinierten Blick zu. Ach, ich hätte auch gern ein Geheimnis.

Bei der letzten Raststätte vor Hamburg stoßen wir mit heißem Wasser auf unsere Freundschaft an.

«Eine Frau,
die pünktlich zum Rendezvous kommt,
ist auch sonst nicht sehr zuverlässig.»

Juliette Gréco

Ich stehe vor dem Grab und schäme mich, dass ich nicht traurig bin. Normalerweise bin ich bei Beerdigungen generell traurig, und zwar gänzlich unabhängig davon, wer beerdigt wird.

Ich bin ja leider schon ziemlich erfahren, was Beerdigungen angeht. Erst die von Lady Diana, dann vor zehn Jahren mein Vater, anderthalb Jahre später meine Mutter, dann meine Lieblingstante, dann Ben und zuletzt die Beisetzung von Michael Jackson.

Mir tun Leute automatisch leid, wenn sie gerade gestorben sind. Und ich kann keine Todesanzeige lesen, ohne schwermütig den Rest des Tages über Sein oder Nichtsein zu grübeln.

Aber diese Beerdigung lässt mich definitiv völlig kalt. Ehrlich, da bin ich beim Finale von «Nur die Liebe zählt» bewegter.

Ab und zu pruste ich pflichtschuldig und tränenlos eine Ladung Luft in mein Taschentuch. Auch alle anderen wirken ziemlich gefasst. Der Pfarrer spricht von einem «unersetzlichen Stützpfeiler unserer Gemeinde», einem «überaus liebevollen Ehemann und Vater» und einem «schweren, viel zu frühen Verlust für uns alle».

Na ja. Ich finde, da hat es deutlich Bessere noch viel früher erwischt.

Die Trauerfeier findet im Tennisclub statt. Sogar der Bürgermeister ist gekommen. Ich sitze mit Marcus und meiner Schwiegermutter an einem Tisch. Ihr Gesicht ist unbewegt wie eine Maske, und ich habe keine Ahnung, was in ihr vorgeht.

«Ich habe Angst, dass meine Mutter zusammenbrechen wird, sobald die Formalitäten erledigt und die Beileidsschreiben beantwortet sind», sagt Marcus. «Sie hat meinen Vater sehr geliebt. Ohne ihn wird sie keinen Sinn mehr in ihrem Leben sehen.»

Wir liegen im Dunkeln im Bett und unterhalten uns über den Tag und die Ereignisse. So machen wir es immer, wenn etwas Wichtiges geschehen ist: Licht aus und reden. Ich mag das.

Es ist unser Ritual, und manchmal habe ich das Gefühl, dass es Marcus leichter fällt, offen zu sprechen, wenn er mich dabei nicht ansehen muss.

«Und wie geht es dir?», frage ich.

«Ich komme klar. Mein Vater hatte ein erfülltes Leben, und mit einundsiebzig an einem Herzinfarkt zu sterben, ist keine wirkliche Tragödie.»

«Wirst du ihn vermissen?»

«In der Firma sicher nicht.»

Ich bin erleichtert, dass ich ihn nicht trösten muss wegen des Verlustes eines Menschen, der mir selbst keine Minute lang fehlen wird.

Ich höre ein Schluchzen.

Marcus weint!

«Was ist los? Habe ich etwas Falsches gesagt?»

Ich bin völlig erschüttert. Marcus hat noch nie geweint. Ich weiß gar nicht, was ich machen soll. Ihn in den Arm nehmen? Weiterreden?

Meine Güte, wenn jemand in unserer Beziehung geweint hat, dann war das immer ich! Mit dieser neuen Rollenverteilung bin ich komplett überfordert. Ich schweige panisch und hoffe, dass Marcus dieses Schweigen als einfühlsame Zurückhaltung interpretiert.

Scheint zu klappen, denn er hört langsam auf zu schluchzen.

«Es ist nur, mein Vater war ...»

«Ich weiß, Süßer, ich weiß», sage ich vorsichtshalber, obschon ich natürlich nichts weiß.

«Nein, du weißt gar nichts», sagt Marcus und setzt sich abrupt auf. «Mein Vater war nicht der Mann, für den wir ihn alle gehalten haben.»

«Was willst du damit sagen?»

Ich setze mich auch auf. Sollte Hermann Hogrebe etwa kein humorloser, tyrannischer, alter Stinkstiefel gewesen sein?

«Er war nackt.»

«Wie bitte?»

«Als die Notärzte seinen Tod feststellten, war er nackt.»

«Aber ich dachte, er war bei der Koch, um den Jahresabschluss durchzusprechen?»

«Verstehst du denn nicht?»

«Nein.»

«Mein Vater starb nackt bei seiner Steuerberaterin. Sie haben sogar noch Spermareste ...»

«Marcus, bitte!»

Jetzt wird mir schlecht. Sperma in Verbindung mit alten, auch noch toten Männern bekommt mir nicht.

Was weiß ich über Iris Koch? Eine aparte, zurückhaltende Frau Mitte, Ende fünfzig. Sie hatte vor Ewigkeiten in der Buchhaltung der Firma angefangen und sich vor zwanzig Jahren in Hamburg als Steuerberaterin selbständig gemacht. Ihr erster Klient war Hermann Hogrebe, und die beiden hatten sich all die Jahre die Treue gehalten. Und nicht nur das: Iris Koch hatte für Hermann Hogrebe die Weihnachts- und Geburtstagsgeschenke für seine Frau besorgt, und Erika Hogrebe hatte für ihren Mann die Weihnachts- und Geburtstagsgeschenke für seine Steuerberaterin besorgt. Sie war bei allen großen Familienfeiern eingeladen gewesen, wusste über jedes Detail der Firma Bescheid, und als Dank für ihre aufopferungsvolle Arbeit ließ Hermann Hogrebe eine Duschwanne nach ihr benennen. Das Modell «Iris» verfügte über zwanzig eingelassene Massagedüsen und war das teuerste im Sortiment.

«Weiß deine Mutter Bescheid?»

«Nein. Sie darf es auch niemals erfahren. Daran würde sie zerbrechen. Die große Frage ist, ob mein Vater die Koch in seinem Testament bedacht hat.»

«Ganz unangebracht wäre das ja wohl nicht.»

«Wie bitte? Diese Frau hätte um ein Haar meine Familie zerstört. Und ich möchte nicht wissen, was ihr mein Vater so alles geschenkt hat in den Jahren. Soll sie dafür jetzt auch noch eine Belohnung kassieren?»

«Vielleicht hat sie deinen Vater geliebt?»

«Sei nicht kindisch.»

«Vielleicht hat dein Vater sie geliebt?»

«Vera, du bist geschmacklos.»

Johanna reißt die Augen weit auf.

«Das ist jetzt nicht dein Ernst, oder?»

Ich weiß nicht, ob ich lachen oder weinen soll. Johanna jedenfalls lacht ihr krachendes Bardamen-Lachen.

«Dein ekelhafter Schwiegervater hatte ein Verhältnis mit seiner Steuerberaterin? Was für ein Lump! Zu Hause quält er seine Frau und in Hamburg seine Geliebte. So hat er gleich zwei Frauen das Leben verdorben.»

«Das ist noch nicht alles. Die eigentliche Bombe platzte bei der Testamentseröffnung beim Notar. Zuerst atmeten alle auf, als es hieß, das gesamte Privatvermögen des Verstorbenen gehe an die Witwe und Marcus erbe die Firma.»

«Keinen Cent für die Geliebte?»

«Nein. Marcus war total erleichtert. Erika wirkte während der ganzen Prozedur so unbeteiligt, als würde es um irgendeine Lappalie gehen. Als wir uns vom Notar verabschieden wollten, klopfte es. Der Kaffee kommt ein bisschen spät, dachte ich noch. Und dann stand Iris Koch in der Tür – und ich dachte erst mal gar nichts mehr. Marcus wurde völlig hektisch und rief: ‹Was wollen Sie denn hier, Frau Koch?› Bevor sie antworten konnte, sagte Erika ganz ruhig: ‹Bitte setzen Sie sich doch, Frau Koch. Ich habe Sie erwartet.›»

«Wie hat die Koch reagiert?»

«Sie war ebenso verblüfft wie wir und starrte meine Schwiegermutter an wie einen Alien. Ich habe Erika in all den Jahren nicht mehr als drei Sätze am Stück sprechen hören, und jetzt hielt sie auf einmal eine souveräne Rede: ‹Eine Frau, die nicht weiß, dass sie betrogen wird, will es auch nicht wissen. Ich gehöre aber nicht zu den Frauen, die weggucken. Ich bin seit fünfundzwanzig Jahren völlig im Bilde über Hermanns Doppelleben, liebe Frau Koch. Und ich weiß sehr genau, was ich Ihnen zu verdanken habe. Ein Mann wie Hermann war nicht leicht zu ertragen, deshalb war ich immer äußerst froh, diese Last mit Ihnen teilen zu können. Es ist leider bezeichnend für die schnöden Seiten meines verstorbenen Mannes, dass er Sie in seinem Testament nicht berücksichtigt hat. Ich bin allerdings sicher, dass mein Sohn diesen Fehler großzügig korrigieren wird.›»

«Was hat Marcus dazu gesagt?»

«Er stammelte: ‹Was, das lief fünfundzwanzig Jahre lang?› Dann wurde er von der Koch unterbrochen: ‹Danke, liebe Erika. Ich habe immer gewusst, dass Sie eine anständige Frau sind, die viel stärker ist, als es nach außen hin scheint. Es tut mir aufrichtig leid, aber ich kann Ihnen die folgende Information nicht ersparen: Hermann und ich haben eine Tochter. Lydia ist vierundzwanzig und selbstverständlich voll erbberechtigt.›»

«Sieh an, sieh an, der gute Marcus hat eine Halbschwester.»

«Nach ein paar Sekunden Schockstarre polterte Marcus los. Das sei ein übler Trick, und er werde keinen Cent rausrücken, solange kein Gentest vorliege. Die Koch holte ein Schriftstück aus ihrer Handtasche und sagte: ‹Bitte schön.› Meine Schwiegermutter war noch immer die Ruhe selbst: ‹Selbstverständlich wird Ihre Tochter den vollen Pflichtteil bekommen. Ich bitte Sie nur um Diskretion, denn ich habe nicht zwei Jahrzehnte lang die Fassade der heilen Familie aufrechterhalten, um jetzt einen peinlichen Skandal durchzustehen. Dann wäre für mich alles umsonst gewesen. So, und jetzt bitte ich, mich zu entschuldigen. Ich habe fünfundzwanzig Jahre auf den Rest meines Lebens gewartet, und ich möchte keine Sekunde davon versäumen.›»

Johannas Zigarette ist ungeraucht zwischen ihren Fingern zu einem langen, wackeligen Aschegebilde verglüht, das jetzt abzufallen droht. Ich schiebe ihr den Aschenbecher rüber und bin ein bisschen stolz, dass sich in meinem Leben endlich mal was zugetragen hat, wovon Johanna Zucker beeindruckt ist.

«Wird Marcus zahlen, oder will er den Gentest anfechten?»

«Er wird zahlen, ganz diskret, weil er sich keinen Skandal leisten kann. Du weißt doch, wie viel Marcus an seiner Reputation im Lions Club gelegen ist. Was das angeht, kommt er ganz nach seiner Mutter: Die Fassade muss in Schuss sein, egal, wie verrottet es dahinter aussieht.»

«Wollte er denn nicht, dass du jetzt an seiner Seite bist? Ich hätte meine OP auch ein paar Tage verschieben können.»

«Ich habe es ihm angeboten, aber er will sich jetzt in die Arbeit stürzen und viel Sport machen. Er findet, Ablenkung sei die beste Art der Verarbeitung, und er fürchtet, dass ich ihn dabei stören könnte.»

«Und deine Schwiegermutter?»

«Sie hat das Haus verkauft und zieht zu ihrer Schwester nach Mallorca. Die hat dort einen Laden für Landhausmöbel, und da steigt sie als Teilhaberin ein. Die Frau ist echt nicht wiederzuerkennen.»

«Ich weiß nicht, ob ich ihr jahrelanges Schweigen bewundern oder bedauern soll. Warum hat sie aus dem Doppelleben ihres Mannes nicht die Konsequenz gezogen, ihn zu verlassen?», fragt Johanna.

«Vielleicht muss man sie verstehen. Vor fünfundzwanzig Jahren hat man sich mit einem kleinen Kind in einer spießigen Kleinstadt nicht so einfach getrennt.»

«Es geht doch um Mut und Aufrichtigkeit. Sonst liegst du irgendwann wie der alte Hogrebe mit deiner Lebenslüge im Grab. Du hast alle betrogen und keinem dein wahres Gesicht gezeigt. Es ist doch grauenvoll, sich selbst und allen anderen dauernd etwas vorzumachen und schließlich hinter der eigenen Maske zu vertrocknen. Ich finde, wenn man schon sterben muss, dann doch wenigstens am Ende des eigenen Lebens.»

«Du brauchst keinen Grund zu gehen, wenn du keinen mehr hast zu bleiben.»

Ina Müller

Ich versuche, gelassen zu bleiben, denn ich befinde mich auf unbekanntem und sehr gefährlichem Terrain. Johanna hatte zwar versucht, mich vorzubereiten, doch die Realität übertrifft all ihre schrecklichen Schilderungen und all meine schrecklichen Vorahnungen noch bei weitem.

Es ging ja schon nicht besonders gut los.

«Die hab ich schon!», schrie Cosima-Valerie, als sie die Verpackung mit einer ungeduldigen Bewegung zerfetzt hatte und unser Geschenk zum Vorschein gekommen war.

«Oh, das tut mir aber leid», murmelte ich verlegen.

«Kauf irgendeinen Scheiß von Prinzessin Lillifee», hatte Johanna mir aufgetragen. Mit einem rosafarbenen Motivkalender und Sammy war ich zur Geburtstagsfeier von Cosima-Valerie gegangen. Die wurde drei und hatte alle achtzehn Kinder aus ihrer Kindergartengruppe eingeladen, plus fünf Freundinnen aus ihrem Nachmittagskurs «Musik, Bewegung und Rhythmik – Grundlagen für Kleinkinder».

Ich war schon an der Tür von dem mir entgegenschwappenden Lärm überfordert gewesen. Noch ehe ich Sammy seine Jacke ausgezogen hatte, waren mir zwei Kinder mit ihren Bobbycars über die Füße gefahren, und ein Mädchen hatte ihre Schokoladenfinger an meiner weißen Jeans abgewischt.

«Ich darf mein Kleid nicht schmutzig machen», hatte sie noch erklärend hinzugefügt.

Cosima-Valerie zog sich zwischenzeitlich ohrenbetäubend schreiend unter einen Küchenstuhl zurück, nicht ohne vorher mein unerwünschtes Geschenk zu zertrampeln.

«Ich hatte doch extra Cosima-Valeries Wunschzettel mitgeschickt, um so etwas zu vermeiden», tadelt mich ihre Mutter. «Meine Tochter ist nämlich wahnsinnig empfindsam. Aber Schwamm drüber. Ich hoffe, Sammy und du habt eure Hausschuhe mitgebracht?»

Spätestens da fange ich an, Johanna zu beneiden, die jetzt gemütlich auf dem Sofa liegt, ihre frisch operierten, geschwollenen Brüste bewundert und statt Schmerzmittel eine Flasche Prosecco und einen spitzenmäßig niveaulosen Sonntagnachmittags-Film auf sich einwirken lässt.

Hier ist die Hölle losgebrochen. Auf geschätzten siebzig Quadratmetern befinden sich vierundzwanzig zwei- bis dreijährige Kinder, ein Gutteil von ihnen noch in der Trotzphase, plus die dazugehörigen Mütter, die meisten von ihnen entweder hochschwanger oder mit einem Säugling im Tragetuch vor der Brust.

Und dazwischen ich: unfruchtbar und barfuß, denn selbstverständlich habe ich weder für mich noch für Sammy Hausschuhe dabei.

Johanna hatte mich vorgewarnt: «Du wirst glauben, du seiest in einer Irrenanstalt gelandet – und genauso ist es auch. Mütter halten sich zwar für ganz normale Menschen, aber das sind sie nicht. Mütter mutieren zu befremdlichen Wesen, die nichts dabei finden, beim Kuchenessen über blutige Nachgeburten, Babys Durchfall, Babys Nasenschleim und Babys Koliken zu sprechen. Sie vergleichen ihre Kaiserschnittnarben, tauschen Bastelanleitungen für Lebkuchenhäuschen und Laternen aus und sagen zwischendurch zu ihren Kindern Sätze wie: ‹Wie heißt das Zauberwort?›, ‹Na, mein kleiner Rabauke› oder: ‹Finger weg vom Pipimann!› Und dann behaupten sie in überengagiertem Ton, es sei ihnen unheimlich wichtig, dass Fynn und Emily kindgerecht und in sozialer und kultureller Vielfalt aufwachsen und sie in ihrer Kita durchgesetzt hätten, dass in jeder Gruppe mindestens ein Kind mit Migrationshintergrund sein muss. Im Osten Berlins wird besonders viel Scheiße geredet. In Westberlin sind die Mütter genauso schlimm, aber sie stehen wenigstens dazu. Sie holen ihre Kinder im Porsche Cayenne ab, sagen ihren Au-pair-Mädchen, dass sie auch ja die Ralph-Lauren-Hemden für den Nachwuchs ordentlich bügeln sollen, und lassen ihre Männer zweitausendfünfhundert Euro Kirchensteuer im Monat zahlen, damit die Kinder auf jeden Fall einen Platz in der katholischen Grundschule bekommen. Hier im Osten sind die Mütter genauso kindfixiert und durchgedreht, tun dabei aber besonders lässig. Sie bügeln die Klamotten ihrer Kinder extra nicht, und ich glaube, manche Mütter schmieren ihren Töchtern aus Coolness-Gründen absichtlich Dreck ins Gesicht, bevor sie mit ihnen auf Geburtstagspartys gehen. Wenn du dich selbst auch nur ansatzweise chic machst, fällst du sofort unangenehm auf, giltst als oberflächlich, konsumorientiert und bildungsfern. Und wehe, du machst eine der coolen Mütter mal darauf aufmerksam, dass ihr blöder Giftzwerg gerade mit einer Fremdschaufel ein paar Fremdkinder verhaut. Das wird als unzulässige Einmischung empfunden und nicht toleriert. Du hast also einen interessanten Nachmittag vor dir. So, und jetzt schnapp dir Sammy und zieh los. ‹Natürlich blond 2› mit Reese Wither-

spoon fängt nämlich gleich an, und meine Brüste spannen. Ich brauche jetzt dringend ein Gläschen Alkohol.»

Ob es hier wohl auch Alkohol gibt?, frage ich mich und versuche, mich in Richtung Küche durchzuschlagen, möglichst ohne auf irgendwas Lebendiges zu treten.

Das Buffet besteht aus Möhrenkuchen und Rohkost. Gurken, Paprika und Kohlrabi sind kindgerecht klein geschnitten. Ich frage mich, woher das Blag von eben die Schokolade hatte, die es an meiner Jeans abgewischt hat.

«Das mag ich alles nicht!», ruft Sammy missbilligend. Und dann, in ungebrochener Lautstärke, das hat er von seiner Mutter: «Tante Vera, ich hab einen Stinker in der Hose!»

Auch das noch. Ich kämpfe mich mit dem höllisch stinkenden Kind auf dem Arm zum Kinderzimmer durch. Verdammt, kein Wickeltisch!

«Wo könnte ich Sammy denn mal die Windel wechseln?», frage ich vorsichtig die Gastgeberin.

«Was? Ist der Junge immer noch nicht trocken? Cosima-Valerie geht schon seit einem Jahr auf die Toilette.»

«Na ja, aber dafür ist Sammy sprachlich schon sehr weit», entgegne ich beschämt.

Das ist allerdings gelogen, denn Sammy sagt immer noch «Briefei» statt «Grießbrei».

«Am besten wechselst du die Windel auf dem Fußboden im Badezimmer. Der Windeleimer steht unterm Waschbecken. Ich habe ihn extra noch stehen lassen, für Spätentwickler.»

Ich fühle mich und meinen Patensohn entehrt, und es gelingt mir auch nicht, meine Würde zu reinstallieren, während ich, auf den Badezimmerkacheln kniend, versuche, diese beschissene Windel auszuziehen, ohne Wände und

Installationen unnötig viel mit Exkrementen zu beschmieren.

Meine Güte, ich bin wirklich kein Profi in solchen Dingen. Mir ist schlecht. Wie kann so ein zauberhafter kleiner Junge nur so irrsinnig stinken? Immerhin hält Sammy außergewöhnlich still und beobachtet interessiert, was ich mit ihm anstelle. Er gibt mir sogar hilfreiche Hinweise. Zu guter Letzt klemme ich mir noch einen Finger in dem gefährlichen Windeleimer ein.

«So, Sammy, jetzt kannst du spielen gehen. Schau doch mal, ob du Cosima-Valerie findest», sage ich mit gepresster Frühpädagoginnen-Stimme.

Mich zieht es in die Küche, denn ich glaube trotz des Kindergeschreis von dort das Ploppen eines Sektkorkens gehört zu haben.

«Cosima-Valerie finde ich doof», mault Sammy.

Und da antworte ich mal lieber gar nichts drauf, weil er ja absolut recht hat.

Dann schaue ich meinem Patensohn gerührt zu, wie er einem größeren Jungen mutig dessen Roller wegnimmt und mit einem Affenzahn drei Müttern über die Füße brettert.

Ein echter kleiner Rabauke, unser Sammy.

In der Küche stellt sich heraus, dass das Ploppen eines Korkens von einer Flasche alkoholfreien Apfelweins stammte.

Mir sinkt der Mut.

«Bist du nicht Vera, die Patentante von Samuel?»

«Theresa? Wie schön, dich zu sehen!»

Ich freue mich wirklich. Kennengelernt habe ich Theresa beim «PEKiP»-Kurs.

Johanna hatte gemeint, ich solle da mal hingehen, das würde sowohl meine Bindung zu Sammy als auch mein

Mitleid mit ihr verstärken. «Du sollst mal sehen, was wir modernen Mütter so anstellen müssen, damit unsere Kinder später möglichst keine Kettensägenmörder werden.»

«Was ist dieses ‹PEKiP› denn?», hatte ich misstrauisch gefragt.

«Eine Abkürzung für Prager Eltern-Kind-Programm», erläuterte Johanna, und ich war spontan begeistert. Das sei doch mal was anderes, eine sinnvolle Erfindung, 'ne super Sache, frohlockte ich.

Es stellte sich heraus, dass ich mich verhört und «Prada-Eltern-Kind-Programm» verstanden hatte.

PEKiP ist eine Versammlung nackter Babys, die in einem mollig warmen Raum auf Gummimatten rumliegen und von ihren engagierten Müttern früh gefördert werden. Ich fiel schnell unangenehm auf, weil ich mir weder den Text der gemeinsam zu singenden Kinderlieder noch die Namen der anderen Kinder merken konnte – wobei die Sache dadurch erleichtert wurde, dass zwei der acht Kinder Emily, ein weiteres Emilia und eines Amelie hieß. Ich erlaubte mir diesbezüglich eine harmlose Bemerkung, die in dieser Runde aber gar nicht so gut ankam.

Mütter sind, was ihre Babys angeht, humorbefreite Zonen. Außerdem war ich in dem stickigen Raum die einzige Frau ohne Schlafmangel, ohne Kürbisbreiflecken auf der Bluse oder Bröckchen saurer Milch im Haar.

Es ist immer wieder erstaunlich, festzustellen, wie ein eben noch kritischer, ironischer, weltoffener Mensch auf einen Schlag jegliche Objektivität und Möglichkeit der inneren Distanznahme verliert, sobald man ihn mit einem selbstgezeugten Baby konfrontiert.

Wie anders ist es zu erklären, dass die Mehrzahl der Eltern mit ihren Kindern recht zufrieden scheint? Beim PEKiP wurde mir klar, dass Mütter nicht in der Lage sind, Optik und Verhalten ihrer Kinder der Realität entsprechend wahrzunehmen.

Hals- und profillose Mondgesichter ohne jegliche erkennbare Struktur werden als «Charakterköpfe» bezeichnet, unförmige fleischige Kartoffelgummeln, die an Hubschrauberlandeplätze erinnern, als «Charakternasen». Unausgeglichene Schreihälse mit erhöhtem Aggressionspotenzial werden von ihren Müttern als «besonders aufgeweckt» beschrieben, während verschüchterte Angsthasen mit Hang zu Koliken und Brechdurchfall gerne als «besonders sensibel und intelligent» hochgejubelt werden.

Man kann mit Müttern nicht wie mit normalen Menschen reden und umgehen. Sie haben völlig vergessen, wie schauerlich es für einen normal empfindenden Menschen ist, in einem Café zu sitzen, das angesteuert wird von vier Müttern, vier Kinderwagen, vier überdimensionalen Wickeltaschen und vier Babys, drei davon schreiend.

Sie haben vergessen, dass der Geruch einer gutgefüllten Windel nur für Verwandte ersten Grades des Geruchsverursachers erträglich ist und dass eine Mutter befremdlich wirkt, wenn sie sich im überfüllten Bus plötzlich über ihr Kind beugt und verzückt schreit: «Schupsischnupsieimeinkleinerpupsemuckel!»

Neulich hatte ich bei einem sehr offiziellen Abendessen in Stade das Pech, an einem Tisch mit drei frischgebackenen Elternpaaren zu sitzen. Zunächst unterhielten sie sich darüber, wo Baby schon überall hingekotzt hatte – «Leopold liebt Papas Smokinghemd!» – und wie man Baby am besten zum

Schlafen bringt: «Meiner braucht im Schnitt drei ‹La le lus› und zweieinhalb ‹Weißt du, wie viel Sternlein stehen?›.»

Schließlich fragte jemand: «Wie nennt ihr denn eigentlich das große Geschäft eurer Kinder?»

Das große Geschäft? Ich dachte, ich höre nicht richtig. Würde ich jetzt, so kurz vor der Hauptspeise, einem Gespräch über Kinderscheiße lauschen müssen?

Die Tischgesellschaft stieg mit Begeisterung und Elan auf die Thematik ein.

«Puhpuhpuh», rief Olaf Hildebrandt, renommierter Steueranwalt.

«Stinkistink», konterte Walter Berg, Unternehmenssprecher des Elektrizitätswerks. «Oder Pupsipup. Je nach Geruch und Konsistenz.»

«Fuffi», zwitscherte Karen Kemmer, die einen Doktor in Biophysik hat.

«Fuffi?», fragte daraufhin Herr Berg erstaunt. «So heißt unser Au-pair.»

Nein, was hat die Runde da gelacht.

Bis jemand fragte: «Warum sagen Sie denn nicht einfach Kacke?»

Das war ich.

Alle schwiegen verblüfft, und der Ober, der gerade die Suppenteller abräumte, fragte, ob die Vorspeise nicht in Ordnung gewesen sei.

Der PEKiP-Kurs war für mich als Frau ohne Kind, aber mit Kinderwunsch eine ernstzunehmende Herausforderung und Hürde.

Baby-Sammy aber fühlte sich auffällig wohl, robbte grunzend und lieblich sabbernd über die Matten, pinkelte ein kleines Mädchen an, natürlich eine der Emilys, und kackte gegen Ende der Stunde in die Mitte des Stofftunnels.

Ich nahm es auf die leichte Schulter. Ich meine, wenn man schon undichte Wesen ohne funktionierende Schließmuskeln absichtlich unbekleidet herumkrabbeln lässt, dann braucht man sich über das ein oder andere Häufchen ja wohl nicht zu wundern.

Die PEKiP-Gruppenleiterin, die eine ausgesprochen scheußliche Singstimme hatte und womöglich sämtlichen teilnehmenden Babys den Zugang zu Gesang und Musik für immer verbaut hat, sah die Angelegenheit nicht ganz so entspannt. Begleitet von bösen Blicken und vorwurfsvollem Schweigen, säuberte sie den Stofftunnel mit einer Dosis Sagrotan, die ausgereicht hätte, ein Heim für schwererziehbare Bettnässer zu desinfizieren.

Nervlich zerrüttet hatte ich den Kurs verlassen, und es war Theresa gewesen, die mich gefragt hatte, ob wir noch einen Kaffee trinken wollten. Es wäre so schön, mal mit jemandem zusammenzusitzen, der nicht über Kinder sprechen will und keinen Pullover trägt, der entweder schon vollgekotzt sei oder bei dem es völlig egal sei, wenn er im nächsten Moment vollgekotzt würde.

«Wie geht es dir?», schreie ich Theresa an, denn der Lärm auf Cosima-Valeries Geburtstagsparty hat inzwischen Düsenlautstärke erreicht.

«Schlecht. Ich bin nur froh, dass ich zwei Flaschen kalten Weißwein mitgebracht habe, angeblich als Gastgeschenk. Ohne Alkohol überstehe ich diese Kindergeburtstage nicht. Du siehst ehrlich gesagt auch so aus, als könntest du zwei, drei Gläser vertragen.»

Ich nicke und folge ihr wortlos und zutiefst dankbar auf den Balkon, wo sie die beiden Flaschen hinter einer Kiste Bio-Rhabarberschorle versteckt hat.

«Prost, Vera! Darauf, dass ich mir in den letzten drei Monaten mein Leben ruiniert habe.»

«Was ist passiert?»

«Ich habe nicht verzeihen können.»

«Was konntest du wem nicht verzeihen?»

«Ich habe meinem Freund nicht verziehen, dass er mich betrogen hat.»

«Aber das ist doch völlig richtig!»

«Ich habe keine Familie mehr, ich bin allein erziehend, und meine kleine Tochter fragt mich jeden Abend, wann ihr Papi endlich heimkommt. Was ist daran bitte schön richtig? Ich verfluche den Tag, an dem ich die Wahrheit herausgefunden habe. Du weißt doch, dass Männer grundsätzlich und so lange wie möglich immer alles abstreiten. Die könnten in ihrer Geliebten drinstecken und würden noch behaupten, sie seien zufällig nackt auf sie draufgefallen. Ich wollte Gewissheit haben, denn bis auf ein paar verfängliche SMS und das Gefühl, dass irgendwas nicht stimmt, hatte ich nichts in der Hand. Also habe ich ihn beschattet und auf den passenden Moment gewartet.»

«Und was war der passende Moment?»

«Der Klassiker. Kai sagte, er müsse zu einer zweitägigen Tagung an den Tegernsee. Meine beste Freundin Anna und ich sind ihm heimlich hinterhergereist. Im Hotel steckte Anna dem Mann vom Room-Service dreihundert Euro zu. Dafür sollte er uns informieren, wenn Kai Champagner bestellen würde. Kurz nach neun war es dann so weit. Kai hatte eine Flasche Taittinger und mit Schokolade überzogene

Erdbeeren bestellt. Die Kombi kannte ich. So hatte er mich bei unserem ersten Date rumgekriegt. Als es an seiner Tür klopfte, glaubte er, der Room-Service würde seine Bestellung bringen, und öffnete.»

«Und dann? Das ist ja wie im Film!»

«Ja. Nur leider war es mein Leben. Und in echt kommt man als Furie, die der Geliebten ihres Mannes die Bettdecke wegreißt, ihre Klamotten aus dem Fenster schmeißt und dabei ‹Verpiss dich, du Schlampe!› brüllt, nicht so gut rüber wie um Viertel nach acht in einer deutsch-französischen Koproduktion. Du machst dich und alle Beteiligten lächerlich. Es war peinlich und entwürdigend, und keiner wird diese Demütigung je vergessen können. Ich wünschte, ich wäre zu Hause geblieben.»

«Aber Kai hat dich betrogen! Das alles ist doch allein seine Schuld!»

«Geht es um Schuld? Wer macht sich denn schuldiger: der, der betrügt, oder der, der den Betrug nicht vergeben kann? Ich bin mir da nicht mehr sicher.»

«Meine Schwiegermutter hat fünfundzwanzig Jahre mit dem Wissen gelebt, dass ihr Mann eine Geliebte hat – und sie hat nichts gesagt.»

«Eine kluge Frau. Am besten ist es natürlich, wenn du überhaupt nicht erfährst, dass du betrogen wirst. Dann musst du nicht so tun, als sei alles in Ordnung, weil du ja wirklich glaubst, alles sei in Ordnung.»

Diese Logik finde ich in sich eigentlich nicht ganz schlüssig.

«Ich weiß schon, was du jetzt sagen wirst, Vera: Wahrheit! Ehrlichkeit! Aufrichtigkeit! So habe ich auch immer geredet. Aber scheiß drauf! Realistisch gesehen heißt die

Alternative: Glück oder Wahrheit. Beides zusammen kriegst du nie. Wenn ich nicht so scharf auf die Wahrheit gewesen wäre, hätte ich heute noch eine intakte Familie.»

«Intakt?»

«Ja, jedenfalls mindestens so intakt wie die ganzen anderen angeblich intakten Beziehungen, die ich kenne. Wo sind denn die glücklichen Paare, die nach zehn Jahren immer noch verliebt und leidenschaftlich zusammen sind? Die ganz viel, ganz aufregenden Sex haben, einander treu sind, zwei Kinder erziehen, arbeiten gehen, einen tollen Freundeskreis pflegen und einmal in der Woche zusammen in ihr Lieblingsrestaurant gehen, um ein liebevolles und konstruktives Beziehungsgespräch zu führen? So etwas gibt es nicht. Du musst immer Kompromisse machen. Dein Freund ist treu? Vielleicht weil er hässlich ist und kein Selbstbewusstsein hat und bloß keine findet, die dich mit ihm betrügen will? Dein Freund ist untreu? Aber er ist der beste Vater für deine Kinder und bringt dich zum Lachen. Dein Freund ist eine Null an der Bohrmaschine und vergisst deinen Geburtstag? Aber du hast dich noch keine Sekunde mit ihm gelangweilt! Bevor du gehst, weil dir etwas fehlt, solltest du sehr, sehr genau hinschauen, was du hast.»

«Entschuldige, aber das klingt schrecklich desillusioniert.»

«Du fängst an, mich zu verstehen. Nur wenn man sich keine Illusionen macht, funktionieren und halten Beziehungen.»

«Wenn du so abgeklärt bist: Warum verzeihst du Kai nicht einfach?»

«Es ist zu spät. Er will mich nicht mehr zurückhaben.»

Theresa weint. Ich schweige.

Ein tobsüchtiges Kleinkind brüllt: «Ich will sofort auch einen Geburtstag haben!»

«Und du, Vera, machst du Kompromisse?»

«Ja, aber keine faulen.»

Ich finde, das klingt unheimlich gut, und ich lausche meinen mich selbst sehr beeindruckenden Worten einen Moment lang ergriffen nach.

Ich will gerade überlegen, ob der Satz eigentlich auch stimmt, als ich unschön aus meinen gehaltvollen Gedanken gerissen werde.

«Tante Vera! Amanda hat mir auf den Kopf gekotzt!»

Wir verlassen zügig die Veranstaltung, Sammy übel riechend, ich übel schwankend und von Zweifeln angenagt. Wahrheit: ja oder nein? Wie viel Ehrlichkeit verträgt die Liebe?

Ich habe mal gelesen, dass mindestens ein Drittel aller Frauen regelmäßig einen Orgasmus vortäuscht, ganz nach dem Grundsatz: lieber viermal stöhnen als eine Nacht lang reden. Die Hälfte aller Männer geht angeblich fremd, vierzig Prozent der Frauen auch. Die Folge sind vierzigtausend Kuckuckskinder pro Jahr in Deutschland.

Das sind bedrückende Zahlen, die ich nicht vergessen habe, obschon ich mir ansonsten wirklich gar nichts merken kann und dreimal im Jahr eine neue PIN-Nummer für meine EC-Karte beantragen muss.

Man macht sich ja lächerlich, wenn man noch Wert auf Treue legt. Du kannst es heutzutage nicht mehr offen zugeben, dass du deinen Mann nicht betrügst. Giltst als weltfremdes Dummerchen, als lahmarschige Alte, die das Leben und die Liebe nicht recht zu genießen weiß.

Moderne Frauen schlafen ohne schlechtes Gewissen mit

den Klavierlehrern ihrer Töchter, und wenn sie in die verschwitzten Latex-Laken sinken, singen sie als Schlaflied einen Song von Marlene Dietrich:

«Ich weiß nicht, zu wem ich gehöre,
ich bin doch zu schade für einen allein.
Wenn ich jetzt grad dir Treue schwöre,
wird wieder ein anderer ganz unglücklich sein.
Ja, soll denn etwas so Schönes nur einem gefallen,
die Sonne, die Sterne gehören doch auch allen.
Ich weiß nicht, zu wem ich gehöre.
Ich glaub, ich gehöre nur mir ganz allein.»

Tja, ich weiß, zu wem ich gehöre, und fand das bisher eigentlich immer sehr beruhigend. Gut, manchmal war ich mir schon ein bisschen langweilig vorgekommen mit meinem braven Leben an der Seite eines berechenbaren Mannes in einer beschaulichen Kleinstadt. Aber ich war die dreiunddreißig Jahre davor auf der Suche. Habe auf Partys mit geübtem Blick das Männermaterial gescannt, habe keinen Abend zu Hause verbracht, weil ich immer in Sorge war, ausgerechnet an dem Tag den Richtigen zu verpassen.

Habe mich in die Falschen verliebt und wieder entliebt, getanzt, geheult, nächtelang durchtelefoniert.

Habe die Liebe verflucht und mich in die Arbeit gestürzt. Zwölf Stunden am Tag in einer Hamburger Werbeagentur geschuftet, drei Jahre lang, und daneben noch die Zeit gefunden, anderthalb Jahre lang einmal in der Woche mit meinem Chef zu schlafen. Der war natürlich auch nicht der Richtige, sondern verheiratet. In der Nacht, als bei seiner Frau die Wehen losgingen, war er bei mir.

Und als ich endlich aufhörte, ihm zu glauben, dass er sich schon sehr, sehr bald scheiden lasse werde, und ihm die Pistole auf die Brust setzte, war ich nicht nur schnell meinen Geliebten, sondern auch meinen Job los.

Und wieder war ich auf der Suche. Wir veranstalteten lustige Single-Abende für Mädels, lasen lustige Single-Bücher für Mädels und schauten im Fernsehen lustigen Single-Mädels in Serie dabei zu, wie sie mit allen Mitteln versuchten, endlich keine lustigen Single-Mädels mehr zu sein.

Wir feierten unseren Zustand. Und beteten, dass er bald vorbei sein würde. Und wann immer eine den Kreis der lustigen Single-Mädels verließ, sich verliebte, heiratete oder gar schwanger wurde: Umso lauter und wilder feierte der Rest. Ein Haufen, der immer mehr an die Tanzkapelle auf der «Titanic» erinnerte, die verzweifelt-munter ihrem Untergang entgegenmusiziert.

Und dann fand mich Marcus.

Ich hatte allein am Tresen gestanden und mich gefühlt, als sei ich nicht mehr da, als schlüge kein Herz in mir.

Ich war seit vielen, vielen Jahren nicht mehr dort gewesen, aber an diesem Tag hatte ich gehofft, dass mich der Anblick des Altvertrauten und die Erfahrung, dass manches im Leben einfach immer so bleibt, wie es schon immer war, trösten würde.

Es war Heiligabend, kurz vor Mitternacht, und im «Club Balu» in Stade trafen sich wie jedes Jahr die Leute meines Alters, die zu Weihnachten heimgekehrt waren, mit denen, die daheimgeblieben waren. Die Bescherungen waren erledigt, die alten Eltern ins Bett gegangen und die Zeit gekommen, Wiedersehen zu feiern.

Ich erkannte Marcus sofort.

Seine Schultern waren breiter geworden, sein Gesicht kantiger und männlicher. Er war besser gekleidet als früher und sah entschlossener aus, aber für mich war er immer noch der Typ, der mir vergeblich Nachhilfe in Mathe gegeben hatte und an den ich mit vierzehn liebend gerne meine Unschuld verloren hätte.

Dazu war es nicht gekommen, denn Marcus hatte meine Gefühle nicht erwidert und war von meinem Vater entlassen worden, nachdem ich ein Zeugnis mit einer unverändert schlechten Note in Mathematik nach Hause gebracht hatte.

Marcus prostete mir zu, ich nickte zurück, und während er sich langsam durch das Gedränge auf mich zuschob, dachte ich, er käme womöglich nicht mehr rechtzeitig, um mich zu retten.

«Vera Hagedorn! Dich habe ich ja ewig nicht mehr gesehen! Wie geht es dir?»

«Meine Mutter ist vor vier Stunden gestorben.»

Eine Stunde später lag ich unter Marcus Hogrebe in meinem neunzig Zentimeter breiten Mädchenbett. Die gelbe Bettwäsche mit den großen weißen Blumen drauf war fast so alt wie ich.

Über uns hing ein Poster von Nena aus dem Jahre 1984. Mit der ambitionierten, viel zu schwungvollen Möchtegern-Schrift einer Vierzehnjährigen hatte ich den Text meines Lieblingsliedes von ihr daraufgeschrieben:

«Alles dunkel, ins Haus fällt noch kein Licht.
Die Fenster sind zu, doch viel verändert hat sich nicht.
Alles steht noch so, wie es früher war,
nur einsam und verlassen.
Schlechte Zeiten können auch mir den Kopf verdrehn,
jetzt will ich wieder mal die Sonne sehn.
Der Anfang vom Ende ist, dass man nichts vergisst.
Die Uhr, die nicht mehr läuft, will sagen,
dass was zu Ende ist.»

Mein Vater hatte mich damals zu drei Nena-Konzerten gefahren, nach Münster, Bremen und Düsseldorf. Das war mir peinlich gewesen, denn mit vierzehn hatte ich mich so erwachsen gefühlt wie niemals später wieder in meinem Leben. Aber immerhin hatte er jedes Mal darauf verzichtet, mit in die Halle zu kommen, und unauffällig im Auto auf mich gewartet.

Als ich auszog, war in meinem Zimmer nichts verändert worden, außer dass in meinem Kleiderschrank von da an Tisch- und Bettwäsche gelagert wurde. Nach dem Tod meines Vaters hatte meine Mutter in meinem Zimmer sein unansehnliches Rudergerät untergestellt, das das Schlafzimmer verschandelt, aber sein Herz nicht vor dem Infarkt bewahrt hatte.

Anderthalb Jahre nach ihm starb sie an Krebs. Sie war nie der Typ gewesen, der gut allein sein konnte.

In der Nacht nach ihrem Tod nahm ich von meiner Kindheit Abschied – und kehrte gleichzeitig nach Hause zurück: Marcus und ich wurden in gelber Bettwäsche unter Nenas Augen ein Paar.

Ich war endlich angekommen.

«Alle Frauen warten auf den Mann ihres Lebens, aber in der Zwischenzeit heiraten sie.»

Iris Berben

Ich kann einfach nicht glauben, dass diese Brüste zu mir gehören.

Wenn das Dekolleté jener schmale Grat ist, auf dem der gute Geschmack balanciert, ohne herunterzufallen, dann bin ich mir nicht ganz sicher, ob der gute Geschmack in meinem Fall vielleicht doch schon abgestürzt ist.

Aber letztendlich kommt es darauf nun auch nicht mehr an.

Schließlich ist mir mein ganzes Leben innerhalb der vergangenen sechs Stunden komplett fremd geworden.

Nichts ist mehr so, wie es war, beziehungsweise ist nichts mehr so, wie ich angenommen hatte, dass es sei. Warum sollte mein Dekolleté da eine Ausnahme bilden?

Immer wieder schaue ich verstohlen hinab in die tiefe, viel zu viel versprechende, verlogene Spalte, die sich vor meinem Oberkörper auftut, und wundere mich, warum mich noch niemand auf die beiden Fremdkörper in meinem BH angesprochen hat.

In vielerlei Hinsicht bin ich nicht mehr die Frau, die ich noch vor kurzem war. Aber das scheint hier keiner zu merken. Wie auch?

Um mich herum sind fast ausschließlich Leute, die mir aus dem Fernsehen bekannt sind. Keiner kennt mich, ich kenne alle. Wem sollte also auffallen, dass meine Oberweite und meine Existenz explodiert sind?

Veronica Ferres schiebt ihren Herrn Maschmeyer durchs Gedränge. Ohne seinen Schnauzbart, diese fiese Pornobürste, sieht der Mann geradezu menschenähnlich aus. Jan Josef Liefers wirkt so freundlich und normal, dass ich geneigt bin, ihm auf der Stelle mein Herz auszuschütten. Die Ex-Geliebte von Oliver Kahn, die jetzt mit dem Ex-Mann von Veronica Ferres zusammen ist, trägt ein Kleid, mit dem es ihr gut gelingt, von ihrer nicht vorhandenen Bedeutung abzulenken.

Ich glaube, es sind mindestens zwei Frauen anwesend, die mit Dieter Bohlen zusammen, und drei, die mal mit Lothar Matthäus verheiratet waren.

Der Mann von Verona Pooth, ehemals Feldbusch, hat ein derart zwielichtiges Äußeres, dass ich sofort alle über ihn kursierenden bösen Gerüchte glaube. Der Anblick von Frank Elstner rührt mich unversehens zu Tränen, weil ich ihn schon im Fernsehen gesehen habe, als ich noch gar kein Fernsehen gucken durfte.

Mein Herz schlägt schneller unter den jeweils dreihundert Gramm schweren Silikonkissen – ein Satz von Johannas diversen Probebrüsten, die sie mir für diesen Abend geliehen hat und die ich mir in den BH geschoben habe. Es handelt sich um hautfarbene, geleeartige Brustimitate in der angesagten Tropfenform.

«Tropfenform?», hatte ich Johanna verblüfft gefragt, denn mir hatte nicht ganz eingeleuchtet, warum man sich neue Brüste macht, die wie die alten aussehen. «Tropfenform habe ich schon, dafür brauche ich keine Vollnarkose.»

Aber Johanna, die bei mindestens vier plastischen Chirurgen zu Beratungsgesprächen gewesen war, hatte mich aufgeklärt: «Nur Prolls wollen Brüste wie Skischanzen, bei denen sich der Mann in deinem Bett fragt, ob gleich irgendwas kaputtgeht und er für den Schaden womöglich aufkommen muss. Perfekte künstliche Brüste sind solche, die aussehen wie perfekte normale Brüste: nämlich nicht perfekt. Ich nehme nur zweihundertachtzig Gramm auf jeder Seite. Das habe ich in aufwendigen Probeläufen abgemessen. Mal hatte ich mit Wasser gefüllte Luftballons im BH, mal mit Paniermehl gefüllte Seidenstrümpfe. Diese Tests sind sehr wichtig, um ein Gefühl dafür zu bekommen, welche Größe für dich richtig ist. Habe ich dir nie erzählt, wie mir bei Budnikowsky vor dem Windelregal mein Wasserballon aus dem BH rausgerutscht und auf dem Boden zerplatzt ist? Da war Erklärungsnotstand angesagt. Wusstest du übrigens, dass es ein auffälliges Nord-Süd-Gefälle bei Schönheitsoperationen gibt? In München sind die operierten Brüste tendenziell größer und steiler als in Hamburg. Im Süden gelten die Dinger als Statussymbol, und jeder soll sehen, dass man da Geld reingesteckt hat. Die schlimmsten körperlichen Entgleisungen gibt es natürlich im Rheinland. Man spricht in Szenekreisen gern von der ‹Düsseldorfer Lippe›.»

In diesem Moment mache ich eine großartige Entdeckung: Henning Baum! Er lehnt keine fünf Meter von mir entfernt an einer Säule. Allein! Das hier ist meine Chance, mein Leben, mein Ego und meine Würde wiederherzustellen.

Ein Blick bloß von ihm, ein anerkennendes Wort, ein Lächeln, ein fordernder Kuss, eine Nacht voller Leidenschaft und Hingabe mit Herrn Baum, und ich wäre für immer geheilt!

Bin drauf und dran, den Henning – in meiner Phantasie duze ich ihn bereits und erwarte ein Kind von ihm – mit meiner künstlichen schnittfesten Silikon-Lustspalte zu verschlingen.

Betrunken genug bin ich jedenfalls.

Da stellt sich ein Wesen mit mindestens vierhundertfünfzig Gramm auf jeder Seite, wie mir mein inzwischen geschulter Blick verrät, neben ihn und lächelt ihn an.

Ganz klarer Fall von «Düsseldorfer Lippe».

Ich glaube, ich kenne das Mädchen aus «Unter uns».

Henning lächelt zurück. Er will wahrscheinlich nur nicht unhöflich sein. In Wahrheit fiebert er der Begegnung mit mir entgegen, ich spüre das. Ich werde ihn mit meiner norddeutschen Natürlichkeit faszinieren.

Er wird erleichtert sein, dass sich in den Tiefen meines vollgestopften BHs ein echter, bald vierzig Jahre alter tropfenförmiger Busen verbirgt.

Er wird mich dafür lieben, dass ich aus der Provinz komme, noch nie in einem Film mitgespielt habe und eine durchschnittliche Frau bin, die wie jede zweite durchschnittliche Frau von ihrem nicht weniger durchschnittlichen Mann betrogen wird.

Mein Magen zieht sich zuckend zusammen wie eine lebendige Auster, die man mit Zitronensaft beträufelt.

Ich überlege, ob ich anfangen soll zu heulen.

«Na, habe ich dir zu viel versprochen?»

Johanna stellt sich neben mich und reicht mir ein Glas Rosé-Champagner. Den gibt es hier umsonst. Das finden wir super. Seit Bens Beerdigung haben wir uns nicht mehr mit Champagner die Kante gegeben.

«Hast du Henning gesehen?», flüstere ich ergriffen

«Wie du siehst, hat dir das Leben mehr zu bieten als einen Toilettenbauer.»

«Marcus ist Alleininhaber eines überregional operierenden Bäderstudios mit angeschlossenem Installationsunternehmen, wenn ich bitten darf. Und überhaupt, hatten wir nicht vereinbart, dieses Thema heute Abend nicht anzusprechen?»

«Stimmt. Wie geht's meinen Brüsten in deinem BH? Machen sich gut, finde ich, passen zu dir. Du bist der Typ für einen größeren Busen. Du könntest sogar vierhundert Gramm vertragen. Ich glaube, ich habe noch Paniermehl zu Hause. Wenn du also mal üben willst ...»

«Nein danke. Ich finde, man soll das Beste aus dem machen, was einem die Natur mitgegeben hat, und sich so akzeptieren, wie man ist.»

«Prost, Landei!»

«Prost, Sexbombe!»

Johanna sieht wirklich fabelhaft aus. Ihr langer Körper und der gutsitzende neue Busen kommen in ihrem eigens für sie entworfenen Abendkleid hervorragend zur Geltung. Sie hat sich die blonden Haare in Fünfziger-Jahre-Wellen legen lassen, und in ihrem blassen Gesicht sind die Lippen tiefrot angemalt und die Wimpern üppig schwarz getuscht.

Sie sieht wirklich aus wie eine richtige Diva. Genau der Typ Frau, die jedem Mann gleichermaßen Furcht und Begehren einflößt. Und genau das will sie heute Abend erreichen.

«Der Jahresempfang des russischen Botschafters ist der perfekte Rahmen, um die Branche auf mein Comeback aufmerksam zu machen und meine Sechstausend-Euro-Titten unter die Leute zu bringen», hatte Johanna gemeint. «Das

Botschaftsgebäude zählt zu den imposantesten der Stadt. Deshalb trifft sich da alles, was Geld oder Glamour hat.»

Da stehen wir nun, zwei Busenwunder in einem wirklich imposanten, holzgetäfelten Raum mit goldener Decke. Johanna grüßt Kollegen von früher und wechselt hier und da ein paar Worte.

«Ist das herrlich», seufzt sie zwischendurch, «endlich werde ich auf meine Brüste reduziert! Hast du gesehen, dass mir selbst dieser Milchbubi Daniel Brühl in den Ausschnitt geglotzt hat? Ich liebe es, nicht ständig beweisen zu müssen, dass ich Verstand und Humor habe. Titten raus, Klappe zu – und das war's. Erinnert mich stark an meine Schwangerschaft.»

Johannas Schwangerschaftsbusen war in der Tat beeindruckend gewesen. Ihr riesenhafter Bauch allerdings auch. Ich weiß gar nicht mehr, wie viele Weingläser, Blumenvasen und Hinstellerchen in dieser Zeit zu Bruch gegangen waren, weil Johanna mal wieder ihren Wendekreis unterschätzt hatte.

Die letzten anderthalb Monate hatte sich Johanna so gut wie gar nicht mehr fortbewegt und ihre Füße nur noch für allernotwendigste Wegstrecken benutzt. Sie hatte zweiundzwanzig Kilo zugenommen und gelesen, dass man als schwere Schwangere durch die Gewichtsbelastung Plattfüße und eine Schuhgröße mehr bekommen kann.

Das hatte sie schockiert, verständlicherweise, wie ich finde, wenn man Johannas Schuhschrank kennt und sich bewusstmacht, dass die Schuhgröße eigentlich so ziemlich die einzige verlässliche Größe im Leben einer Frau ist.

Ein Mann nähert sich uns, der mir bekannt vorkommt, aber mir fällt beim besten Willen nicht ein, in welcher Serie ich ihn gesehen habe. Ein Vorabend-Förster vielleicht oder auch ein Landarzt.

Ich stupse Johanna in ihre knochige Seite.

«Wer ist dieser Typ nochmal?»

«Das ist der Mann, der sich besser als jeder andere zwischen deinen Beinen auskennt. Guten Tag, Doktor Dietrich! Erinnern Sie sich an meine Freundin Vera Hagedorn? Sie haben sie bisher meistens nackt gesehen, aber das gilt ja wohl für die meisten Frauen hier.»

Ich möchte auf der Stelle im Boden versinken, aber Dr. Dietrich, der Kinderwunsch-Spezialist von «Babyhope», der sowohl mir als auch Johanna das ein oder andere Ei aus der Gebärmutter geklaubt und wieder eingepflanzt hatte, lächelt sehr erfreut und schüttelt mir herzlich die Hand. Er ist es wahrscheinlich nicht gewohnt, in der Öffentlichkeit überhaupt begrüßt zu werden.

Ähnlich wie plastische Chirurgen, Gerichtsvollzieher und Kandidaten aus Casting-Shows gehören auch Gynäkologen im Allgemeinen und Reproduktionsmediziner im Besonderen zu den Menschen, denen man nicht außerhalb ihres natürlichen Wirkungskreises begegnen möchte.

Worüber soll man sich mit jemandem unterhalten, den man nicht kennt, der aber das Intimste über einen selbst weiß? Gerade noch hat er bei dir einen Vaginalpilz gefunden, und wenige Stunden später sollst du mit ihm anstoßen?

Nein, ich finde, solche Leute sollten zu Hause oder unter ihresgleichen bleiben. Es gibt doch sehr schöne Ärztekongresse, wo sie sich amüsieren können, ohne andere Menschen in Verlegenheit zu bringen.

Bloß Johanna hat wie immer überhaupt kein Gespür für die Brisanz der Situation und schwatzt enthemmt drauflos.

«Ich wüsste ja nur zu gerne, wie viele Frauen in diesem Raum schon von Ihnen geschwängert wurden. Könnten Sie nicht eine grobgeschätzte Angabe in Prozent machen, oder fällt das schon unter die ärztliche Schweigepflicht?»

«Ich fürchte, ja. Aber eine darf ich Ihnen ganz offiziell vorstellen: Frau Zucker, Frau Hagedorn, das ist meine Gattin Katja, die Mutter meiner beiden Kinder.»

Gattin Katja lächelt gesellschaftlich korrekt und fragt natürlich nicht, woher wir ihren Mann kennen. «Ein wunderbares Fest, nicht wahr?», sagt sie, und nach anderthalb Minuten zäher Kommunikation darüber, dass es auf Mallorca ja immer noch wunderschöne Ecken abseits des Massentourismus gibt, zieht das Ehepaar weiter, um andere Leute zu langweilen.

Wir schauen den beiden ergriffen nach.

«Weißt du noch?», fragt Johanna.

Ich nicke selig lächelnd.

Natürlich weiß ich noch.

Ich stand neben ihr, hielt ihre Hand und bangte und betete. Es war die letzte Chance. Ben war seit fast einem Jahr tot, und ich bewunderte Johanna, dass sie daran und an dem, was dann gefolgt war, nicht zerbrochen war.

Bens Ex-Frau und seine Töchter hatten Johanna sehr deutlich zu verstehen gegeben, dass sie bei der offiziellen Trauerfeier nicht erwünscht sei. Während der Testamentseröffnung waren sie so gemein und ausfallend, dass ich beinahe gewalttätig geworden wäre.

«Wenn ich Sie jemals an seinem Grab sehen sollte, werde ich meinen Hund auf Sie hetzen!», hatte Bens Ex-Frau gegiftet. «Glauben Sie ja nicht, dass wir Ihr Kalkül nicht durchschauen würden. Sie verführen einen alten, reichen Mann und hoffen auf seinen schnellen Tod, um dann abzukassieren.»

Ich hatte gezittert vor Empörung über diese Unterstellung, denn Johanna erbte lediglich das gemeinsame Penthouse am Alexanderplatz. Die Firma, so hatten es Ben und Johanna vereinbart, ging an die Töchter, sein Privatvermögen floss in eine gemeinnützige Stiftung, die in Israel Spielplätze bauen soll, auf denen palästinensische und israelische Kinder gemeinsam spielen.

«Ben hat mir genug hinterlassen», hatte Johanna gesagt, «mehr als genug.»

Am Ende von Bens Beerdigung auf dem Jüdischen Friedhof Weißensee hatte Johanna ein Lied von Warren Zevon gesungen:

«If I leave you it doesn't mean
I love you any less
Keep me in your heart for a while

Hold me in your thoughts,
Take me to your dreams
Touch me as I fall into view
When the winter comes
Keep the fires lit
And I will be right next to you

If I leave you it doesn't mean
I love you any less
Keep me in your heart for a while»

Danach habe ich sie nie wieder weinen sehen.

«Wenn ihr wollt, dass ich da drüben meine Ruhe habe, dann lacht und trinkt, wenn ihr an mich denkt», hatte Ben gesagt. «Die große Tragödie des Lebens besteht nicht darin, dass Menschen sterben, sondern dass sie aufhören zu lieben. Man stelle sich ein Leben ohne den Tod vor: Vor lauter Verzweiflung würde man sich tagtäglich umbringen wollen.»

Ein paar Wochen nach der Beisetzung verkaufte Johanna das Penthouse, legte den Großteil der Million an und kaufte sich vom Rest eine Drei-Zimmer-Wohnung im Prenzlauer Berg mit Aufzug und Balkon in unmittelbarer Nähe zum Spielplatz am Wasserturm.

«Kindgerecht», hatte sie lachend gesagt. Und mir hatte vor ihrem Optimismus gegraust.

Ich wusste, warum sie so gelassen war: weil sie all ihre Hoffnung auf Bens wirkliches Erbe setzte: sein Kind.

Und ich geriet in Panik bei der Vorstellung, dass es auch diesmal nicht klappen und sie Ben ein zweites Mal verlieren würde, denn Dr. Dietrichs Prognose war niederschmetternd gewesen. Eine einzige befruchtete Eizelle war von den zwei künstlichen Befruchtungen noch übrig, die Johanna und Ben während ihrer kurzen gemeinsamen Zeit gemacht hatten – und die lag seit fast einem Jahr tiefgefroren im Keller von «Babyhope».

«Die Chance ist leider sehr gering, dass die Blastozyste das Auftauen übersteht», hatte Dr. Dietrich gewarnt. «Und die Wahrscheinlichkeit, dass sie sich dann einnistet und reift, die ersten zwölf Wochen übersteht und es tatsächlich zu einer Geburt kommt, liegt unter fünf Prozent.»

«Fünf Prozent reichen mir», hatte Johanna unbeeindruckt geantwortet und mich gebeten, beim Transfer dabei zu sein und Patentante zu werden.

Zwei Wochen später rief sie mich an, um mir zu sagen, dass sie vom toten Ben Zucker ein Kind erwartet.

Sie war sicher, dass es ein Junge würde, und er sollte Samuel heißen. Aber zunächst nannten wir ihn Käpt'n Iglu wegen seiner Herkunft aus der Tiefkühltruhe beziehungsweise, wie Johanna uncharmant, aber treffend meinte, Rudi von «Rudis Reste-Rampe».

Niemand außer Johanna, Dr. Dietrich und mir weiß, wer Sammys Vater ist.

«Sich in einen Frauenarzt zu verlieben, ist echtes Pech», sage ich zu Johanna, als das Ehepaar Dietrich außer Hörweite ist. «Findest du nicht auch, dass Gynäkologen eine ähnlich unattraktive Berufsgruppe sind wie Kammerjäger oder Bestatter?»

«Deiner baut Klos und geht fremd. Auch nicht gerade ein Glücksgriff.»

«Du konntest Marcus nie leiden.»

«Stimmt. Aber wenn ich geglaubt hätte, dass er der richtige Mann für dich ist, wäre mir das egal gewesen, und ich hätte meine Klappe gehalten.»

«Du hast von Anfang an gewusst, dass so was passieren würde?»

«Im Gegenteil. Eine Affäre hätte ich dem alten Langweiler

gar nicht zugetraut. Wie du weißt, bin ich nicht grundsätzlich gegen Untreue, aber ich bin sehr gegen einen Mann, der ohnehin nicht gut genug für meine beste Freundin ist und sie dann auch noch hintergeht. Mach endlich die Augen auf!»

«Um was zu sehen? Eine fast Vierzigjährige mit geliehenen Brüsten, kinderlos, betrogen, mit breitem Becken, aber dafür ohne festen Arsch und ohne festen Job? Toll, ich bin wirklich der absolute Hauptgewinn.»

Eine Monster-Träne tropft auf meinen Handrücken. Ich habe extra wasserfeste Wimperntusche genommen, aber trotzdem, schlechter als jetzt könnte ich mich auch mit verlaufener Wimperntusche nicht mehr fühlen.

Eine Hand legt sich von hinten um meine ländliche Hüfte, und eine fistelige Männerstimme ruft erfreut:

«Hallöchen, die Damen! Jetzt kann der Abend ja doch noch schön werden!»

«Du könntest wirklich mehr aus dir machen.»

Erdal Küppers betrachtet mich wie ein Bauarbeiter einen mürben Stahlträger.

«Willst du damit sagen, dass Vera selbst schuld ist, dass Marcus sie betrogen hat? Ist Treue eine Frage des Körperfettanteils?»

«Völlig richtig, Johanna. Auch Selbstbewusstsein ist eine Frage des Körperfettanteils. Dafür bin ich das beste Beispiel. Während unserer Ayurveda-Kur habe ich drei Kilo abgenommen und danach eine Woche lang beim Sex das Licht angelassen und sogar erwogen, einen Spiegel über unser Bett zu hängen. Jetzt habe ich wieder sechs Kilo mehr drauf und bin beim Sex damit beschäftigt, meinen uneinziehbaren Bauch in eine einigermaßen günstige Stellung zu bringen, in der er keine riesenhaften Schatten wirft oder mir die Sicht auf meinen Partner versperrt. Freundinnen, ihr könnt mir glauben, ein Hängebusen ist nichts gegen die Qualen, die mir mein Bauch bereitet. Ihr könnt wenigstens noch euren Push-up-BH im Bett anlassen. Ja, ich schäme mich, nicht vor Karsten, der liebt mich erstaunlicherweise so, wie ich bin, nein, vor mir selbst. Ich liebe mich nämlich nicht so, wie ich bin. Wer sich wohlfühlt mit sich, hat mehr Selbstbewusstsein, und wer Selbstbewusstsein hat, wird nicht so leicht betrogen, oder es macht ihm weniger aus, oder er kann zumindest angemessen darauf reagieren.»

«Und was hältst du für eine angemessene Reaktion?», fragt Johanna skeptisch.

Ich höre den beiden zu, wie sie über mich, über meine Problemzonen und über meine Zukunft verhandeln, und lasse mir von wieselflinken Servicekräften abwechselnd Kaviar-Canapés, Krimsekt und Vodka Shots reichen.

Seit sich Erdal zu uns gesellt hat, werden wir erstklassig umsorgt, denn seine Firma «Food.com» ist für das Catering verantwortlich. Den Auftrag hat ihm sein Freund Karsten zugeschustert, der in Berlin arbeitet und sehr gute Beziehungen hat.

«Wir sollten mehrgleisig vorgehen», sagt Erdal mit funkelnden Augen. «Zum einen müssen wir herausfinden, wer diese ominöse Gutemine ist. Zum anderen sollte Vera an der Optimierung ihres Egos und ihres Körpers arbeiten. Diesbezüglich habe ich schon konkrete Pläne. Parallel zu Punkt eins und zwei wird sie versuchen, einen neuen Mann zu finden.»

«Ich will aber keinen neuen Mann», maule ich schon ein wenig lallend.

Der Alkohol in meinem Blut beginnt gerade, seine Wirkungsweise zu verändern und Übermut in Schwermut zu verwandeln.

«Liebchen, wenn du mit meinem Programm durch bist, wirst du dich vor Verehrern nicht retten können. Dabei gehörst du zur Gruppe der Schwerstvermittelbaren: Frau, vierzig, verzweifelt, Kinderwunsch. Denk immer daran: Große Mädchen brauchen große Diamanten. Und du bist ein großes Mädchen. Und bald bist du auch noch schlank.»

«Taube! Marcus war schon der Falsche, bevor er dich mit dieser Gutemine betrogen hat», springt Johanna ihm bei. «Du liebst unter deinem Niveau. Nimm diese ganze Sache als Tritt in den Arsch, der dich zwingt, die Richtung zu wechseln. Hinter jeder großen Frau steckt ein Mann, der versucht hat, sie aufzuhalten. Lass dich nicht länger aufhalten, Taube. Spiel endlich die Hauptrolle in deinem Leben!»

Ich wache auf und muss feststellen, dass ich nicht bloß geträumt habe. Die Erleichterung, die sich einstellt, wenn man einen Albtraum hinter sich lassen und die Augen aufmachen kann, bleibt aus. Mein Albraum ist kein Traum, und ich fühle mich, als würde ich von innen verbluten.

Johanna liegt neben mir und schnarcht wie ein Seemann mit Schweinegrippe. Ich tapse leise ins Bad, verfluche den Alkohol, meine Kopfschmerzen und die Tatsache, dass ich gestern Abend im Suff vergessen habe, meine Kontaktlinsen herauszunehmen.

Ich blinzele mit vertrockneten Äuglein in den Spiegel und sehe noch grauenvoller aus, als ich befürchtet hatte. Ein großer Haufen Elend mit fleckig geheulter Haut, Mundwinkeln bis zu den Brustwarzen und Haaren, deren Konsistenz eine so absonderliche Mischung aus struppig und schlaff angenommen hat, wie man sie nur selten zu sehen bekommt.

Es ist fünf Uhr morgens, und wenn ich könnte, würde ich mich auch mit einer Gutemine betrügen.

Wie sie wohl aussieht? Wie alt sie wohl ist? Jünger und schöner als ich? Hoffentlich! Nicht auszudenken, sollte ich meinen Mann an eine gleichaltrige oder gar ältere Frau mit gedrungener Statur, fleischigen Knien und einem Doktor in Quantenphysik verloren haben. Wie stünde ich denn dann da? Wie sollte ich das im Freundeskreis kommunizieren? Mein Mann hat sich für eine Frau mit mehr Falten, mehr Speck und mehr Persönlichkeit entschieden? Das kann doch keiner nachvollziehen.

Ich schleiche mich in Johannas Arbeitszimmer und klappe den Laptop auf, den mir Marcus für meine Zeit in Berlin großzügigerweise ausgeliehen hat.

Und der gestern um fünfzehn Uhr zweiunddreißig mein Leben zerstört hat.

Ich wollte mit der Überarbeitung von «Damenwahl» beginnen, denn Johanna hatte leider recht gehabt. Das Stück war matt und fad und hatte kaum etwas mit dem zu tun, was ich Johanna vorgeschlagen hatte. Der Abend im Stader Theater mit Judy Winter als Marlene Dietrich hatte mich auf meine Idee gebracht.

Johanna Zuckers großes Comeback sollte ein aufwühlendes und funkelndes Diven-Programm sein: die besten Texte und Lieder berühmt-berüchtigter Figuren von Zsa Zsa Gábor und Hildegard Knef bis Coco Chanel, Pippi Langstrumpf und Karl Lagerfeld.

Die vorliegende Fassung bestand eigentlich nur aus schwermütigen Liedern von Edith Piaf und düsteren Texten von Ingeborg Bachmann. Nichts, was die Sehnsucht weckt, sich einen roten Lippenstift zu kaufen und mit einem Fremden durchzubrennen. Ich würde den Abend komplett neu komponieren müssen.

Als ich den Laptop starten wollte, stellte ich fest, dass er im Ruhezustand war. Marcus hatte offenbar vergessen, seinen Computer auszuschalten.

Nach einem Klick auf das Trackpad leuchtete auf dem Bildschirm die Seite von Facebook auf.

Ich hatte den Reiz solcher Internet-Netzwerke nie genau begriffen. Warum im Netz neue Freunde finden, wo man denen im echten Leben schon kaum gerecht werden kann? Auf einmal tauchen Leute auf deinem Bildschirm auf, die du völlig, und zwar völlig zu Recht, vergessen hattest und die jetzt um deine virtuelle Freundschaft bitten, um dich Tag für Tag mit Neuigkeiten aus ihrem lahmen Leben und ihrem öden Gedankengut zu belästigen.

Ich habe eine, wie ich finde, gesunde und natürliche Scheu vor dem Internet. Es ist mir unheimlich, unerklärlich, und wann immer ich eine Junk-Mail bekomme, in der mir eine Penisverlängerung oder besonders günstiges Viagra angeboten wird, lösche ich sie sekundenschnell, weil ich mich vor Computerviren fürchte, die madengleich durch die Kabel kriechen, sämtliche Kennworte aufspüren und knacken, mein Konto leer räumen, bei Facebook Unwahrheiten und Nacktaufnahmen über mich verbreiten und nach und nach mein Leben zerstören.

Ich habe mal von einer Frau gelesen, die von ihrem Mann blöderweise umgebracht wurde, als er herausfand, dass sie bei Facebook ihren Beziehungsstatus von «verheiratet» auf «Single» geändert hatte. Na bitte, so was muss doch wirklich nicht sein.

«Für mich ist Facebook ein berufliches Muss», hatte Marcus mir erklärt. «Ich pflege dort Kontakte zu Einzelhändlern und mache potenzielle Kunden auf Sonderaktionen und Rabatte aufmerksam.»

Ich weiß nicht, warum ich neugierig wurde. War ich vorher noch nie gewesen. Gelegenheit macht Diebe, heißt es doch, und hier wurde mir quasi auf dem Silbertablett eine Gelegenheit geboten, einen Blick in einen Teil von Marcus' Leben zu werfen, der mir sonst verborgen blieb.

Kann ich doch nichts dafür, wenn der mir seinen Computer leiht und nicht daran denkt, ihn korrekt auszuschalten. Wenn eine Tür nicht abgeschlossen ist, darf man durchgehen, oder? Ist das schon schnüffeln? Ich finde nicht. Wenn einer nebenan brüllend laut telefoniert, kann er auch nicht von dir verlangen, dass du dir die Ohren zuhältst, um nichts mitzukriegen.

Trotz dieser unschlagbaren Logik hatte ich das Gefühl, etwas zumindest ansatzweise Verbotenes zu tun, als ich mit verheißungsvollem Kribbeln im Magen das Facebook-Profil von Marcus öffnete. Ich machte mir zwar keine Hoffnungen, dass er etwas Spannendes zu verbergen hatte, aber ich genoss die Sekunden, in denen ich mir vorstellte, das könnte anders sein.

Und außerdem wollte ich, ganz profan, den Moment, in dem ich unweigerlich mit «Damenwahl» beginnen müsste, noch ein wenig vor mir herschieben. Ich hätte auch die Spül-

maschine ausräumen können, aber das Schicksal hatte mich in die virtuelle Welt meines Mannes gelockt, und ich hatte nicht widerstanden.

Sein Foto und sein Profil waren schon mal eine Enttäuschung. Ja, der Mann, der mir da nicht entgegenlächelte, war ganz eindeutig mein Mann, genau so, wie ich ihn kenne. Das Bild hatte ich gemacht. Auf Rügen, vor zwei Jahren. Marcus lächelt ungern und schon gar nicht, wenn er fotografiert wird. Ich habe mich manchmal gefragt, warum der überhaupt zur Zahnreinigung geht, wo man seine Zähne doch sowieso nie sieht.

Auch sein Profil war in Sachen kribbelnde Schnüffelerfahrung unergiebig: verheiratet, wohnhaft in Stade, Niedersachsen, BWL-Studium in Münster und Bremen, Eigentümer und alleiniger Geschäftsführer des «Bäder- und Küchenstudios Hogrebe».

Beim gelangweilten Überfliegen seines Postfachs fand ich nur Nachrichten von Absendern wie «Schmollke Sanitär-Konzeptionen» und «Bidet International».

Das Kribbeln im Magen verschwand. Ich war enttäuscht.

Aber warum?

In der einschlägigen Ratgeberliteratur heißt es ja immer, dass Misstrauen ein Zeichen von Angst und Unsicherheit sei. Man schnüffelt, weil man die Geheimnisse des anderen fürchtet und sich bedroht fühlt durch das, was man nicht weiß.

Ich fühle mich eher beunruhigt durch das, was ich weiß. Nämlich alles. Was, wenn du beim Schnüffeln herausfindest, dass der andere keine Geheimnisse hat? Das ist doch auch nicht schön. Allerdings zugegebenermaßen nichts, was man dem Partner so ohne weiteres vorwerfen kann.

«Ich habe dir hinterhergeschnüffelt und herausgefunden, dass du nichts zu verbergen hast, du Sau! Kannst du mir das bitte mal erklären?» Das wäre ein ungewöhnlicher Einstieg in eine höchstwahrscheinlich wenig konstruktive Auseinandersetzung.

Gelangweilt und etwas vorwurfsvoll wollte ich die Seite gerade schließen, als ich zwischen «Landhausküchen für jedermann» und «Der Küchenprofi» eine sechs Tage alte Nachricht von «Gutemine» entdeckte.

Dort stand: «Mindestens vier Wochen? Ehrlich?»

Hier handelte es sich vermutlich um die Lieferzeit einer Küchenfront in Kieferfurnier, und ich wollte mich schon ausloggen, um endlich mit meiner Arbeit zu beginnen, als ich doch noch Marcus' Antwort gleich darunter las:

«Ja! Sie fährt nach Berlin zu Johanna, du weißt, diese ‹Künstlerin›. Konnte mein Glück kaum fassen und hatte Mühe, meine Begeisterung zu verbergen. Sie fährt in fünf Tagen los. Dann komm doch gleich abends zu mir. Du warst schon so lange nicht mehr hier. Und bis zum Frühstück konntest du ja noch nie bleiben ...☺»

Zwei Minuten später war die Antwort von «Gutemine» gekommen: «Ich mag Obstsalat, selbst gemacht ... ☺ Können wir heute Abend telefonieren und Pläne machen für den Vera-freien Monat? Vielleicht können wir ja sogar mal übers Wochenende nach Paris fahren – wie ein richtiges Paar ... ☺ ☺ Habe schon mal in meinem Kalender nachgeschaut. Auf jeden Fall müssen wir uns am 25. August treffen. Du weißt schon, warum ...;-);-)»

Marcus hatte in derselben Minute geantwortet: «Ich rufe dich um halb neun an. Bin heute Abend allein. V. hat ihren Frauenabend bei Selma – das ist die, die ein Verhältnis mit dem Klavierlehrer ihrer Tochter hat. Böses Mädchen ... ☺ Ciao, Bella!»

Die virtuelle Unterhaltung endete mit der Nachricht von «Gutemine»: «Ich freue mich auf dich, Majestix. Ciao, Amore!»

Ich glotzte eine Weile vollkommen gefühls-, gedanken- und intelligenzfrei auf den Bildschirm und begriff nichts.

«Ciao, Bella»? «Ciao, Amore»? «Majestix»? Wer war das? Sollte das mein Mann sein? Marcus H. aus S.? Der mit dem eingewachsenen Zehennagel?

«Amore»?

Das Facebook-Profil von «Gutemine» war leider nicht ergiebig. Sie hatte als Foto – naheliegend und nicht besonders lustig – eine Zeichnung von Gutemine aus «Asterix» eingestellt, als Wohnort lediglich «Norddeutschland» angegeben, und unter ihren sechs Freunden fand ich außer Marcus niemanden, den ich kannte.

Ich bekam langsam eine Ahnung davon, was ich da gerade gelesen hatte, und musste nach Luft ringen. Das konnte doch nicht wahr sein!

Sicher ein lächerliches Missverständnis. Panisch und mit unkontrollierbar durcheinanderwirbelnden Gedanken durchsuchte ich das Postfach nach weiteren Nachrichten von «Gutemine». Aber Marcus hatte alles gelöscht, was länger zurücklag.

Ich las die Unterhaltung der beiden wieder und wieder. Es musste einfach eine harmlose Erklärung dafür geben. Alles an meiner Ehe, alles an Marcus, alles an mir, war bisher harmlos gewesen.

Das hier, das konnte nicht sein.

Hier ging es nicht mehr um ein nettes wohliges Gruseln

bei einer kleinen Schnüffelei. Wenn das stimmte, was ich hier las, dann flog mir gerade mein ganzes Leben um die Ohren. Dann würde nichts wieder so sein, wie es mal war. Dann wäre alles vorbei.

Zum Glück weigerte sich mein Gehirn, die Informationen korrekt zu verarbeiten. Es stellte sich blöd und beharrte darauf, dass es eine erträgliche Erklärung geben musste.

Ich atmete tief durch, sammelte mich und tat dann das einzig Vernünftige: Ich trank einen doppelten Wodka und bat Johanna, sofort nach Hause zu kommen und unterwegs noch zwei Flaschen kalten Weißwein zu besorgen.

Nachdem sie die Unterhaltung mehrmals gelesen hatte, lehnte Johanna sich zurück und fasste zusammen:

«Also, was wissen wir? Marcus hat eine Affäre mit einer Frau, die sich Gutemine nennt und ihre Texte gerne mit Smileys dekoriert. Das heißt, entweder ist diese Frau unter vierzehn oder blöd. Klar ist, dass die Sache schon länger läuft und Gutemine mehr als einmal in deiner Wohnung war. Dass sie Marcus ‹Majestix› nennt, spricht dafür, dass sie noch nicht mit vielen Männern zusammen war. Dass dein Mann bei mir das Wort Künstlerin mit Anführungszeichen versehen hat, zeigt, dass er von mir ebenso wenig hält wie ich von ihm.»

Johanna machte eine Pause.

«Und jetzt das Gute, Taube: Der Laptop von Marcus bleibt ja automatisch bei Facebook eingeloggt. Wenn Bella und Amore wieder chatten, können wir also mitlesen.»

Johanna machte wieder eine Pause.

«Ich fürchte nur, zurzeit haben die beiden wenig Grund zu chatten. Solange du hier in Berlin bist, können die Turteltäubchen sich ja alles ins Ohr flüstern.»

Johannas analytische Herangehensweise tat mir gut, und ich hatte mich etwas beruhigt, zumindest kurzfristig.

«Willst du Marcus sagen, dass du von Gutemine weißt?»

«Keine Ahnung.»

«Sag mir bitte nicht, dass du diese Geschichte für dich behalten willst!»

«Keine Ahnung.»

«Taube, was geht in dir vor?»

«Keine Ahnung.»

«Okay, du stehst unter Schock. Ich lasse dir jetzt ein Entspannungsbad ein und mache dir fünfhundert Gramm Spaghetti, um eine solide Grundlage für den Alkohol zu schaffen. Dann probierst du Kleider, Frisuren und Brüste aus. Dazu hören wir brüllend laut ‹I will survive› von Gloria Gaynor. Um neun gehen wir dann zu diesem Empfang in die russische Botschaft. Dort wirst du dir einen attraktiven Oligarchen schnappen, in dessen Privatjet du morgen nach Miami fliegst. Über Stade betätige bitte kurz die Klospülung, um auf Marcus mit dem kleinen c zu scheißen.»

Und jetzt sitze ich um fünf Uhr morgens wieder da, wo das Drama seinen Anfang genommen hat: vor dem Computer.

Ich lese die Zeilen wieder und wieder: «Sie fährt in fünf Tagen ... Vera-freier Monat ... müssen uns am 25. August treffen ... weißt schon, warum ...»

Der 25. ist in zweieinhalb Wochen. Warum müssen die sich dann treffen? Feiert die kleine Gutemine ihren achtzehnten Geburtstag? Oder begehen die beiden ihren fünften Jahrestag? Wie lange geht das schon? Wie konnte ich nur so blind und blöd sein zu glauben, in meiner beschissenen Beziehung sei alles in Ordnung?

Wobei, selbst jetzt im Nachhinein sehe ich keine Hinweise, nichts, was mich hätte stutzig machen müssen.

Oder?

Die langen Abende im Büro? Die Verabredungen zum Squash? Die Sanitärbedarfsmessen in Frankfurt? Da wirst du doch irre, wenn du hinter jeder Verspätung, hinter jeder Dienstreise gleich einen Betrug witterst.

Vor etwa einem halben Jahr hat er das Rasierwasser gewechselt. Und irgendwann war mir aufgefallen, dass er die Boxershorts mit den ausgeleierten Bündchen aussortiert hatte. Wurde auch höchste Zeit, hatte ich gedacht. Mehr nicht.

Ich habe Marcus nie misstraut. Er gab keinen Grund dazu, und ich hatte kein Bedürfnis danach. Misstrauen ist mir zu anstrengend.

Es war für ihn so einfach, mich zu betrügen. Ob er ein schlechtes Gewissen hat? Ob sich die beiden manchmal postkoital über meine Naivität lustig machen? Womöglich in unserem Ehebett? Ob Marcus das Teddybärchen, das ich ihm mal geschenkt habe und das auf seinem Nachttisch steht, wegräumt, wenn sie kommt? Ob sie in meinen Bademantel schlüpft, wenn sie auf unser Klo geht?

Was hat sie, was ich nicht habe?

Und wie konnte ich nur zu einer Frau werden, die sich diese bescheuerte Frage stellt!

Eine, die die Unterhosen wäscht, die er sich dann von ihr vom Leib reißen lässt!

Mir ist schlecht.

Was soll ich tun? Ihn zur Rede stellen? Mir dämliche

Ausreden anhören oder mich gar von Marcus beschimpfen lassen, weil ich in seinem Laptop rumgeschnüffelt habe? Ich würde es Marcus zutrauen, dass er den Spieß einfach umdreht und mir die Schuld in die Schuhe schiebt.

Oder soll ich schweigen und so tun, als wüsste ich von nichts, so, wie es meine Schwiegermutter fünfundzwanzig Jahre lang getan hat?

Oder soll ich wie Theresa versuchen, Marcus in flagranti zu erwischen?

Aber diese Facebook-Nachrichten reichen. Sie sind ein eindeutiger Beweis.

Und was habe ich davon?

Die Wahrheit?

Glück?

Wahrheit oder Glück. Niemals beides.

Aber nun kenne ich die Wahrheit. Ist mein Glück damit nicht automatisch vorbei? Vielleicht gelänge es mir, ihm gegenüber so zu tun, als ob ich nichts wüsste. Aber mir liegt sie auf der Seele, die unselige Wahrheit. Kann ich damit leben?

Die Entscheidung liegt ganz bei mir. Ich kann jederzeit einfach weitermachen, so, als sei nichts geschehen. Ich bestimme, ob meine Entdeckung Konsequenzen haben wird oder nicht.

Aber mein Glück, so scheint es mir, ist auf jeden Fall vorbei. Die Wahrheit hat mein Glück zerstört. Was mir immerhin bleibt, ist die Wahl zwischen zwei Varianten von Unglück:

1.) Den Mann verlieren, den ich liebe, von dem ich Kinder haben will, der meine Heimat ist und meine Zuflucht.

2.) Den Glauben verlieren und das Vertrauen, dass diese Liebe exklusiv ist.

Ein Leben mit Marcus wäre in Zukunft ein Leben mit Zweifeln. Mit Argwohn. Telefoniert er mit ihr, während ich unter der Dusche stehe? Ist die SMS, die er mit dem Rücken zu mir liest, von ihr? Dauert die Messe tatsächlich drei Tage? Und warum kommt er von Geschäftsreisen immer mit einem kleinen Geschenk zurück? Schlechtes Gewissen? Unter Verdacht wird alles verdächtig.

In mein behagliches Nest hat mir die Wahrheit mitten hineingekackt. Ich kann bleiben – und mir die Nase zuhalten.

Ich kann mir eingestehen, dass ich naiv war und unerwachsen, weil ich glaubte, Treue gehöre zur Liebe dazu.

Ich kann mir eingestehen, dass meine Ehe nur funktioniert, weil mein Mann alles bekommt, was er sich wünscht – jedoch nicht nur von mir. Immerhin bin ich mit einem glücklichen, ausgeglichenen Mann verheiratet. Das ist doch schon mal was.

Allzu albern war es, anzunehmen, ich alleine würde ausreichen zu seinem Glück. Albern und größenwahnsinnig.

Das ist dümmliches Puppenstuben-Denken. Was hatte ich mir bloß gedacht? Dass mein Leben ein Glanzbildchen sei, wie es Erstklässlerinnen kichernd auf Schulhöfen bewundern? Jetzt ist der Glanz ab.

Na und?

Was war ich denn? Die Prinzessin Lillifee von Stade?

Willkommen, Vera Hagedorn, in der Realität.

Wurde auch höchste Zeit.

Dann springt mich ein neuer Gedanke an wie ein beißwütiger Terrier. Was, wenn Marcus mich verlassen will? Was, wenn das was Ernstes ist? Wenn Amore und Bella längst über meinen Kopf hinweg entschieden haben, dass ich schon sehr bald eine schwer vermittelbare Single-Oma sein werde, die Tiefkühlmenüs für eine Person kauft und sich bei Parship.de als «Frau mit Lebenserfahrung» bezeichnen muss, was immer steht für: «Ich bin über vierzig, sitzengelassen, desillusioniert und auf der Suche nach einem Mann, der entweder die siebzig überschritten hat oder aber so diskret fremdgeht, dass ich mir, um nichts mitzubekommen, wenigstens nicht beide Augen zuhalten muss. Im Gegenzug verspreche ich, meine Beine regelmäßig zu enthaaren, nicht rumzunörgeln und niemals zu schnüffeln. Denn wenn ich eines nie wieder wissen will, dann ist das die Wahrheit.»

Mein Herz vergisst vor kaltem Schrecken, einen Schlag zu tun. Liegt die Entscheidung über mein Leben vielleicht gar nicht bei mir?

In diesem Moment ploppt ein kleines Fenster am rechten unteren Rand des Computerbildschirms auf. Unter dem Bild der dämlich grinsenden Gutemine steht: «Ist mein Majestix etwa um diese Zeit schon wach? Amore!»

Mein Herz, eben noch kurz vorm endgültigen Stillstand, beginnt jetzt zu rasen. Gute Güte, was soll ich tun? Die Schlampe sitzt vor ihrem Computer und will mit ihrem Liebhaber chatten!

Fast befürchte ich, sie könnte mich sehen.

Ich atme flach, bewege mich nicht und starre den Bildschirm an, als sei er das Tor zur Hölle, das sich gerade vor mir aufgetan hat. Die moderne Technik ist mir immer noch ab und zu sehr unheimlich.

Zwei Minuten später ploppt es wieder:

«Schade, schade. Dachte mir schon, dass es nur dein Computer ist, der wach ist. Du sollst ja auch schlafen und Majestix-Kräfte tanken. Du weißt, der 25. naht ☺☺☺!!! Die letzte

Nacht hat die Latte (☺) ja schon ganz schön hoch gelegt. War supi!!! Könnte mich glatt dran gewöhnen. So, geh jetzt vom Funk, muss gleich auf Arbeit. Adios, Amore!»

Mir ist ausgesprochen übel zumute. Eine Smiley-Dumpfbacke, die das Wort «supi» benutzt, ohne es ironisch zu meinen, die «auf Arbeit» und «Ciao» und «Adios» sagt, hat mir meinen Mann gestohlen und verbringt supi Nächte mit ihm.

Wann habe ich die letzte supi Nacht mit meinem Mann verbracht? Was ist geschehen? Wie konnte ich zu einer Frau werden, die man mit einer unterbelichteten Gutemine betrügt? Habe ich mich gehenlassen? Mich zu sehr in Sicherheit gewiegt? Habe ich mir nicht mehr genug Mühe gegeben, mit meiner Beziehung, mit meinem Äußeren, mit meinem Inneren, mit meinem Leben?

Ich habe gelesen, dass man als Frau in einer festen Beziehung automatisch drei bis vier Kilo zunimmt. Wenn die weibliche Nase über längere Zeit immer ein und dasselbe Männchen riecht, signalisiert sie dem Körper, dass er sich schon mal für Nachwuchs bereitmachen und Reserven horten soll. Toll, vier Kilo habe ich mindestens geschafft, dafür aber kein einziges bisschen Nachwuchs.

Wenn das stimmt, brächte eine Trennung garantierte vier Kilo weniger, bei gleichbleibender Kalorienzufuhr – ein tröstlicher Gedanke.

«Du könntest wirklich mehr aus dir machen», hatte Erdal gesagt. Und er hat ja leider recht, in jeder Beziehung.

Als ich Marcus kennenlernte, war ich auf dem besten Weg, eine Großstadt-Werberin zu werden. Noch ein, zwei Jahre, und ich wäre in der Agentur Teamleiterin geworden.

Ich hatte eine gute Wohnung, einen guten Friseur, ein ordentliches Gehalt mit Steigerungspotenzial, und es wäre mir nicht im Traum eingefallen, ungeschminkt und auf flachen Schuhen zu Edeka zu gehen. Das machst du nicht, wenn du auf dem Markt bist und damit rechnen musst, an der Käsetheke deinem Schicksal zu begegnen.

Nun, ich war meinem Schicksal am Heiligen Abend im «Club Balu» in Stade begegnet. Man kann es sich ja nicht aussuchen.

Und ehrlich gesagt war ich heilfroh gewesen, mich mit gutem Grund aus der Werberszene und der fordernden Großstadt zurückziehen zu können. Aus dieser anstrengenden Welt, in der du ständig was verpasst.

Ich bin eigentlich mehr der bequeme Typ, eher ängstlich als mutig, eher häuslich als abenteuerlustig, mit überschaubarem Ehrgeiz, Hang zu Vorabendserien und großer Lust auf geregelte, sättigende Mahlzeiten.

Ich sehe so aus, wie ich bin: gut durchblutet, solide mit erträglichen Sehnsüchten, mit gesundem Menschenverstand und gänzlich ohne Hang zu Sexualpraktiken, die über das gemeinhin Anerkannte hinausgehen.

Mit Marcus konnte ich in Stade genau das Leben führen, das mir und meinen durchschnittlichen Bedürfnissen entsprach. Ich war angekommen, alles war gut, so hätte es bleiben können.

Johanna und Ben waren immer anderer Ansicht gewesen, wenn das Thema zur Sprache gekommen war.

«Meine Güte», hatte Johanna geschimpft, «du klingst, als

seiest du schon tot! Du hast es dir viel zu gemütlich gemacht. Hast du denn gar keine Pläne mehr?»

«Was hast du daran auszusetzen, dass ich zufrieden bin?»

«Du gibst dich zufrieden. Und das ist ein katastrophaler Unterschied. Du bist klug, hast Talent, siehst gut aus und bist auch noch lustig. Dein Mann stärkt dich in deinen Schwächen, nicht in deinen Stärken. Neben ihm siehst du kleiner aus, als du bist. Überleg doch mal, warum du total unsicher Auto fährst, sobald Marcus neben dir sitzt.»

«Weil er glaubt, er könne besser fahren als ich. Mittlerweile weigert er sich ganz, mit mir zu fahren.»

«Und du lässt dich von seiner Meinung beeinflussen und kommst neben ihm nicht mehr in Parklücken rein, die für einen Bus reichen. Marcus macht dich schlechter statt besser. Such dir endlich einen Mann, der dein Selbstbewusstsein vergrößert und dir Mut gibt, aufzubrechen. Marcus will doch gar nicht, dass dir Flügel wachsen und du deine Angst verlierst, weil er genau weiß, dass du dann ihn und Stade schnellstmöglich hinter dir lassen würdest.»

«Warum meckert eigentlich immer jeder an mir rum?», hatte ich genervt gesagt. In Stade hielt man mich für überheblich, in Berlin für freiwillig zurückgeblieben. Die einen glaubten, ich hielte mich für was Besseres, die anderen fanden, ich hielte mich nicht für gut genug.

Ich war es langsam leid, von allen bepöbelt zu werden.

Aber Johanna hatte sich in Rage geschimpft und war offensichtlich nicht willens, mich kampflos meinem Schicksal zu überlassen.

«Taube, du bist so scheißvernünftig, dass ich kotzen könnte!»

Vernünftig. Warum klingt der Satz «Du bist so vernünftig» wie eine Verunglimpfung? Als hätte man den interessanten Teil des Lebens hinter sich, als würde man immer zu früh ins Bett gehen, den besten Teil der Party verpassen, bloß um am nächsten Tag frisch und ausgeruht zu sein.

«Frisch und ausgeruht», wenn ich das schon höre Du hast keine Illusionen mehr, kaufst einen Luftbefeuchter und trinkst zu jedem Glas Wein ein Glas Wasser. Schnarch.

Vernunft ist nur was für Kinder. Die werden dazu gezwungen: «Nach dem Zähneputzen wird nichts mehr gegessen. Um acht ist das Licht aus. Und morgen wirst du nicht wieder ohne Mütze aus dem Haus gehen!» Die anderen fangen später, viel später an, freiwillig das zu tun, wozu ihre Eltern sie früher gezwungen haben, und werden zu vernünftigen Menschen, die nicht ins Badewasser pinkeln.

Dazwischen liegt die Adoleszenz, eine Phase von circa fünfzehn bis fünfzig Jahren – eine reine Typfrage –, in der es hauptsächlich darum geht, sich unglücklich zu verlieben, möglichst wenig zu schlafen und das Haus ohne Mütze zu verlassen.

Dann jedoch setzt ein schleichender Prozess ein, der in meinem Fall damit begann, dass ich aufhörte, mich selbst zu verachten, bloß weil ich mal vor Mitternacht eingeschlafen war.

Jetzt kommt es immer häufiger vor, dass ich schon das Licht ausgeknipst habe, bevor Anne Will mir eine gute Nacht wünschen konnte. Nicht nur, dass ich mir die Zähne regelmäßig putze, nein, ich reinige die Zahnzwischenräume sogar mit Zahnzwischenraumreinigungsbürstchen in verschiedenen Größen. Grün, rot und blau.

Ich versuche, den Tag mit einem ausgewogenen und

nahrhaften Frühstück zu beginnen, abends um acht leicht zu essen und Kristallzucker, unsachliche Auseinandersetzungen und zu viele Markenschuhe mit schwindelnd hohen Absätzen zu vermeiden.

Allerdings bin ich nicht die Einzige in meinem Freundeskreis, die vom Vernunft-Virus infiziert ist – jetzt mal abgesehen von Selma, die seit der Affäre mit dem Klavierlehrer ihrer Tochter einen Rückfall in die Unvernunft erlitten hat und sich wie ein wildgewordener Teenager benimmt.

Johanna zählt natürlich auch nicht zu den Vernünftigen, und Ben ist mit seiner unheilbaren Kinderseele gestorben.

Alles reine Veranlagungssache.

Ansonsten aber hat in den letzten Jahren die Anzahl der mir bekannten Menschen sprunghaft zugenommen, die nicht mehr regelmäßig Alkohol trinken, einmal im Jahr fasten, Weihnachtskarten mit Fotos ihrer Kinder drauf verschicken, die einen Kuraufenthalt planen, mindestens drei Liter abgekochtes Wasser am Tag trinken und sich überlegen, «vielleicht doch was zu kaufen», am besten ein bisschen weiter draußen, «weil's da grüner ist».

Auch in meinem Leben beginnen Worte wie «bekömmlich», «ausgewogen» und «Work-Life-Balance» eine Rolle zu spielen. Es ist die Zeit der regelmäßigen Vorsorgeuntersuchungen angebrochen, der Rücklagenbildung, der gesetzten Essen mit Tischkärtchen und der Funktionsunterwäsche.

Na und?

«Warum kannst du mich nicht einfach mein Leben in Ruhe leben lassen?», fragte ich Johanna gereizt.

«Weil es verdammt nochmal gar nicht dein eigenes Leben ist! Wenn dich endlich jemand aus deinem Nest schubst, wirst du dich wundern, wie gut das kleine Vögelchen fliegen kann – falls du bis dahin mit Hilfe deiner geliebten Schokocrossies nicht so gemästet bist, dass du als fetter Puter keinen halben Meter mehr hochkommst.»

Und damit hatten wir das Problem wieder einmal ungelöst vertagt.

Zwei Tage später bekam ich eine Postkarte von Johanna, auf die sie kommentar- und grußlos ein Gedicht geschrieben hatte:

«Wenn ich mein Leben noch einmal leben könnte,
im nächsten Leben würde ich versuchen,
mehr Fehler zu machen.
Ich würde nicht so perfekt sein wollen,
ich würde mich mehr entspannen.
Ich wäre ein bisschen verrückter,
als ich es gewesen bin,
ich würde viel weniger Dinge so ernst nehmen.
Ich würde nicht so gesund leben.
Ich würde mehr riskieren, würde mehr reisen,
Sonnenuntergänge betrachten, mehr bergsteigen,
mehr in Flüssen schwimmen.
Wenn ich noch einmal leben könnte,
würde ich von Frühlingsbeginn an
bis in den Spätherbst hinein barfuß gehen.
Und ich würde mehr mit Kindern spielen,
wenn ich das Leben noch vor mir hätte.
Aber sehen Sie … ich bin 85 Jahre alt
und ich weiß, dass ich bald sterben werde.»

Und nun war es tatsächlich so weit. Ich sollte aus meinem Nest geschubst werden. Und jetzt regte sich endlich so etwas wie Wut und Kampfeswillen in meinem erstarrten Gemüt. Denn ich bin Vera Hagedorn! Zumindest war ich das mal.

Ich werde um meinen Mann und um meine Ehre kämpfen. Ich werde meine Persönlichkeit reparieren, meinen vierzigjährigen Körper runderneuern, meine Ernährung auf leichtverdauliche Kost und meinen Charakter auf ungetrübtes Selbstbewusstsein umstellen.

Großes Mädchen. Großer Diamant.

Und dann werden wir doch mal sehen, wer hier das Rennen macht.

Schätzchen, ich sage dir: Vera Hagedorn wird zu einer Diva, die man nicht betrügt und die man nicht verlieren will.

Ich schmeiß dich raus aus meinem Leben.

Und dann heißt es: «Ciao, Bella.»

Und zwar für immer!

«Das Alter ist unwichtig –
es sei denn, du bist ein Käse.»

Helen Hayn

Ich liege auf dem Boden und habe die Befürchtung, dass mein Hintern explodiert. Von einer Diva bin ich im Moment so weit entfernt wie ein Schwertransporter von einem Lamborghini.

Die blaugrauen Augen des Mannes, der mein Leben retten soll, sind auf mich gerichtet, und ich kann geradezu spüren, wie sich sein unerbittlicher Blick in mein zitterndes Becken bohrt.

«Nicht aufgeben!», denke ich noch. «Durchhalten, Vera Hagedorn, der Weg zum Erfolg ist steinig und lang.»

«Noch eine Minute», sagt die dunkle Stimme des Mannes, für den ich alles tun würde. Ich gebe alles, das ist aber leider nicht genug. Nach fünf Sekunden fällt mein Körper mit einem satten Plumpsen in sich zusammen, mein schmerzender Arsch platscht wie ein Kuhfladen auf die grüne Gummimatte, und gleichzeitig mit der restlichen Luft entweichen aus meiner Lunge unflätige Flüche und Selbstverwünschungen.

«Vera, du musst über deine Grenzen gehen», sagt mein Trainer.

«Dafür bin ich aber nicht der Typ», wage ich japsend einen zarten Einwand.

«Dann wirst du eben der Typ.»

Er geht weiter zu Silke, die neben mir liegt, fünfzehn Jahre jünger ist als ich, zwanzig Kilo weniger wiegt und ihren Po ohne Murren und ohne Keuchen die letzte Minute in der Luft hält. Dann senkt sie ihr Stahl-Gesäß elegant ab und lächelt meinen Trainer kokett an.

Alles an ihrem Körper sieht so aus, als könne man sich bös wehtun, sollte man versehentlich dranstoßen. Ihre Brüste benötigen selbstredend keinen Büstenhalter, um zu halten, ihre Oberarme sind das, was man unter Muskelkennern «definiert» nennt.

Silke trägt ein sehr enges, bauchfreies, violettes Top, eine dazu passende ebenso enge, kurze Hose und wollweiße Strick-Overknees über hellblauen Sportschuhen mit pinker Gel-Sohle, die aussieht, als könne man damit auf dem Jupiter joggen.

Silkes Wimpern sind getuscht, auf ihren Lippen glänzt pfirsichfarbenes Gloss, und auf ihrer Schirmmütze steht ein Name, den man bestimmt kennen muss, vielleicht ein hipper Surfstrand auf Maui oder ein trendiger Club in Malibu.

Ich schaue beschämt an mir herunter. Meine graue Jogginghose hat definitiv schon bessere Zeiten gesehen, denn sie war mal schwarz. Das T-Shirt habe ich mir von Johanna geliehen, sie hat es zuletzt im Kreißsaal getragen.

Ich muss zugeben, dass ich modisch gesehen noch nie ganz weit vorne war. Und das, obschon ich einen ausgeprägten Spürsinn für Trends in Sachen Mode habe. Ich erkenne sie immer todsicher daran, dass ich sie für abscheulich, für ein Versehen, mindestens aber für eine absurde Geschmacksverirrung halte.

Das begann mit Hosen, die man bereits kaputt kaufte,

setzte sich fort mit Keilabsätzen, wir Insider sagen «Wedges», in denen jede Frau aussieht, als habe sie sich zwei Blöcke Kaminholz unter die Füße geschnallt, gefolgt von Ugg Boots – die Stiefel, in denen du aussiehst wie Fossi-Bär –, und fand seinen vorläufigen Höhepunkt im Harem-Style: bunte Pluderhosen mit meterweise Stoffüberschuss am Arsch, einer Art tragbarem Kack-Reservoir.

Natürlich begebe ich mich als moderner und irgendwie ja auch modisch ambitionierter Mensch trotzdem regelmäßig auf die Suche nach Kleidungsstücken, die angesagt, aber dennoch hübsch sind und in denen ich nicht aussehe, als hätte ich sie nicht mehr alle beisammen.

Speziell das Leben einer Frau hält ja einige entwürdigende Momente bereit. Und ich will jetzt gar nicht anfangen von Dammschnitten, Katastrophen rund um den Themenbereich Monatshygiene und runden Geburtstagen, zu denen man einen Besuch bei «Botox to go» geschenkt bekommt. Ein zu Unrecht vernachlässigter Spitzenreiter unter den frauenfeindlichsten Situationen ist das Anprobieren modischer Kleidungsstücke, überwacht von einer modisch gekleideten Verkäuferin.

«Das trägt man jetzt so», sagen diese Frauen mit strenger Stimme.

«Ja, aber warum?», möchte man da erschüttert ausrufen, wenn man auf halber Strecke stecken geblieben ist in einem unter der Brust zu schnürenden, schlammfarbenen Empirekleid aus der neuen Herbst-Kollektion.

Mode, das muss man wissen, ist nämlich keinesfalls Geschmackssache. Es geht nicht darum, ob dir etwas gefällt oder dir etwas steht. Es geht darum, ob etwas modern ist.

Meine Theorie ist, dass sich die meisten Menschen an

die meisten Trends mühsam gewöhnen müssen. Ähnlich, wie sich die Geschmacksnerven im Mund an salzarme Kost gewöhnen können, sind die Geschmacksnerven im Kopf in der Lage, sich an die Trendfarbe «nude» zu gewöhnen, die aussieht wie Zahnbelag eines starken Rauchers. Mir gefällt irgendwann auch alles.

Mode erreicht mich über drei Stationen:

1.) Spontanes Entsetzen.

2.) Langsame Adaption.

3.) Kaufen!

Leider ist die Mode, wenn ich endlich an Punkt drei angelangt bin und im Laden stehe, längst nicht mehr modern. Das bedeutet, dass ich sowohl meine nudefarbenen Pluderhosen als auch meine Ugg Boots äußerst günstig im Schlussverkauf erstanden, damit aber sicherlich kein frühzeitiges modisches Statement gesetzt habe.

Während ich mich in die Ausgangsposition für die nächste Übung wuchte – dreimal zwanzig Liegestütze –, äuge ich nochmal zu Stahl-Silke rüber. Mir war echt nicht klar, dass man sich heutzutage sogar zum Training modisch anzieht und schminkt. Gleich morgen werde ich mir ein komplett neues Outfit in der Trendfarbe Violett kaufen. Ich möchte nicht, dass sich mein Trainer für mich schämen muss. Zumindest nicht mehr als nötig, denn dass ich in diesem Seminar nicht zur sportlichen Spitze gehöre, ist mir recht schnell klar geworden. Da möchte ich wenigstens optisch nicht auch noch das Schlusslicht bilden.

«Ich habe dich bereits bei ‹Nackt besser aussehen› angemeldet», hatte Erdal gesagt. «Du fährst am Freitag.»

Johanna, Erdal und ich waren am Tag nach dem Fest in der russischen Botschaft zusammen Mittag essen gegangen, hatten im Innenhof vom «Borchardt» in der Sonne Wiener Schnitzel mit Gurkensalat gegessen, leichten Weißwein gegen unseren Kater getrunken und die «Affäre Amore» nochmal in allen Einzelheiten durchgesprochen.

«Bitte wo hast du mich angemeldet?»

«Ein Wochenendseminar in Travemünde an der Ostsee. Ich verspreche dir, das wird der erste Schritt zu deinem neuen Leben sein.»

«Erstens will ich kein neues Leben, sondern mein altes zurückhaben. Und zweitens: ‹Nackt besser aussehen›? Was soll das denn sein? Soll ich in Zukunft als Pornodarstellerin arbeiten?»

Erdal hatte mir wortlos die Anmeldebestätigung rübergeschoben.

«NACKT BESSER AUSSEHEN!» stand da. «Dieses Seminar wird deinen Körper und dich verändern. LEOPOLD, der Personal Trainer der Stars, zeigt dir in Theorie und Praxis, wie du mit dem richtigen Training deine Ziele im Leben erreichen kannst. Raus aus dem Trostpreis-Körper! Auf zu mehr Selbstbewusstsein und Mut! Im Preis inbegriffen ist ein gründlicher Check deiner Haut, der vom renommierten Dermatologen Dr. Alfred Bauer durchgeführt wird. Das Seminar dauert von Freitagnachmittag bis Sonntagabend und kostet inklusive Ernährungsberatung und Übernachtung mit Halbpension 899,– Euro.»

«Achthundertneunundneunzig Euro? Sag mal, spinnst du, Erdal?»

«Mach dir keinen Kopf, Liebes, die Sache kostet dich keinen Cent. Leopold und die Ernährungsberaterin sind Freunde von mir.»

«Von diesem Leopold hab ich schon gehört», hatte Johanna sich eingemischt. «Das ist doch der, der in Berlin die Promis trainiert und als Personenschützer arbeitet, wenn Hollywood-Stars in die Stadt kommen. Was nimmt der pro Stunde? Hundertfünfzig Euro?»

«Das wäre ein Freundschaftspreis. Für das Rückbildungstraining mit Caroline Beil hat er zweihundert pro Stunde in Rechnung gestellt. Die sah vier Wochen nach der Geburt ihres Sohnes aber auch wieder aus wie neu. Ich habe mit ihm vereinbart, dass er ein besonderes Auge auf dich hat. Bei deinem körperlichen Zustand gehe ich davon aus, dass du nach dem Seminar noch ein paar Einzelstunden mit ihm in Berlin brauchst. Auch das geht klar. Er weiß, was für dich auf dem Spiel steht.»

«Was soll das denn bitte schön heißen? Was hast du diesem Leopold über mich erzählt?»

«Die reine Wahrheit: dass du es mit einer unbekannten Gegnerin zu tun hast und er dich innerhalb von drei Wochen fit für den Zweikampf machen muss. Die Trainingsziele heißen Ego, Muskeln und Kondition.»

«Es gibt keine hässlichen Frauen.
Nur faule.»

Helena Rubinstein

Ich hatte mich bisher eigentlich für einen recht sportlichen Menschen gehalten. Einmal die Woche eine Stunde Ausdauertraining: kein Problem für eine Athletin wie mich. Dass ich bei meinen Runden durch den Park häufig von fettleibigen Dackeln und walkenden Seniorinnen-Gruppen überholt werde, hatte mich bisher kaum gestört.

Denn ich habe in verschiedensten Büchern zum Thema gelesen, dass Fettverbrennung am wirksamsten im aeroben Bereich funktioniert, ganz ohne Anstrengung und Schweiß.

«Sie müssen sich beim Laufen immer noch bequem unterhalten können» – an diese Faustregel habe ich mich stets streng gehalten. Und das Konzept des Niedrigleistungssports kam meinem trägen Gemüt und meinem auf Widerstandsvermeidung ausgelegten Charakter sehr entgegen.

Ab und zu, etwa siebenmal im Jahr, gehe ich mit Selma sogar in die «Fitness-Oase» zur Problemzonengymnastik. Eine Stunde, die sich, aus Mangel an Personal und an Teilnehmern, auch an Schwangere und Seniorinnen richtet. Kein Wunder, dass wir uns nach dem Training immer elfenhaft dünn und unheimlich jung geblieben gefühlt haben.

Es gibt für die Psyche nichts Besseres, als Sit-ups neben einer Frau zu machen, die im achten Monat ist und keinen einzigen geraden Bauchmuskel mehr aktivieren kann. Da schneidet man im Vergleich doch meist ziemlich gut ab. Und auch in der Sauna brauchst du neben so einer nicht ständig den Bauch einziehen.

Manches Mal hatte ich mich jedoch schon gewundert, warum sich mein Körper von meinem eisenhart durchgezogenen Sportprogramm so unbeeindruckt zeigte. Wo sind die Michelle-Obama-Oberarme, wo die brettharte Bauchmuskulatur, wo die gestählten Oberschenkel?

Und warum klinge ich, wenn ich einen Kasten Flensburger in den zweiten Stock tragen muss, wie eine Spätgebärende in den Presswehen?

Und wann bin ich endlich alt genug, um genüsslich in einem Ohrensessel zu verfetten und mir keine Gedanken mehr darüber machen zu müssen, wie ich nackt aussehe, geschweige denn darüber, wie ich nackt besser aussehen könnte?

Solche und ähnliche Fragen beschäftigen mich, als ich nach dem Probetraining mit Leopold erschöpft und frustriert im Seminarraum Platz nehme. Ich halte einen gehörigen Sicherheitsabstand zu Stahl-Silke und setze mich aus instinktivem Selbstschutz neben die pummeligste der sechs Teilnehmerinnen.

Leopold tritt vor die Runde. Muskulös ist er natürlich, breitschultrig, groß, aber nicht einer jener Fleischberge aus der «Fitness-Oase», die beim Stemmen von Gewichten klingen, als würden sie gerade heftig ejakulieren. Eine unappetitliche Geräuschkulisse, wenn man mich fragt, die da in Krafträumen herrscht.

Leopold ist eigentlich kein besonders schöner Mann. Er dürfte Anfang vierzig sein, hat ein kantiges, sehr männliches

Kinn und diese tiefen Falten, die rechts und links der Nase bis zum Mundwinkel hinunterlaufen und auf Durchsetzungskraft und Ernsthaftigkeit schließen lassen.

Leopold ist der Mann, an dessen Seite man vor nichts Angst haben muss, der einen unwillkommenen betrunkenen Verehrer am Kragen packen und aus der Bar rausschmeißen würde, statt sich beim Wirt zu beschweren. Einer, der auf dich aufpasst, dich beschützt, einer, der nicht die Polizei ruft, sondern selbst dein Freund und Helfer ist.

Er trägt kein modisches Sportoutfit, nur ein schlichtes weißes T-Shirt und eine dunkelblaue Trainingshose. Kein Schnickschnack, kein Firlefanz. Gerade, aufrecht, gut, treu. So einen Mann hätte ich gerne, denke ich und fühle mich wie eine Vierzehnjährige.

Leider sehe ich, dass Stahl-Silke wohl gerade dasselbe denkt. Sie ist nicht der Typ Frau, wie bedauerlicherweise ich, der solche Schwärmereien backfischhaft hinter gesenkten Augenlidern verbirgt, sich den Rock über die Knie zieht und hofft, dass die leichte Röte in den Wangen niemandem, besonders nicht dem Angebeteten auffällt.

Silke streckt ihre durchtrainierten Brüste raus, drückt ihr Kreuz durch und schaut unseren Trainer unverwandt an mit einem Lächeln, das so eindeutig ist, dass sie sich auch gleich die wenigen Kleider vom Leib reißen und sich mit animalischen Brunftschreien auf ihn stürzen könnte.

Mich erschreckt und verunsichert solche Schamlosigkeit und Direktheit. Wenn ich mich für einen Mann interessiere, schaue ich grundsätzlich erst mal so lange weg, bis er sich hundertprozentig sicher sein kann, dass ich mich nicht für ihn interessiere.

Ich kann nicht flirten, ich kann nicht kokettieren, und ich

habe noch nie mit einem Mann rumgeknutscht, geschweige denn geschlafen, den ich prinzipiell nicht auch geheiratet hätte.

Und das liegt nicht daran, dass ich altbacken oder spießig wäre. Nein, ich beherrsche das Spiel einfach nicht. Das ist auch der Grund, warum ich mit Push-up-BHs und tiefen Dekolletés und aufgepolsterter Oberweite so schlecht zurechtkomme. Meine Brüste sprechen dann eine Sprache, die ich nicht verstehe, und senden Signale aus, mit deren Konsequenzen ich überfordert bin.

Johanna hingegen ist eine Meisterin des Spiels. Sie flirtet elegant, wohldosiert, erotisch und mit fabelhafter Leichtigkeit und Zweideutigkeit.

Niemals wirkt sie so billig und eindeutig wie Stahl-Silke, die sich jetzt mit einer Hand so langsam wie möglich durch die blonden Haare fährt, um dabei so lange wie möglich ihre glatte Achselhöhle und den hanteltrainierten Trizeps und Latissimus zu präsentieren – ist ja nicht so, als hätte ich in Bio nichts gelernt.

«Willkommen zum Wochenendseminar ‹Nackt besser aussehen›», sagt Leopold, der vollkommen unbeeindruckt wirkt von Silkes anzüglichen Leibesübungen und lüsternen Blicken. «Ich habe gleich zu Beginn eine schlechte Nachricht. Jeder von euch kann so sein, wie er möchte. Das heutige Probetraining hat mir gezeigt, dass eure Körper euch keine Ausrede liefern, sich vor Übungen zu drücken. Ihr seid gesund, ihr seid belastbar – jetzt müsst ihr euch nur noch belasten. Und das bedeutet, dass ihr an eure Grenzen und darüber hinausgehen müsst. Die meisten verschließen vor dieser Wahrheit die Augen und bleiben auf dem Crosstrainer lieber bei Puls hundertzwanzig und blättern dabei in ‹Fit for Fun›.

Das ist nichts als Zeitverschwendung. Wenn ihr euch verändern wollt, müsst ihr euch anstrengen. Und bei den ersten Wehwehchen denkt bitte daran: Schmerz ist, wenn Schwäche den Körper verlässt!»

Zutiefst schockiert denke ich an die verplemperten Jahre, die ich friedlich auf Stairmastern und Crosstrainern zugebracht habe.

Mir fallen all die Sprüche wieder ein, die einem Eltern, Lehrer und andere pädagogisch wertvolle Begleiter des eigenen Heranwachsens mit auf den Weg gegeben haben: «Qualität kommt von Qual», «Man bekommt im Leben nichts geschenkt», «Ohne Fleiß kein Preis».

Scheint ja leider alles doch zu stimmen, wohingegen sich meine goldene Lebensregel «Laufen, ohne zu schnaufen» gerade als direkter Weg in die Sackgasse erwiesen hat.

«Ich bitte jetzt darum, dass jeder einmal kurz beschreibt, warum er hier ist. Sarah, würdest du bitte anfangen?»

Das Pummelchen neben mir atmet tief durch und sagt: «Hallo, ich heiße Sarah, ich bin vierundzwanzig, komme aus Hamburg und bin zu fett. Ich habe schon jede Diät hinter mir, esse fast nichts, gehe im Supermarkt mit geschlossenen Augen an den Süßigkeiten vorbei und verbringe meine Freizeit auf dem Laufband. Trotzdem nehme ich nicht ab. Ich hoffe, dass ich hier erfahre, warum das so ist und wie ich es ändern kann.»

Leopold nickt freundlich und schaut mich an.

«Ich heiße Vera, lebe zurzeit in Berlin und bin vierzig. Ich strenge mich nicht gerne an und habe zu wenig Disziplin. Bis an meine Grenzen bin ich noch nie gegangen, aber jetzt möchte ich wissen, was noch möglich ist – falls es dafür nicht schon zu spät ist.»

Neben mir sitzt Michael, der einzige männliche Teilnehmer.

«Hallo, ich bin Michael aus Berlin. Ich bin fünfunddreißig und habe vergangenes Jahr noch zwanzig Kilo mehr gewogen. Ich bin vor zwei Monaten meinen ersten Marathon gelaufen, esse abends keine Kohlehydrate mehr und betrinke mich nur noch samstags. Ich bin hier, weil ich Motivation brauche, so weiterzumachen. Es ist schwer genug, sich zu verändern, aber anders zu bleiben, finde ich noch viel schwerer.»

Na, das sind ja heitere Aussichten, denke ich.

Zum Schluss ist Silke dran. Sie strahlt Leopold an, als sei sie mit ihm allein im Raum, und sagt: «Ich bin die Silke. Ich bin vierunddreißig und überlege echt schon die ganze Zeit, was meine Schwachpunkte sein könnten, aber mir fällt beim besten Willen nichts ein – höchstens, dass ich mich schnell unterfordert fühle und mich in Fitness-Kursen meistens langweile. Ich habe einfach so wahnsinnig viel Power.»

Ich kann mir die Frage nicht verkneifen: «Und das möchtest du jetzt ganz dringend ändern?»

Silke schaut beleidigt drein.

«Ich kann ja wohl nichts dafür, dass ich eure Sorgen nicht habe. Für Menopausen-Probleme bin ich noch zu jung. Ich liebe meinen Körper, wie er ist» – an dieser Stelle macht sie eine Pause und wirft Leopold einen schwer misszuverstehenden Blick zu –, «und ich liebe das, was ich mit meinem Körper machen kann.»

«Kann es sein, dass du im falschen Seminar gelandet bist?», frage ich, jetzt ernsthaft gereizt. «Willst du wirklich nackt besser aussehen oder uns bloß zeigen, dass du nackt besser aussiehst als wir? Vielleicht wäre für dich ein Seminar angebrachter mit dem Thema ‹Auch angezogen gut wirken›.»

Stahl-Silke schnappt nach Luft, und ich sehe mit Zufriedenheit, dass ihr in absehbarer Zeit keine angemessene Erwiderung einfallen wird. Meine Güte, ich bin aber auch gut in Form.

Wie erfreulich, dass es mir gelingt, meinen Hass auf Gutemine, auf Marcus und auf mich selbst so sinnvoll zu kanalisieren.

«Vielen Dank für eure Offenheit», sagt Leopold, und als er mich kurz anschaut, glaube ich, die Andeutung eines Lächelns zu erkennen. «Wir sehen uns alle in einer Stunde am Abend-Buffet. Dann wird eine Ernährungsberaterin euch eine Basis-Einweisung in Food-Strategien geben.»

«Hallo, ich bin's.»

Ich bemühe mich, lässig bis nachlässig zu klingen.

«Vera! Ich versuche seit zwei Tagen, dich zu erreichen.»

Gut. Das musste Marcus bisher noch nie zu mir sagen. Bisher war ich immer erreichbar gewesen.

«Ich war sehr beschäftigt.»

Habe ich auch viel zu selten von mir sagen können in den letzten Jahren.

«Womit?»

«Ich überarbeite Johannas Diven-Abend, ich betreue Sammy, und jetzt bin ich gerade in Travemünde auf einem Seminar.»

«Bitte? Du bist in Travemünde? Und was ist das für ein Seminar?»

«Ein Coaching, wie man die eigenen Stärken stärkt und sich neuen Herausforderungen stellt.»

«Was denn für neue Herausforderungen?»

Auch gut. Ich merke, dass ich Marcus verwirre. Das habe ich noch nie getan.

«Das wird sich zeigen. Findest du nicht auch, dass man offen für Veränderungen bleiben sollte?»

«Was sind denn das für Fragen? Wo genau übernachtest du eigentlich in Travemünde? Und mit wem? Mit Johanna? Und wer passt auf Sammy auf?»

Ich kann mich nicht erinnern, wann mir Marcus zum letzten Mal so viele Fragen auf einmal gestellt hat. Was natürlich, das muss ich ihm zugutehalten, auch sehr daran gelegen hat, dass ich ja fast nie was Neues zu erzählen gehabt habe, jetzt mal abgesehen von den Antworten auf die Fragen: «Was gibt es heute Abend zu essen?» und «Kommt was im Fernsehen, oder soll ich unterwegs ein Video ausleihen?».

«Ich bin im Spa-Resort ‹Arosa›, und Johanna ist in Berlin geblieben. Erdal hilft ihr übers Wochenende mit Sammy.»

«Erdal? Ist das ihr neuer Lover?»

«Nein, Erdal ist schwul. Ihm gehört eine erfolgreiche Catering-Firma in Hamburg, und er hat einen einjährigen Sohn, der Joseph heißt.»

«Wieso hat dieser Schwule einen Sohn? Und seit wann kannst du dir ein Spa-Resort leisten?» Sehr gut. Marcus ist ärgerlich und verunsichert. Alles läuft ganz nach Plan.

«Die Cousine einer Freundin von Erdal und seinem Freund war schwanger und wusste nicht, von wem. Sie leben jetzt zu viert in Erdals Haus, und Joseph hat zwei Väter und eine Mutter. Für das Spa-Resort muss ich nichts zahlen, denn Erdal kennt meinen Personal Trainer.»

«Ich kapiere gar nichts. Kannst du mir das bitte alles nochmal in Ruhe von vorne erklären?»

«Gerne, aber nicht jetzt. Ich habe gleich meinen nächsten Termin. Ist bei dir so weit alles in Ordnung?»

«Nein. Die alte Koch hat mich wissenlassen, dass ihre Tochter den Wunsch hat, in die Firma einzusteigen. Ich mit dieser Erbschleicherin Schreibtisch an Schreibtisch, ist das zu fassen?»

«Vergiss nicht, sie ist die Tochter deines Vaters, und wenn sie …»

In diesem Moment höre ich im Hintergrund das Klingeln unserer Wohnungstür.

«Erwartest du jemanden?», frage ich alarmiert und ärgere mich im selben Moment darüber. Wie uncool von mir! Ich wollte kühl, desinteressiert und möglichst geheimnisvoll sein, so hatte ich es mit Johanna und Erdal besprochen. Eine Diva fragt nicht, sie lässt fragen.

«Wieso? Nein, natürlich nicht. Ich melde mich morgen wieder. Tschüs, Vera.»

Marcus hat aufgelegt, und mir krampft sich der Magen zusammen.

Bei uns zu Hause klingelt es nicht abends um acht an der Tür, ohne dass wir wissen, wer es ist. Wir sind aus dem Alter raus, wo man spontan bei Freunden mit einer Flasche Wein und einer Tüte Erdnussflips vorbeischaut.

Ich habe uneingeladenen Besuch immer geliebt. Früher, in Hamburg, waren das die besten Abende, wenn es um zehn klingelte und eine Freundin mit plötzlichem Liebeskummer und einer Stange Zigaretten vor der Tür stand oder ein paar lustige Kollegen, die gerade in der Nähe etwas essen waren.

Aber heute? Heute will man nicht stören. Die lustigen Leute sind zu Paaren geworden, die morgens früh rausmüssen und keinen «Tatort» verpassen wollen, oder zu Eltern, die nach sieben die Wohnungsklingel abstellen und beim «Tatort» auf dem Sofa einnicken, lange bevor klar ist, wer der Mörder ist.

Nein, Marcus Hogrebe weiß ganz genau, wer jetzt vor unserer Tür steht. Und ich weiß es auch. Aber was ich nicht weiß, ist, wie ich diesen Abend und diese Nacht überleben soll.

«Hallo, Erdal, entschuldige bitte, dass ich so kurz angebunden bin, aber ist Johanna zu Hause?»

«Nein, Schätzchen, sie trifft sich mit ihrem Regisseur.»

«Wie blöd. Und bei dir, alles klar? Du bist kaum zu verstehen.»

«Alles bestens. Joseph und Sammy sitzen in der Badewanne und versuchen, ihre Quietsche-Entchen zu erwürgen. Aber was ist mit dir los? Du klingst schrecklich.»

«Ich habe eben mit Marcus telefoniert, und ich war ganz doll cool, wie wir es besprochen hatten. Aber dann habe ich gehört, dass jemand an unserer Wohnungstür klingelt. Marcus hat daraufhin ganz schnell aufgelegt. Und jetzt bin ich am Ende.»

«Aber Liebchen, du warst doch vorher auch schon am Ende.»

«Danke, Erdal, du verstehst es, eine Frau zu trösten.»

«Ich meinte doch nur, dass du nichts Neues erfahren hast. Dein Mann hat eine Affäre, das wusstest du bereits.»

«Es ist aber etwas völlig anderes, wenn man weiß, dass man genau in diesem Moment betrogen wird und es die beiden in unserem Ehebett treiben.»

«Um dein Ehebett mach dir mal keine Sorgen. Die beiden scheinen mir so frisch verliebt, dass sie bestimmt gleich im Flur oder auf dem Küchentisch übereinander herfallen und sich stöhnend die …»

«Erdal!»

«Liebelein, ich will dir doch helfen, aber das geht nur, wenn du dich exakt an unsere Strategie hältst. Gib Marcus das Gefühl, dass du aufblühst in Berlin und spannende Dinge erlebst. Sei distanziert, das wird ihn verunsichern und eifersüchtig machen. Auf einmal wird er Angst bekommen, dass er dich verlieren könnte. Dann wird er Gutemine in die Wüste schicken und alles tun, um dich zu halten.»

«Und wenn nicht?»

«Dann hat er selber bewiesen, dass er ein kompletter Arsch ohne Geschmack und Charakter ist – und so einen hast du dann auch nicht zu wollen, zumindest musst du dir das einreden. Mir ist das immer sehr schön gelungen. Ich finde bis heute, dass ich nie verlassen worden bin, sondern letztlich immer befreit. Und vergiss nicht, die Statistik ist auf deiner Seite. In nur einem von zehn Fällen gelingt es der Geliebten, den Platz der Ehefrau einzunehmen.»

«Aber wenn ich sowieso gewinne, warum soll ich mich dann noch länger quälen? Ich könnte jetzt nach Stade fahren, die Alte aus meinem Bett oder von meinem Küchentisch zerren, eine herrlich divenhafte Szene machen und mich dann von Marcus langsam zurückerobern lassen und dabei vielleicht sogar das ein oder andere kostspielige Schmuckstück gnädig in Empfang nehmen.»

«Liebchen, ich bin ein großer Fan dramatischer Szenen, insbesondere von Asthma- und Ohnmachtsanfällen, aber bei Beziehungsproblemen anderer Leute bin ich sehr vernünftig. Wenn du jetzt nach Stade fährst und Marcus zwingst, sich schnell zu entscheiden, wird er für alle Zeit denken, dass du ihn überrumpelt und gezwungen hast. Und das wird er dir irgendwann sehr übelnehmen. Halte dich lieber an unseren Plan. Eine kluge Frau vermittelt einem Mann immer das Gefühl, er habe sich aus eigenem Willen entschieden. Frag Karsten. Der denkt bis heute, er würde freiwillig einen Audi-Kombi mit ‹Baby an Bord›-Aufkleber fahren.»

«Aber vielleicht liebt Marcus mich einfach nicht mehr.»

«Na und?»

«Das ist nun wirklich ein guter Scheidungsgrund.»

«Quatsch! Sich scheiden zu lassen, nur weil man sich nicht liebt, ist mindestens so albern, wie zu heiraten, nur weil man sich liebt. Oh, Josibärchen, was hast du denn da in der Hand? Verflucht, mein Sohn hat ins Badewasser geschissen! Vera, ich muss auflegen. Halt durch und gib Leopold ein inniges Küsschen von mir. Nein, Josibärchen, nicht in den Mund …»

«Wie Nächstenliebe sollte auch Glamour in den eigenen vier Wänden beginnen.»

Loretta Young

Ich habe mich noch nie von Liebeskummer abgelenkt. Bin immer mittendurch. Vorhänge zu, traurige Musik und Kerzen anmachen, Wein saufen, Tagebuch schreiben, Briefe schreiben, einen autobiographischen Schicksalsroman schreiben – zumindest die ersten vier Seiten davon.

Und dann: möglichst viel Salz in die Wunde streuen. Seine Fotos anschauen, seine E-Mails lesen, seine Mailbox anrufen, um seine Stimme zu hören, seine Mailbox anrufen, um ihm zu sagen, dass er es sich jederzeit anders überlegen und wieder zurückkommen kann, seine Mailbox anrufen und ihm sagen, dass er die vorherige Nachricht bitte vergessen und sofort löschen soll.

Nein, ich habe wirklich nichts ausgelassen.

Und so wie ich sind die meisten Frauen. Kaum eine stürzt sich in die Arbeit, ins Vergnügen oder auf das erstbeste funktionstüchtige Genital, das sich ihr in den Weg stellt, um sich abzulenken.

Das hat auch die Befragung der Kursteilnehmer während des Abendessens ergeben. Wobei ich das Wort «Essen» eigentlich deplatziert finde in Anbetracht des mageren Häufleins auf meinem Teller, das ich mit Hilfe unserer Ernährungsberaterin Leonie zusammengestellt hatte.

Auf Leonies Frage «Was tut ihr, wenn ihr down seid?»

antworteten alle einmütig: «Decke übern Kopf ziehen und in möglichst kurzer Zeit möglichst viel Schokolade und Alkohol zu sich nehmen.»

Fast alle. Michael sagte, er würde versuchen, sich mit Sex oder Arbeit auf andere Gedanken zu bringen, was üblicherweise auch ziemlich gut funktionieren würde. Und Stahl-Silke meinte achselzuckend: «Also, wenn ich mich schlecht fühle, was ja selten genug vorkommt, dann gehe ich raus an die frische Luft und jogge die doppelte Strecke.»

Schon am Buffet fiel sie mir erneut unangenehm auf, weil sie im Stechschritt sofort auf das Salatbuffet zumarschierte und dem Rest von uns verkündete, sie bräuchte keine Ernährungsberatung, ihr Körper signalisiere ihr stets sehr genau, was für ihn das Richtige sei.

Wenig später kaute sie so intensiv an ihrer dressinglosen Rohkost, als handele es sich um ein gutdurchwachsenes Rib-Eye-Steak. Wahrscheinlich wollte sie auch noch während des Essens Muskeln auf- und Fett abbauen.

Ich selbst schaute traurig auf meinen Teller, auf dem ich doch einiges vermisste. Denn mein Körper hatte mir beim Anblick des üppigen Buffets auch sehr deutlich signalisiert, was für ihn heute Abend das Richtige sei: Putengeschnetzeltes in Champignonrahm mit Butterspätzle, etwas Trüffelpasta als Zwischenmahlzeit und schließlich im Glas geschichtete Tiramisu mit Mandelhippen und heißen Kirschen.

Unsere Ernährungsberaterin jedoch hatte die hungrige «Nackt besser aussehen»-Truppe an all den Köstlichkeiten vorbei in Richtung gedünstetes Seelachsfilet an gemischtem Gemüse geführt und gesagt: «Dein Köper verbrennt keine Kohlebriketts, also Kohlehydrate, solange du ihn mit Papierkügelchen, nämlich Fett, fütterst. Aber wir wollen an deine

Fette ran! Wer abnehmen will, muss weitgehend auf Kohlehydrate verzichten, aber das, ohne zu hungern, denn sonst stellt sich dein Körper auf schlechte Zeiten ein und speichert, was er kriegen kann. Merkt euch: Ihr dürft nie Hunger haben, euer Stoffwechsel muss immer in Gang bleiben.»

Dann hatte sie noch behauptet, Möhrchen mit fettarmem Dip seien perfekt, um den Hunger in Schach zu halten, und mich freundlich gebeten, die Béchamelsoße, die ich in einem unbeobachteten Moment über mein Seelachsfilet geschüttet hatte, wieder runterzukratzen.

Beim Essen sagte die pummelige Sarah aufmunternd zu ihrem Fitzelchen Fisch: «Na ja, Diät ist eben Diät.»

Leopold erwiderte nüchtern: «Falsch. Das ist keine Diät. Das ist euer neues Leben.»

Und das hätte mir fast den Appetit verdorben.

Nach dem Essen ging ich mit Leonie, unserer Ernährungsfachkraft, rüber zur Bar.

«Wie geht es Joseph?», fragte sie.

«Sehr gut, wie es scheint. Bei meinem letzten Telefonat mit Erdal kackte er gerade ins Badewasser. Woher kennst du den Jungen?»

«Joseph ist mein Sohn.»

«Was? Dann bist du die Frau, die nicht wusste, von wem sie schwanger ist, und jetzt mit Erdal und seinem Freund Karsten zusammenlebt?»

«Ja. Hat Erdal dir das nicht erzählt? Wir hängen die Sache nicht an die große Glocke, aber unsere Freunde wissen natürlich Bescheid.»

Sie strich sich über den Bauch.

«Bald werden wir zu fünft sein.»

«Wie toll! Herzlichen Glückwunsch! Bist du von Erdal schwanger?»

Das ist natürlich eine unübliche und indiskrete Frage, aber unter den gegebenen Umständen schien sie mir nur allzu naheliegend.

«Nein. Auch Erdal selbst hält sein Genmaterial für, na ja, sagen wir: diskutabel. Das Kind ist von Karsten. Dass die Zeugung nicht auf natürlichem Weg vonstattenging, kannst du dir ja denken. Einen besseren Vater als Karsten kann man sich nicht wünschen, oder?»

«Keine Ahnung. Ich kenne Karsten nicht.»

Leonie lachte los und schüttelte den Kopf.

«Das glaube ich ja wohl nicht, typisch Erdal. Karsten meint, es schadet ihm beruflich, wenn alle Welt weiß, dass er schwul ist. Deshalb soll Erdal nicht rumposaunen, dass die beiden ein Paar sind. Aber du kennst ja Erdal, er ist nicht der Typ, der sich gerne verschweigen lässt. Also reagiert er beleidigt, aufbrausend oder mit plakativem Schweigen. Bei dir scheint er es mit Diskretion probiert zu haben.»

«Was ist Karsten von Beruf?»

«Er war früher Polizist. Als Joseph vor zwei Jahren geboren wurde, hat er sich als Personal Trainer selbständig gemacht. Statt Schichtdienst machen zu müssen, ist er jetzt Herr über seine Zeit. Für Joseph ist das wundervoll.»

«Trainiert dieser Karsten auch so viele Promis wie unser Leopold?»

Leonie lachte schon wieder.

«Fällt der Groschen bald? Ja, so wie Leopold. Er benutzt seinen Nachnamen als Geschäftsnamen. Vollständig heißt er Karsten Leopold. Erdals Freund, einer der Väter meiner Kinder und dein neuer Personal Trainer.»

«Was uns zu einem Mann hinzieht,
bindet uns selten an ihn.»

Joan Collins

Ich komme mir verrucht und sündhaft vor. Wie eine der schwarz-weißen Diven aus «Damenwahl», wie eine tragische Figur mit rauchiger Stimme, wie eine Frau, die keine halben Sachen macht, die sich die Nägel knallrot lackiert und immer Sehnsucht hat nach mehr, mehr und immer noch mehr.

Es ist drei Uhr nachts. Der Sommerwind bläht die Vorhänge, und draußen rauscht das Meer. Ich liege unbedeckt und unbekleidet auf dem Bett, trinke Whiskey, rauche und schnippe die Asche in die Mineralwasserflasche auf meinem Nachttisch.

Zwar befinde ich mich in einem Nichtraucherzimmer im Hotel «Arosa» in Travemünde an der Ostsee beim Wochenend-Seminar «Nackt besser aussehen», aber ich fühle mich wie die ehemals brave Hausfrau Thelma aus «Thelma & Louise», die, nachdem sie eine Bank überfallen hat, auf der Flucht nach Mexiko in einem schäbigen Motel gerade mit diesem hübschen, jungen Anhalter den besten Sex ihres Lebens hat.

Nun gut, er wird ihr das gesamte Geld klauen, und zum Schluss wird sie sterben. Aber irgendwie rechnet sich die ganze Sache ja trotzdem. Hauptsache, guter Sex und ein aufregendes, wenn auch kurzes Leben.

War das richtig? Oder falsch? Gut war es jedenfalls, aber das muss ja nicht heißen, dass es auch guttut.

Das Schönste am Seitensprung ist der Anlauf. Wir werden sehen, ob ich morgen mit einem Sex-Kater aufwache. Noch ist die Nacht ja nicht zu Ende.

Ich schiebe meine Hand zwischen die nackten, durchtrainierten Schenkel, die neben mir liegen – das ist echt mal was anderes als die weichen Geschäftsführer-Beine von Marcus. Von zweimal Squash im Monat kriegst du eben keine Oberschenkel wie Usain Bolt, lieber Herr Hogrebe. Falls du überhaupt beim Squash warst, du widerlicher Ehebrecher, und nicht mit Gutemine ein paar Extra-Kalorien verbrannt hast.

Ach, nicht dran denken. Nicht jetzt. Muss mich völlig auf mein Experiment «Sex statt Sorgen» konzentrieren.

Drei Uhr: Ich rechne hocherfreut nach, dass das bedeutet, dass ich tatsächlich die letzten dreieinhalb Stunden im Bett verbracht hatte. Und zwar nicht untätig.

Um kurz nach elf hatten wir uns alle auf unsere Zimmer zurückgezogen. Um zwanzig nach elf hatte es dann, so wie wir es vereinbart hatten, leise an meiner Tür geklopft, und um kurz nach halb zwölf war ich bereits ohne Umwege auf den ersten von mehreren Höhepunkten zugesteuert.

Damit lag ich über dem bundesdeutschen Durchschnitt von 6,3 Sexualpartnern pro Kopf.

Ich hatte seit heute mit 7,5 Männern Sex – für die Ejaculatio praecox von Achim L. 1985 im Pfadfinderlager auf Usedom berechne ich fairerweise nur einen halben Punkt.

Ich habe wie gesagt noch nie mit einem Mann geschlafen, dessen Nachnamen ich nicht kenne. Aber meine verzweifelte Situation verlangt nach verzweifelten Maßnahmen.

Ich betrachte Michael, den Marathon-Mann, der neben

mir liegt und ein bisschen aussieht wie Wentworth Miller aus «Prison Break». Ein Mann, der nicht viele Worte, aber einen nachhaltigen Eindruck macht.

Es ist allerdings ziemlich dunkel in meinem Zimmer, und ich muss zugeben, dass bei diesen Lichtverhältnissen selbst Karl Dall aussehen könnte wie Wentworth Miller.

Michaels Augen sind offen, und er schaut mich an. Das ist mir aus zwei Gründen unangenehm. Zum einen habe ich den rechten Ellenbogen aufgestützt und befinde mich in einer halb liegenden, Michael zugewandten Position, in der die vierzigjährige, unoperierte Brust sowie die Bauchdecke einer Frau, die erst eine Stunde mit ihrem Personal Trainer hinter sich hat, einen unschönen Hang zu einseitiger Schlaffheit entwickelt.

Alles, was an meinem Körper hängen kann, hängt zur rechten Seite runter.

Ich drehe mich geschwind auf den Rücken, ertränke meine Zigarette im Mineralwasser und rücke Brüste, Bauch und den ganzen Rest von mir mit einer einzigen gekonnten Handbewegung ins perfekte Licht, indem ich mir die Decke bis zum Kinn hochziehe.

Das wäre geschafft. Nun zum zweiten Problem: Was soll ich bloß sagen? Ich finde, nichts ist so beklemmend wie die Stille nach dem Beischlaf mit einem Mann, den man kaum kennt. Schläfst du mit deinem eigenen Mann, kannst du hinterher sofort getrost zum Alltag zurückkehren und die Semmelklöße fürs Abendessen zu handlicher Hodengröße formen.

Aber was, wenn es keinen Alltag gibt, zu dem du zurückkehren kannst?

Gleich unter die Dusche zu stürzen, würde ich jetzt irgendwie als unhöflich empfinden, ebenso wie den Fernseher anzumachen, an den Schreibtisch zu gehen, um eben mal meine Mails zu checken, oder auf dem Balkon mit Johanna und Erdal zu telefonieren, um kurz die Situation zu schildern und alternative Verhaltensweisen zu erörtern.

Ich überlege fieberhaft. Was würde Marlene Dietrich in diesem Fall tun? Oder Coco Chanel? Oder Madonna? Oder Johanna Zucker?

Wahrscheinlich einfach genau das, wonach ihnen gerade ist, ohne lang zu zaudern und zu überlegen.

Meine Güte, ich habe hier nichts zu verlieren. Und nichts zu gewinnen. Ich bin nicht verliebt in den Mann, der neben mir liegt, ich kenne ihn kaum, er ist fünf Jahre jünger als ich, er hat einen harten Brustkorb, auf dem man es sich nicht gemütlich machen kann, und er ist nach dem Sex nicht gleich eingeschlafen oder hat sein Buch an der Stelle weitergelesen, wo er vor etwa einer Viertelstunde – plus minus vier Minuten – aufgehört hatte. Das alles ist neu für mich.

Ich könnte jetzt tatsächlich ganz einfach mal so sein, wie ich bin – oder so, wie ich immer schon mal sein wollte.

Aber wie bin ich? Wie wäre ich gern? War ich irgendwann mal so, wie ich gern wäre? Wann war das? Und wie war ich da? Es ist mit Sicherheit lange her.

Ich war nicht unbeschwert mit zwanzig, natürlich nicht, aber im Nachhinein betrachtet hätte ich doch allen Grund dazu gehabt. Ich konnte essen, was ich wollte, und ich hatte noch nichts Unwiederbringliches verloren – außer meiner Unschuld, und darüber war ich heilfroh.

Meine Eltern lebten, und ich durfte, wann immer mir danach war, nach Hause kommen und ihr Kind sein und mir von meiner Mutter Hühnersuppe als beste Medizin gegen die Erkältung, gegen den Kummer, gegen die Widrigkeiten des Daseins kochen lassen.

Nach ihrer Pensionierung war meine Mutter viel mütterlicher geworden, und ich hatte es genossen, krank in meiner geblümten Kinderbettwäsche zu liegen und all den Kamillentee ans Bett gebracht zu bekommen, den ich mir als Kind selbst hatte kochen müssen.

Ich konnte mich besaufen, ohne danach zwei Tage lebensuntauglich im Bett zu liegen. Ich konnte Liebeskummer haben und daran glauben, dass er nie, nie wieder vorbeigehen würde. Und vier Wochen später konnte ich mich verlieben und daran glauben, dass es nie, nie wieder vorbeigehen würde.

Ich war jünger, freier, radikaler, weniger ängstlich, Fehler zu machen, unter denen ich womöglich für den Rest meines Lebens leiden würde. Denn der Rest meines Lebens war mir damals egal. Mir ging es in der Regel um das nächste Wochenende.

Dabei hat man eigentlich mit vierzig viel mehr Grund, viel radikaler zu sein als mit zwanzig. Du hast keine Zeit mehr zu verschwenden an den falschen Mann, den falschen Chef, die falschen Freunde, das falsche Fernsehprogramm. Mit vierzig fallen zwei vertane Jahre viel mehr ins Gewicht. Ei- und Gehirn- und Muskelzellen machen sich zwischenzeitlich aus dem Staub, und dir sinkt der Mut und der Busen und die Zuversicht, dass du noch die Kraft hast, die Spur oder gar die Richtung zu wechseln.

«Zeitdiebstahl ist eines der infamsten Verbrechen überhaupt», hatte Ben einmal gesagt. «Ich vergeude keine Minute meines Lebens mehr, deshalb verabrede ich mich abends nach einem Zwei-Schichten-System: Mensch eins von acht bis zehn und Mensch zwei von zehn bis ein Uhr nachts. Wenn einer weiß, dass ich nur zwei Stunden Zeit habe, salbadert er nicht die ersten dreißig Minuten über seine Immobilie auf Mallorca oder schlechtheilende Magengeschwüre. Wenn ein Buch mich nach fünfzehn Seiten nicht fesselt, verschenke ich es. Im Theater und im Kino lasse ich mir immer einen Platz am Rand geben, um niemanden zu stören, wenn ich vorzeitig gehe. Ich esse nichts mehr, was mir nur einigermaßen schmeckt, und trinke lieber Wasser als mittelmäßigen Wein. Wenn ich spüre, dass ein Gespräch nicht funktioniert, bitte ich um die Rechnung. Ich bin alt, ich habe Zeit – aber ich habe keine Zeit zu verschwenden.»

«Eine Frau ist verloren,
wenn sie Angst vor ihrer Rivalin hat.»

Marie-Jeanne Dubarry

Ich betrachte Michael, der in der anbrechenden Dämmerung langsam immer mehr Konturen bekommt und immer weniger aussieht wie Wentworth Miller.

Habe ich einen Fehler gemacht? Vielleicht. Hat aber Spaß gemacht. Und ich habe definitiv meine Zeit nicht verschwendet. Das ist doch schon mal gut. Und ich weiß nun auch, was ich jetzt sein möchte.

«Das war schön, aber ich wäre jetzt gern allein», höre ich mich sagen. Michael lächelt, etwas überrascht, aber freundlich und womöglich ein klitzekleines bisschen beeindruckt.

Scheint gar nicht so schlecht anzukommen, wenn man mal sagt, was man wirklich denkt und will. Muss ich mir unbedingt merken.

Er küsst mich zum Abschied auf die Stirn und geht wortlos. Das gefällt mir. Es ist immer gut, nichts zu sagen, wenn es nichts zu sagen gibt.

Ich bin ganz irritiert von meiner eigenen Klarheit, so was bin ich von mir nicht gewohnt. Normalerweise überlege ich in solchen Situationen, wie ich mich am besten verhalten sollte, um es dem anderen so recht wie möglich zu machen.

Eine weitverbreitete Unsitte von Frauen. Gerade beim Thema Sex und Liebestechniken neigen wir zu ungesundem Altruismus.

Da werden oftmals stoisch stöhnend gewöhnungsbedürftige Praktiken, unsensible Bohrungen und erotisch gemeinte, aber im Grunde lediglich schmerzhafte Bisse ertragen. Und das alles nur, um dem Kopulationsgegenüber nicht das Gefühl zu geben, er sei schlecht im Bett.

Dabei wäre es doch eigentlich ein Akt der Höflichkeit und ein Zeichen von Solidarität unter Frauen, wenn du deinen Mann zu einem guten Liebhaber erziehst – schon allein, damit die, die nach dir kommt, sich nicht fragen muss, wie du es mit einem Typen aushalten konntest, der dir Tiernamen ins Ohr raunt. Das wirft ja auch ein schlechtes Licht auf dich.

Im Grunde fällt die mangelnde Qualität eines Liebhabers immer auf die Frau zurück, die als letzte mit ihm geschlafen hat. Meiner Vorgängerin bei Michael konnte ich da nur von Herzen danken. Sie hatte entweder ein Naturtalent oder aber einen perfekt geschulten Mann aus ihren Armen entlassen.

Ich hingegen bin dieser Schwestern-Pflicht nur unvollständig nachgekommen.

Wenn es einen speziellen Platz in der Hölle gibt für Frauen, die anderen Frauen nicht helfen, dann werde ich gerne in der Hölle schmoren für die Genugtuung, die ich bei dem Gedanken empfinde, dass Gutemine diese Nacht mit einem Mann verbringt, bei dem es sich um einen geradezu besessenen Zunge-ins-Ohr-Bohrer handelt.

Ich hatte Marcus zwar durch jahrelanges, konsequentes Kopfwegdrehen irgendwann entmutigt, aber ich bin nahezu sicher, dass Marcus diese unschöne Obsession wieder praktiziert in der Hoffnung, dass er irgendwann doch mal an eine Frau mit erogenen Trommelfellen gerät.

Ich setze mich im Bademantel auf den Balkon, schaue dem Tag beim Anbrechen zu und frage mich, wie ich mich fühlen soll.

Ich bin meinem fremdgehenden Mann fremdgegangen. Kann man einen Betrüger überhaupt betrügen, oder fällt das unter eine moralisch völlig korrekte Form von Notwehr beziehungsweise Rache? «Wenn du ausziehst, um dich zu rächen, dann nimm zwei Särge mit», hatte Johanna neulich mit mahnender Stimme ein angeblich sehr populäres, chinesisches Sprichwort zitiert. Kann aber auch sein, dass sie es sich ausgedacht hat, um mich vor Dummheiten zu bewahren.

Als Michael gestern Abend an der Bar so auffällig um mich geworben hatte, dass es selbst einem ausgemachten Flirt-

Trampeltier wie mir nicht mehr entgehen konnte, war ich sehr erstaunt, sehr erfreut und auch einigermaßen skeptisch gewesen.

Der einzige heterosexuelle Mann zwischen überwiegend jüngeren und teils deutlich strafferen und auch offensiv willigeren Frauen interessierte sich ausgerechnet für mich. Einen kleinen Moment lang fragte ich mich, ob Erdal und Johanna womöglich zusammengelegt und einen Gigolo auf mich angesetzt hatten. Beide waren rührend daran interessiert, meinen Selbstwert aufzupimpen, wobei Erdal sich mehr der physiologischen Seite annahm, indem er mich beispielsweise dazu verpflichtet hatte, täglich Ernährungsprotokolle zu schreiben, das Haus nicht ungeschminkt zu verlassen und mir jeden Morgen die Beine zu enthaaren.

«Du darfst dich jetzt auf gar keinen Fall weiter so gehenlassen wie in den letzten Jahren», hatte er gesagt. «Deshalb habe ich mich für dich über den neuesten Trend in Sachen Intimrasur schlaugemacht.»

Kurz darauf schickte er mir ein Päckchen, das eine herzförmige Schamhaar-Schablone enthielt. «Gut in Form im Bett», stand auf dem Beipackzettel. «Überraschen Sie Ihr Gegenüber mit einer individuellen Intim-Frisur. Auch als Schablonen in den Formen ‹Landebahn› und ‹Bermuda-Dreieck› erhältlich.»

Ich finde allerdings, dass ich mit der Gestaltung meiner Kopfbehaarung vollauf genug zu tun habe und auf eine zusätzliche Baustelle in Sachen «Welche Frisur passt zu Ihrem Typ?» gut verzichten kann.

Ich beschloss, die Schablone Sammy zu schenken. Der würde sie sicher zu einer modernen Variante des Kartoffeldruckes zweckentfremden können.

Johanna hatte sich mehr meinem mentalen Wiederaufbau gewidmet, mich zur Weiterarbeit an «Damenwahl» gezwungen, mich davon abgehalten, nach Stade zu fahren, um mich Marcus wehklagend vor die Füße zu werfen, und mir immer wieder versichert, dass ich keine Frau sei, die es verdient hat, betrogen zu werden.

Vor drei Wochen erst hatte ich Stade verlassen, ohne irgendeine Ahnung dessen, was da auf mich zukam. Nach der kurzen Ayurveda-Kur und der Beerdigung von Marcus' Vater waren noch keine zwei Wochen vergangen.

Und genau seit zwölf Tagen und dreizehn Stunden war ich nun eine betrogene Frau. Noch immer hatte ich keine Ahnung, was ich tun sollte und was ich fühlen sollte. Meine Strategien änderten sich minütlich, meine Empfindungen ebenso, und ich probierte es wahlweise mit Hass oder Selbsthass, mit Wut oder Verzagtheit.

Hatte ich denn nicht selber Schuld? Ich war zu einer griesgrämigen Ehe-Schabracke geworden, die statt Kindern die ersten grauen Haare bekommen hatte, die sich den Ansatz nicht mehr so regelmäßig nachfärbte wie früher, die Fußnägel phasenweise gar nicht mehr lackierte und von ihrem Sofa aus an den Kandidatinnen von «Germany's Next Topmodel», an der Weltpolitik und an ihrem Ehemann rumnörgelte.

Ich interessierte mich nicht für die aktuellen Schamhaar-Trendfrisuren, beim Sex dachte ich an das Balkongeländer, das einen neuen Anstrich brauchte, und abends zog ich mir was Gemütliches an, bei dem die Optik nicht direkt im Vordergrund stand.

Ich war unzufrieden. Aber nicht unzufrieden genug, um etwas zu verändern.

Ich war zufrieden. Aber nicht zufrieden genug, um alles beim Alten belassen zu wollen.

Ich war hin- und hergerissen zwischen Angst, Mut und Vernunft. Beneidete Frauen, die mutig neu begannen – und sah doch auch etliche von ihnen daran verzweifeln, dass sie ein solides Leben aufgegeben hatten für eine Sehnsucht, die sich nicht erfüllen ließ.

Und dann flirteten die, die ausgebrochen waren, erbarmungslos mit den Ehemännern derer, die geblieben waren. Ein neuer Mann musste her, um wieder Einlass zu finden in die alte Welt der Frauen, die sich nichts trauen. Absurd.

Auf meinem Nachttisch in Stade hatten sich zwei Bücherstapel gebildet, von denen ich mich, je nach gerade vorherrschender innerer Einstellung, bediente. Auf dem einen befanden sich Werke wie «Guter Sex trotz Liebe», «Mehr Spaß mit Pellkartoffeln» und «Lob der Vernunftehe». Darin hatte ich in meinen schlaflosen Nächten tröstliche Passagen rot unterstrichen:

«Sich einen dauerhaften Partner auszusuchen, heißt, sich ein paar dauerhafte Probleme auszusuchen. Letztlich kommt es nicht darauf an, sich zu vertragen, sondern sich zu ertragen. Das heißt, der Verzicht auf die Lösung des Problems ist die Lösung. Der Prozess führt von der Illusion des Vertragens hin zur Reife des Ertragens. Das Ziel lautet: resignative Reife.»

Zu dem anderen Stapel hatte ich in letzter Zeit deutlich seltener gegriffen. Titel wie «Lebe wild und unersättlich», «Halt den Mund, hör auf zu heulen und lebe endlich!» und «Gute Mädchen kommen in den Himmel, böse kommen überallhin» hatten mich zunehmend nervös gemacht.

An Einschlafen war überhaupt nicht mehr zu denken gewesen, wenn ich über das las, was Fachleute die «Komfortzone» nennen: «Jeder Mensch braucht diese Zone. Wir kennen alles, haben alles schon ausprobiert, wir wissen, was uns erwartet. Es ist unsere Basis. Aber es geschieht dort nichts Neues. Entwicklung und Wachstum ist nur in der darum herumliegenden Zone möglich, der Risikozone. Dort liegen Erfahrungen und Erfolge, dort liegt das Größerwerden und das Freierwerden. Ohne Risiko keine Entwicklung.»

Solche Stellen unterstreiche ich grundsätzlich nicht mehr, seit ich verheiratet bin, denn das ist nichts, woran ich wieder und wieder erinnert werden möchte. Sätze wie diese verursachen in trostlos durchwachter Dämmerung quälende Gedanken an Diven, an dramatische Frauengestalten mit imposanten Schicksalen, die ungemütliche Sachen sagen wie: «Wenn ich zwischen zwei Übeln zu wählen habe, dann nehme ich lieber das, welches ich noch nicht kenne.» Oder: «Ich bedaure nicht, was ich getan habe, ich bedaure, was ich nicht getan habe.»

Und natürlich weiß eine jede von uns lamentierenden vierzigjährigen Meckerziegen, dass sie in ihrem Leben vieles viel zu wenig getan hat. Ich habe zum Beispiel eigentlich nur eines definitiv viel zu viel getan: gewartet.

Ich habe Wochen in den Warteschleifen meines Telefonanbieters verbracht: «Bitte haben Sie einen Moment Geduld. Sie werden bedient, sobald ein Platz frei wird.»

Ich habe Monate am Computer gesessen vor sich widerspenstig aufbauenden Seiten und sich träge füllenden Ladebalken.

Bestimmt anderthalb Jahre lang habe ich auf Partys gewartet, dass noch irgendwas passiert, und währenddessen in den siebziger Jahren unnötig viel Persico, in den Achtzigern unnötig viel Blue Curaçao und seit dem Jahrtausendwechsel unnötig viel Rotwein mit einer vollmundigen Beerennote im Abgang getrunken.

Eigentlich habe ich immer gewartet: auf den richtigen Zeitpunkt, auf einen günstigeren Moment, auf den Mut, etwas zu tun, auf den Mut, etwas zu lassen, auf das nächste Mal oder das übernächste, auf den Bus, die Ferien, einen Studienplatz, darauf, dass endlich die Kündigungsfrist, das Probejahr oder die verdammte, verdammte Nacht zu Ende ist.

Das Leben bietet so überwältigend und einschüchternd viele richtige und falsche Möglichkeiten, so viele Wege, darunter so viele Holzwege, dass man vor lauter möglichen Lebensentwürfen dann doch am liebsten den wählt, der einem zumindest am wenigsten falsch und am wenigstens risikoreich erscheint.

Ein Jahr im Ausland? Lieber nicht. Der Wiedereinstieg könnte misslingen. Einen Liebesbrief schreiben? Und wenn keine Antwort kommt? Zwei Monate unbezahlten Urlaub nehmen und mit dem Überlandbus von Montevideo nach Patagonien fahren? Und wer gießt die Blumen? Diesen Mann verlassen? Was, wenn ich keinen besseren finde?

Ich hatte unaufhörlich rumgemeckert, aber war zu feige gewesen, etwas zu verändern. Statt die Klappe zu halten und zu bleiben – oder die Klappe zu halten und zu gehen –, hatte ich einfach bloß meine Klappe nicht gehalten, ich dumme Ziege. Und damit hatte ich meinen lieben Mann direkt in die Arme einer ewig grinsenden Gutemine getrieben, die ihn «Amore» nennt und sich womöglich die Schamhaare mit Hilfe der Schablone «Bermuda-Dreieck» rasiert.

Als ich an diesem Punkt meiner Überlegungen angekommen bin, springt mich die blanke Panik so unvermittelt an, dass ich keinen einzigen klaren Gedanken mehr fassen kann. Ich schlage jede der von Johanna und Erdal aufgestellten Verhaltensregeln für den Notfall in den Wind:

«Wenn du ihn anrufen willst, ruf erst einen von uns an.»

«Wenn du denkst, du wirst verrückt, atme zehnmal tief durch, geh duschen und hör dann so laut du kannst ‹La vie en rose› von Grace Jones.»

«Trink eine halbe Flasche Sekt innerhalb von fünf Minuten und murmele dabei immer wieder das Abgewöhnungs-Mantra: ‹Ich heiße Marcus mit c, ich heiße Marcus mit c …›»

Ich rufe Marcus auf seinem Handy an. Es ist halb sieben am Samstagmorgen, absolut keine Zeit, in der ich ihn üblicherweise anrufe. Es könnte also ein Notfall sein, und er wird drangehen, denn sonst würde er sich verdächtig machen.

Es klingelt. Viermal. Fünfmal.

«Vera? Was ist los? Weißt du, wie spät es ist?»

Er klingt atemlos. Als hätte ich ihn aus dem Tiefschlaf gerissen, oder als sei er aus dem Schlafzimmer gerannt, um ohne Zeugen oder etwaige verräterische Hintergrundgeräusche zu telefonieren.

«Ich wollte dir bloß sagen, dass du mir fehlst.»

«Was? Bist du betrunken, Vera?»

Ich muss leider losheulen.

«Ist irgendwas passiert, Vera? Jetzt beruhige dich erst mal und sag, was los ist.»

«Nichts ist los. Ich liebe dich. Und ich will, dass du das weißt.»

«Ach, Vera, das ist ja schön, aber du weißt doch, dass ich nur am Wochenende ausschlafen kann.»

«Ich möchte dich sehen.»

«Wann denn?»

«Am Fünfundzwanzigsten. Das ist Freitag in zwei Wochen. Johanna und ich machen eine kleine Party.»

«Und was feiert ihr?»

«Neue Brüste, neue Freunde, Johannas Comeback, meine Arbeit an ‹Damenwahl› ...»

«Bist du denn schon fertig mit dem Stück?»

«Noch nicht, aber es geht gut voran. Also kommst du?»

«Kann ich noch nicht sagen. Mein Terminkalender liegt in der Firma.»

«Es ist ein Freitagabend, was soll da schon sein? Bitte komm! Es ist mir wichtig.»

«Ich schaue mir meine Termine an, und dann reden wir nochmal, okay?»

«Was machst du jetzt?»

«Weiterschlafen, wenn du erlaubst.»

«Vermisst du mich?»

«Natürlich.»

«Liebst du mich?»

«Aber das weißt du doch.»

Ich schwitze und denke vor mich hin. Während die anderen Teilnehmer zu einem Strandspaziergang nach Timmendorf aufgebrochen sind, habe ich es vorgezogen, mich in die Nebelschwaden des Eukalyptus-Dampfbades zurückzuziehen.

Ich gehe nicht gerne spazieren. Entweder gehe ich absichtlich irgendwohin, oder ich verbrenne gezielt Kalorien. Aber mich ohne Grund von A nach B und wieder zurück zu bewegen, das liegt mir nicht und erscheint mir unsinnig.

Ich schaue auf meinen glänzenden schweißnassen Körper und finde mich zum ersten Mal seit langem wieder sexy. Eine Kategorie, der ich in den letzten Jahren eindeutig zu wenig Beachtung geschenkt hatte.

Aber das bleibt nicht aus, wenn du deinen Leib auf Gebärmutter und Eierstöcke reduzierst und die einzige körperliche Regung, die dich noch interessiert, der ziehende Schmerz ist, der deine verhasste monatliche Regel ankündigt.

Aber mit Michael, dem Marathon-Mann, war in dieser Nacht der Sex in mein Leben zurückgekehrt, den man hat, weil man einfach Sex haben will, und nicht, weil man die fruchtbaren Tage ausnutzen muss.

Das hatte mir definitiv gutgetan und mein Ego aufgemöbelt. Ein schöner Erfolg, den ich allerdings durch meinen unkontrollierten Anruf bei Marcus sofort wieder ruiniert hatte.

Auch Johanna war überhaupt nicht begeistert gewesen, als ich ihr vor ein paar Minuten, zwischen Salsa-Kurs und Box-Workout, mein Fehlverhalten gestanden hatte. Und die Aussicht, eine Party geben zu müssen, um Marcus am Fünfundzwanzigsten von seiner Geliebten fernzuhalten, hatte sie ebenfalls nicht erfreut.

Erdal hingegen war hingerissen gewesen und hatte verkündet, wer unbedingt eingeladen werden müsse und dass es seine Arbeit als mein Krisenberater unendlich erleichtern würde, endlich das Zielobjekt Marcus persönlich in Augenschein nehmen zu können.

Als ich dann noch berichtete, dass ich mit einem gutgebauten Kursteilnehmer geschlafen hatte, gab es für Erdal kein Halten mehr. Das sei ein ungeheuerlicher Fortschritt, wenn nicht gar der Durchbruch, jauchzte er, und ich solle jetzt unbedingt am Ball bleiben: «Sex mit verschiedenen Sexualpartnern wäre in deiner momentanen Situation natürlich optimal, aber wenn es unbedingt sein muss, kannst du auch noch ein zweites Mal mit dem Marathon-Mann ins Bett gehen.»

«Verschiedene Sexualpartner? Außer Marathon-Michael ist hier nur noch ein anderer Mann verfügbar – und der ist schwul und vergeben. Aber das weiß ja keiner besser als du. Du hättest mir wirklich sagen können, dass Leopold dein Karsten ist und Leonie die Mutter von Joseph.»

Erdal behauptete, er sei nun mal ein unheimlich diskreter Mensch, und dann musste ich auflegen, um nicht zu spät zum Box-Workout zu kommen.

Während ich mich beim Salsa selbstkritisch als eher mittelmäßig talentiert eingestuft hatte – eine vierzigjährige norddeutsche Beton-Hüfte bringst du eben nicht so mir nichts, dir nichts zum erotischen Schwingen –, hatte ich beim Boxen mein großes Coming-out. Das war mein Sport! Ich boxte in Karstens behandschuhte Hände, schaffte spielend komplizierte Rechts-links-unten-oben-Kombinationen und traf mit einer Kraft und Ausdauer, die Karsten als außergewöhnlich lobte.

Beim Salsa hatte ich noch bitter auflachen müssen, als er alle aufforderte, uns für den Hüftschwung vorzustellen, wir wollten uns in verführerischer Absicht unserem Liebsten nähern. Ich hatte mich selbst in unserem heimischen Wohnzimmer gesehen, wie ich mich, das Becken aufreizend krei-

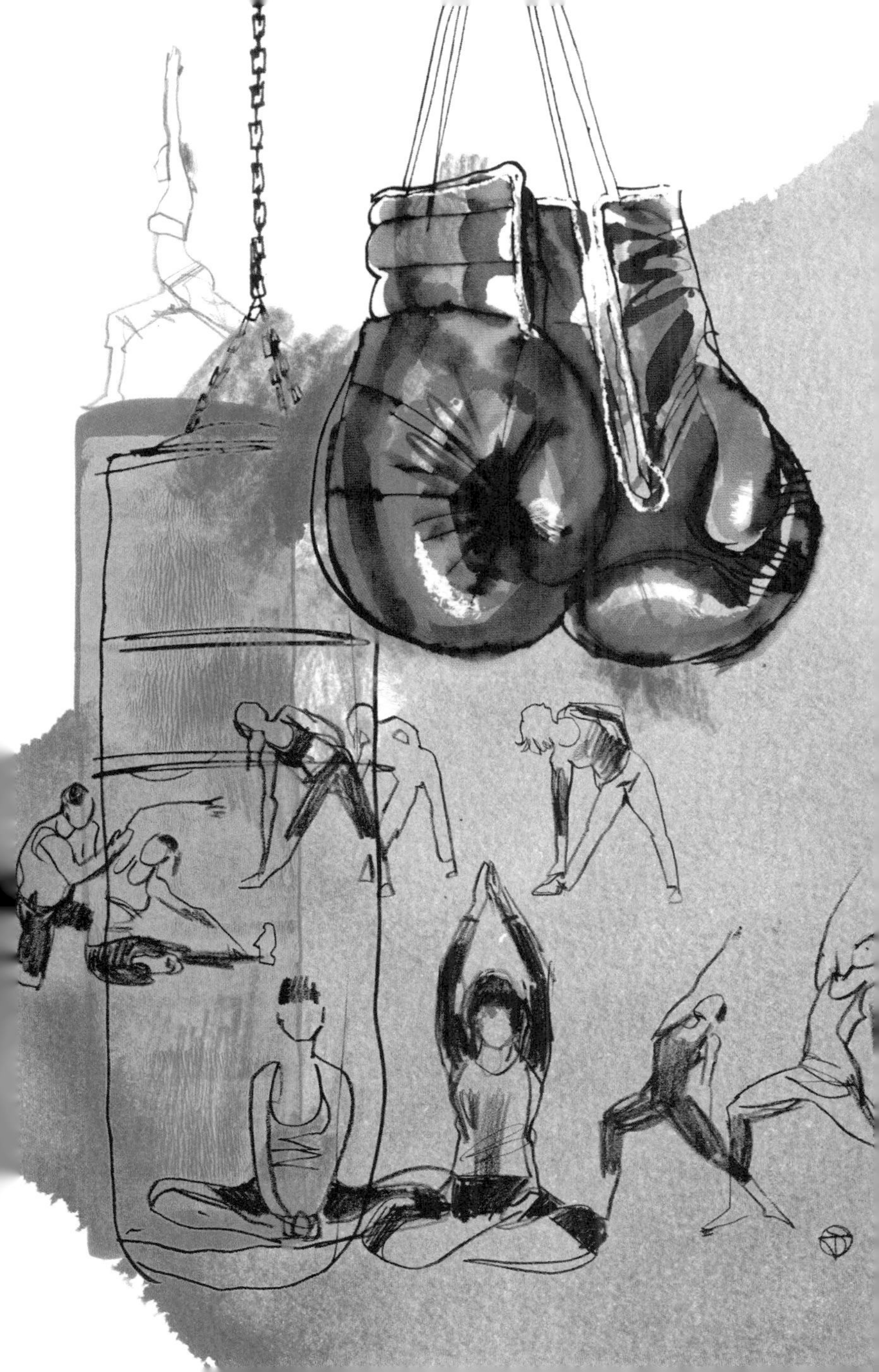

send, zwischen Marcus und den Plasmafernseher schob. Das hatte als motivierende Visualisierung ganz offenbar nicht funktioniert.

Wohingegen ich beim Boxen Karstens Anweisung «Denkt an jemanden, dem ihr schon immer mal die Fresse polieren wolltet!» sofort und effektiv Folge leisten konnte.

Michael hatte mir ein bewunderndes und etwas anzügliches Lächeln geschenkt, und ich hatte, so verführerisch wie es mir möglich war, zurückgelächelt.

Die Erotik des Boxens hatte sich mir sofort erschlossen.

Die kontemplative Abgeschiedenheit im Dampfbad ist vorbei, als zwei Frauen mit Mitteilungsdrang hereinkommen. Eine setzt sich versehentlich fast auf mich drauf, weil sie mich im dichten Wasserdampf übersehen hat.

Als sich die beiden schließlich niedergelassen haben, geht auf der Stelle das Geschwatze los.

Über Caroline von Monaco, die ja wirklich kein einfaches Schicksal habe, über Uwe, der sich endlich seine Furunkel am Hintern wegmachen lassen wolle, über die Frage, ob man Hornhaut an den Füßen am besten mit dem Hobel oder doch besser mit der Reibe entferne.

Ich schwitze und schäme mich für die beiden plappernden Frauen und für alle diejenigen, die es selbst leider nicht mehr können.

Für all die Leute, die im Kino telefonieren, die sich im Zugabteil am Handy von ihrer Freundin trennen, die bei Facebook privateste Fotos einstellen, die bei YouTube ihre Sexunfälle dokumentieren oder in Talkshows über ihre Affäre mit dem Freund der besten Freundin Auskunft geben.

Ich schäme mich für die unerwünschten Informanten, die

mir in Bussen, Fahrstühlen, Ruheräumen, Blogs, Zeitungen, Büchern und grotesken Fernsehshows die privaten Banalitäten ihres Lebens aufdrängen.

Und, ja, Boris Becker, du gehörst auch dazu. Schlimm genug, dass ich zu wissen glaubte, dass du deine Tochter in einer Besenkammer gezeugt hast. Dass es in Wahrheit auf der Treppe zum Klo war, ist eine Info, die du mir hättest ersparen sollen.

Nicht, dass ich guten Klatsch nicht zu schätzen wüsste, aber ich frage mich, warum immer die uninteressantesten Menschen besonders wenig Wert auf die Privathaltung ihres Privatlebens legen. Ein Phänomen wie am Strand: Besonders nackt sind immer die, die man lieber angezogen sehen würde.

Eine Zeitlang hatte ich gehofft, dass das Fernsehen eine entlastende Funktion für öffentliche Räume übernehmen würde. Warum heute im Bus vor kleinem Publikum mit dem Urologen telefonieren, wenn man doch schon morgen bei RTL vor einer wesentlich breiteren Zielgruppe mit den Schamlippen «Sag mir, wo die Blumen sind?» pfeifen kann?

Ich habe mich getäuscht. Überall werde ich mit Intimitäten tyrannisiert. Und das Schlimmste: Man selbst wird als Reha-Spießer abgestempelt, der zickig «Pssst!» macht, bloß weil man im Ruheraum Ruhe haben und nicht erfahren will, dass die Person uns gegenüber ein Problem bei der reibungslosen Verdauung von grobblättrigen Haferflocken hat.

Ich sitze beschämt im Treibhaus der Schamlosigkeit, im nach Eukalyptus duftenden Ödland des faden Geschwätzes und frage mich, ob ich eigentlich interessant bin.

Grundsätzlich vielleicht eher nicht. Aber zurzeit eigentlich schon.

Die aktuelle Situation verleiht meinem Dasein ein bisher nie da gewesenes Ausmaß an Tiefe. Bin intensiv leidende, tragische Heldin einer faszinierenden Geschichte mit ungewissem Ausgang: Werden die Liebenden wieder zueinanderfinden? Wird die heimtückische Gutemine ihrem gerechten Schicksal anheimfallen? Wird es ein glückliches Ende geben, und wenn ja, wie sieht dieses glückliche Ende aus?

Die edle Heldin verzeiht ihrem zerknirschten Mann, kehrt zurück in die gemeinsame Drei-Zimmer-Wohnung mit guterhaltenem Dielenboden und im Mietpreis inbegriffener wöchentlicher Treppenhausreinigung und widmet sich wieder dem Projekt «Ein Kind um jeden Preis».

Oder: Die edle Heldin lässt den treulosen Mann und die schlichtgestrickte Gutemine in deren Kaff zurück und zieht mit zerbrochenem Herzen hinaus in die weite Welt, um ein neues Leben mit ungewissem Ausgang zu beginnen.

«Ich habe mir ja vergangenes Jahr zwei Krampfadern ziehen lassen», sagt eine Stimme aus dem Wasserdampf heraus, und ich verlasse die Sauna mit dem erhebenden Gefühl, Teil einer Geschichte zu sein, deren Ende man nicht verpassen möchte.

Im Ruheraum treffe ich auf Michael, der nicht seine Ruhe haben möchte. Er schlägt mir vor, die Zeit bis zum Vortrag «Der innere Schweinehund – Motivationsfallen im Alltag erkennen und überwinden» damit zu verbringen, auf seinem Zimmer mal nachzuschauen, ob wir nackt bereits besser aussehen.

«Innere Werte?
Ich benutze zur Selbstbefriedigung
doch keine Röntgenbilder!»

Wolfgang Joop

Er drückt mir zwei Finger ins Gesicht und sagt: «Lächeln Sie mal.»

Ich lächele tapfer. Er hält meine Wangen fest, bittet mich dann, wieder normal zu schauen, und sagt: «Hier waren Ihre Wangen früher mal.»

Ich hatte den Mann arglos gebeten, bei der Begutachtung meines Gesichts kein Blatt vor den Mund zu nehmen. Ich beginne, das zu bereuen.

Der hübsche Dermatologe Dr. Alfred Bauer ist laut seiner Vita im «Nackt besser aussehen»-Prospekt fünf Jahre älter als ich, sieht aber verdächtigerweise sechs Jahre jünger aus.

Ich weiß ja nicht, wie es anderen Frauen geht, aber mir sind Ärzte dann am liebsten, wenn sie alt und hässlich sind, besonders wenn sie einen ohne Make-up und im Vergrößerungsspiegel zu sehen bekommen.

Ich sitze unter dieser gutbeleuchteten Riesenlupe, in der jede Falte wie sehr misslungene moderne Kunst aussieht und jede Pore wie ein Krater, der direkt in die Hölle führt. Ich kann nicht behaupten, dass ich mich hundertprozentig wohlfühlen würde.

Ich hatte eigentlich meine Haut immer für eines meiner erfreulichen Körperteile gehalten und dem Termin deshalb gelassen entgegengesehen. Was ich jedoch für zeitbedingte Grübchen gehalten hatte, nennt Dr. Alfred Bauer die «Angela-Merkel-Falte», mit der man grundsätzlich missmutiger aussieht, als man ist. Er entdeckt außerdem eine Zornesfalte, etliche Stirnfalten, ein «Pflasterstrandkinn» und «zwei ausgeprägte Nasolabialfalten».

«Das müssen Sie aber alles nicht schlimm finden», sagt der Doktor beschwingt, «denn Sie haben ja keine Probleme mit Ihrem Äußeren.»

Ja, das hatte ich auch gedacht. Aber so kann man sich irren.

Ich schaue betrübt in den Vergrößerungsspiegel, in dem meine Zornesfalte sehr gut, mein Ego jedoch kaum noch zu erkennen ist. Ich denke an meine Mutter, die mir früher immer sagte: «Kneif nicht die Augen zusammen! Das gibt Falten.» Wie recht sie hatte.

«Viele Menschen fühlen sich jünger, als sie aussehen», sagt Dr. Bauer. «Sie empfinden eine Diskrepanz zwischen ihrem inneren und ihrem äußeren Alter. Deshalb kommen sie zu mir.»

«Ich empfinde auch eine Diskrepanz zwischen meinem inneren und meinem äußeren Alter. Ich fühle mich nämlich noch älter, als ich aussehe.»

«Das liegt dann aber an Ihrem psychischen Zustand. Optisch gibt es bei Ihnen weniger auszusetzen als bei den meisten Frauen Ihres Alters. Sie haben gute Gene. Da würde ich an Ihrer Stelle nur minimal unterstützend eingreifen.»

«Und was würden Sie mit mir machen, wenn ich Ihre Frau wäre?»

In dem Moment, wo ich die Frage stelle, bemerke ich selbst, dass ich sie etwas ungeschickt formuliert habe.

Der adrette Doktor mit der randlosen Brille lächelt charmant.

«Dann würde ich Sie heute Abend zum Essen ausführen.»

Ich bin selbstverständlich wie versteinert und denke, dass es nur wenige unangenehmere Situationen gibt, in denen man sich als Frau befinden kann, als ungeschminkt errötend unter einer Lupe zu sitzen.

«Ich meinte jetzt eigentlich in dermatologischer Hinsicht», erwidere ich kühler, als mir zumute ist, und bemühe mich um eine würdevolle Haltung, was unter den gegebenen Umständen schier unmöglich ist.

«Etwas Botox zwischen die Augen und jeweils einen Schuss Hyaluronsäure als Filler rechts und links in die Nasolabialfalten. Es ist aber allein Ihre Entscheidung, ob Sie das wollen. Von mir aus können Sie auch genauso bleiben, wie Sie sind.»

«Das kommt für mich nicht in Frage!»

«Wie wäre es, wenn ich mich erst mal um die nächste Patientin kümmere? Dann haben Sie eine Viertelstunde Zeit, um eine Entscheidung zu treffen.»

Sobald Dr. Bauer im Nebenraum verschwunden ist, hole ich hastig mein Handy hervor und schicke eine SMS an Johanna und Erdal: «Soll ich mir meine Falten unterspritzen lassen und/oder mit dem adretten Dermatologen essen gehen? Erbitte unverzüglich Antwort!»

Dann lehne ich mich in dem Behandlungsstuhl zurück und frage mich, ab wann man eigentlich alt ist, ob und wie erbittert man sich der Schwerkraft des Fettgewebes widersetzen sollte, und wenn ja, mit welchen Mitteln.

Ich denke erschauernd an Mütter, die genauso aussehen

3
1
2

wie ihre Töchter, beide offensichtlich vom selben Chirurgen verunstaltet. Frauen, die mit hochgespritzter Betonstirn aussehen wie erschrockene Enten. Überdimensionale Lippen, die eine eigene Existenz gründen könnten. Festgezurrte Gesichter, bei denen die einzig mögliche Mimik das Schließen der Augen ist.

«Das sind höchst bedauernswerte Auswüchse», hatte Dr. Bauer gesagt. «Leider gibt es fehlgeleitete Menschen, die nicht wissen, wann sie dringend aufhören sollten. Glauben Sie mir, bei meinen Patienten erkennen Sie die Korrekturen nicht. Die sehen hinterher so aus, als hätten sie einen längeren Urlaub mit viel Schlaf hinter sich.»

Das klingt verlockend. Aber es ist schwierig, denn mit dem eigenen Körper ist es ja wie mit einer abgewohnten Altbauwohnung. Wenn du in der Küche anfängst zu renovieren, fällt dir erst auf, wie oll das Bad aussieht. Und sobald die Wände gestrichen wurden, siehst du, dass die Fußleisten fast gelb sind.

Da musst du also deinen Weg finden zwischen Botox und Beethoven, zwischen Körperkult und Kultur, zwischen Oberfläche und Seelengewebe.

Schlupflid nein. Lachfalten ja.

In Würde altern, ohne dabei unnötig alt auszusehen.

Der Druck kommt von zwei Seiten: Von den mürrischen Schlaumeiern, die in jeder Bauchübung, jeder bewusst eingesparten Kalorie und jedem gestrafften Schlupflid den kulturellen Untergang des Abendlandes wittern. Und von den ausgerasteten Schönmachern, den Size-Zero-Püppchen, den faltenfreien Fregatten und den hirnlosen Sport-Junkies, die ihren perfekten Hüllen huldigen und, wenn sie bis vier zählen sollen, mindestens die Drei vergessen.

Bisher war ich ja eigentlich eine Verfechterin des «natürlichen Alterns», aber ich war geneigt, diesen Standpunkt zu überdenken und gegebenenfalls zu korrigieren, schließlich hatte ich mich auch beim Stichwort «natürliche Geburt» eines Besseren belehren lassen.

Es ist ja immer relativ leicht, sich gegen die Straffung von Gewebe und für den Einsatz von homöopathischen Schmerzmitteln auszusprechen, wenn einem selbst der Hals noch nicht in lockeren Lappen um den Kehlkopf schlabbert und im eigenen Geburtskanal kein Kind feststeckt.

Johanna hatte sich von dem Vorhaben einer natürlichen Geburt bereits bei der Ankunft im Krankenhaus verabschiedet. Als ihr errechneter Entbindungstermin zwei Tage überschritten war, hatte die Hebamme gesagt: «Morgen früh versuchen wir es mit einem Wehencocktail.» Ich war natürlich sofort in den nächsten Zug gesprungen, um dabei zu sein.

Ich hatte sämtliche Fachliteratur über die natürliche Geburt gelesen und mir die wesentlichen Übungen und schmerzlösenden Mantras auf Karteikarten geschrieben.

Der Cocktail aus Rizinusöl, Mandelmus und Sekt wirkte bei Johanna innerhalb einer halben Stunde. Da war nix mehr mit gemütlich in der Badewanne die ersten Wehen veratmen, im Bett Yogaübungen zur Entspannung des Beckenbodens machen und nach ein paar Stunden gemächlich mit halboffenem Muttermund in Richtung Krankenhaus zuckeln.

Johannas Wehen setzten gleich so heftig ein, dass sie bereits auf der Rückbank des Taxis in den Vierfüßlerstand ging – eine Position, die ich auf meinen Karteikarten als besonders entspannend und wehenverzögernd notiert hatte.

Es klappte aber nicht so gut, denn bei der nächsten Wehe schrie Johanna, sie wolle auf der Stelle sterben, sie hätte sich die ganze Angelegenheit weit weniger archaisch vorgestellt, eine natürliche Geburt käme für sie nun nicht mehr in Frage, und in der Klinik solle man gefälligst ein ganzes Narkose-Team für sie bereitstellen.

«Stell dir deinen Beckenboden als Blume vor», las ich von einer meiner Karteikarten ab.

«Ich scheiß auf deine Blume!», keuchte Johanna.

«Lass uns jetzt bitte gemeinsam das Mantra ‹ONG NAMO, GURU DEV NAMO› anstimmen», schlug ich munter vor.

«Halt endlich deine Fresse!», brüllte Johanna.

Und dann platzte ihre Fruchtblase.

Ich hatte nur ein einziges Taschentuch dabei, was angesichts des enormen Wasserschwalls, der sich auf die Rückbank ergoss, wirkte, als wolle ich einem ausgewachsenen Tsunami mit einer Rolle «Zewa Wisch & Weg» trotzen.

Der Taxifahrer wirkte irgendwie erleichtert, als er uns schließlich beim Krankenhaus ausladen konnte, zumal sich Johanna zunächst zielsicher auf den Parkplatz des Chefarztes übergab und dann lauthals alle Frauen verfluchte, die behaupteten, die Geburt ihres Kindes sei der schönste und erfüllendste Moment ihres Lebens gewesen.

Ich begann allmählich, meine Einstellung zur natürlichen Geburt, ja zu meinem Kinderwunsch generell, kritisch zu hinterfragen. Eine Adoption ist eigentlich auch eine schöne, medizinisch risikolose, appetitliche und ja auch menschlich so wertvolle Sache.

Zwei Stunden später stand ich, mit einem grünen Häubchen, einem grünen Kittel, einem grünen Mundschutz und grünen Gummilatschen bekleidet, neben Johanna, die sagte, sie habe noch nie jemanden gesehen, dem die Farbe Grün so schlecht stehen würde wie mir.

Samuel Zucker wollte partout den Mutterleib nicht auf dem dafür vorgesehenen Weg verlassen, und so hatten Hebamme und Oberarzt entschieden, den, im wahrsten Sinne des Wortes, dickköpfigen Jungen per Kaiserschnitt zu holen.

Johannas Körper war durch einen, selbstverständlich grünen, Sichtschutz in zwei Hälften unterteilt worden. An der oberen Hälfte stand ich, die Hebamme und ein Anästhesist. An der unteren Hälfte vermutete ich zwischen zwölf und achtzehn ebenfalls grüngekleidete Personen, die sich mit Gerätschaften, die ich bei ihrem Einsatz nur hören und glücklicherweise nicht sehen konnte, an Johannas Unterleib zu schaffen machten.

Von der ursprünglich vorgesehenen natürlichen Geburt waren wir jetzt so weit entfernt wie Dolly Parton von einem natürlichen Aussehen.

Ich atmete tief ein und aus, um nicht ohnmächtig zu werden, konzentrierte mich auf meine Stirnmitte – ich hatte diese Entspannungstechnik vorhin auf einer Karteikarte nochmal nachgelesen – und versuchte, über Johanna hinwegzuhören, die den operierenden Arzt irgendwelche unappetitlichen Details zur Dicke ihrer Bauchdecke und der Durchtrennbarkeit verschiedener Gewebeschichten fragte.

Johanna war jetzt, wo sie den in die Geburt involvierten Teil ihres Körpers nicht mehr spüren konnte, wieder guter Dinge und fragte das OP-Team, ob man eventuell bei der Gelegenheit ihren Hammerzeh gleich mit begradigen und ihr mit der Plazenta vielleicht ein wenig den Hintern aufpolstern könne.

«Gleich werden Sie ein leichtes Drücken und Ruckeln spüren», sagte der Arzt ein paar Minuten später, «und dann werde ich Ihr Kind herausheben.»

Johanna drückte meine Hand, und ich war froh, mich an ihr festhalten zu können. In der Theorie wusste ich zwar alles über den Vorgang der Geburt, der ja in der Regel mit dem plötzlichen Vorhandensein eines Säuglings endet. Dennoch fühlte ich mich auf den Moment, in dem Sammy, ähnlich wie in einem Kasperletheater, plötzlich über den grünen Vorhang gehoben wurde, nicht adäquat vorbereitet.

Manche Mütter, hatte ich gelesen, sind überglücklich, manche zu Tränen gerührt, manche zu Tode erschöpft.

Ich war zu Tode erschrocken. Denn ein Neugeborenes ist kein rundum erfreulicher Anblick.

Es handelt sich im Wesentlichen um ein blaues, blutverschmiertes und noch dazu übellauniges Ding mit eigenwillig geformtem Schädel und schrumpeligen Ärmchen und Beinchen, bei dem man nur hoffen kann, dass sich das mit der Zeit zurechtwächst.

«Der sieht ja aus wie ein schielender Frosch, könnten Sie den vielleicht mal sauber machen?», fragte Johanna ungehalten und widerlegte damit die Behauptung, Mütter fänden ihr neugeborenes Baby automatisch schön.

Zwanzig Minuten später allerdings waren wir uns beide einig, dass es sich, völlig objektiv betrachtet, bei Samuel Zucker um das bezauberndste Kind auf Erden handelte, dass wir uns jedoch in Zukunft weniger dogmatisch zum Thema natürliche Geburt äußern würden.

Zwei dicht aufeinanderfolgende Signaltöne meines Handys reißen mich aus meinen Gedanken. Johanna und Erdal haben auf meine SMS geantwortet.

Johanna schreibt: «Tu beides! Erst weg mit den Falten, dann essen gehen mit deinem Dermatologen. Jetzt ist die Zeit für Experimente gekommen. Mach endlich etwas – auch wenn es Fehler sind. Du weißt doch: Nichts ist lehrreicher als ein Fiasko.»

Erdal schreibt: «Heilandzack, Liebes, was ist denn das für eine überflüssige Frage! Wenn ich keine Spritzen-Phobie hätte, würde ich längst wie Diana Ross aussehen. Ich hoffe für dich, mit dem Arzt bleibt es nicht beim Essen, denn Sex ist bekanntlich die beste Medizin gegen alles. Außerdem habe ich mir schon immer gewünscht, einen Dermatologen in der Familie zu haben. Geschlechtsverkehr ist also in jedem Fall eine nützliche Investition. Also los jetzt!»

Ich höre Stimmen auf dem Gang. Ob ich mal spähe? Würde mich ja schon interessieren, wer hier noch so Patientin ist. Bin schließlich mittlerweile eine Fachkraft im Schnüffeln.

Ich öffne die Tür ein paar Zentimeter – und sehe die betonharte Silke, die gerade meinem Dr. Bauer die Hand schüttelt. Ich schließe die Tür, runzle ein letztes Mal die Stirn und bin zu allem bereit.

Merkel muss weg!

«Zweimal Bumsen, einmal Botox und einmal Petting: Ich finde, das ist ein Zwischenergebnis, das sich durchaus sehenlassen kann.»

Erdal ist so zufrieden, als würde es sich um seine eigene Leistung handeln. Er hat sich den braunen Seidenkimono von Johanna ausgeliehen und sieht darin aus wie ein appetitlicher Nougatblock.

Johanna liegt in Shorts und T-Shirt auf dem Sofa. Eine Frau, die mit dreiundvierzig noch knappe Shorts und ein Shirt ohne BH drunter tragen kann, sollte ihrem Schöpfer und ihrem Chirurgen jeden Tag ein Blumenopfer darbringen, finde ich.

Es ist Sonntagabend. Ich bin vor einer Stunde aus Travemünde zurückgekommen und habe Sammy und Joseph ins Bett gebracht.

«Sagt man überhaupt noch ‹Bumsen› und ‹Petting›?», fragt Johanna.

«Ich glaube, die jungen Leute nennen das jetzt ‹knattern› und ‹fummeln›», antworte ich.

«Nur weil du gerade mit einem fünf Jahre jüngeren Marathon-Läufer geschlafen hast, macht dich das nicht automatisch zu einer Spezialistin für die Sprachkultur von Jugendlichen. Aber egal, erzähl lieber von der Fummelei im Strandkorb mit dem Dermatologen. Was hast du gesagt, als der Herr Doktor in die Offensive ging?»

«Nehmen Sie sofort Ihre Hand aus meinem Slip! Ich zähle bis tausend …»

Der Spruch stammte zwar aus einer RTL-Komödie, aber immerhin war er mir zum passenden Zeitpunkt wieder eingefallen. Und das ist doch auch schon mal was, worauf man sich was einbilden kann.

Der süße Dr. Bauer hatte auch sehr gelacht, allerdings ohne das Küssen und die Fummelei nur für eine Sekunde einzustellen.

Und was für Küsse! Nicht zu viel, nicht zu wenig Spucke. Und, das ist ausschlaggebend für die Qualität, eine ausgewogene Zungenaktivität.

Bei manchen Küssern denkst du ja, die wollen ihren nassen, trägen Lappen über Nacht in deinem Mund parken. Andere Zungen wiederum führen sich auf wie ein Fünfjähriger mit ADS. Da kannst du dir auch gleich einen Stabmixer ans Zäpfchen halten, ist ähnlich erotisch.

Wir knutschten mindestens eine Stunde lang im Strandkorb rum und tranken eine Flasche Sancerre Rosé leer, die wir aus dem Hotelrestaurant geholt hatten. Die Nacht war ungewöhnlich warm, und etwa fünfzig Meter von uns entfernt saßen ein Dutzend Teenager um ein Feuer herum und sangen zur Gitarre Lieder, die sogar ich noch auswendig konnte.

Ich war schließlich jahrelang Pfadfinderin gewesen und beherrsche bis heute die sieben Gitarren-Akkorde, die man braucht, um sämtliche lagerfeuertauglichen Songs begleiten zu können.

Nebenan wurde gesungen:

«Wir lagen träumend im Gras
Die Köpfe voll verrückter Ideen
Da sagte er nur zum Spaß
Komm, lass uns auf die Reise geh'n
Doch der Rauch schmeckte bitter
Aber Conny sagte mir, was er sah
Ein Meer von Licht und Farben
Wir ahnten nicht, was bald darauf geschah
Am Tag, als Conny Kramer starb
Und alle Glocken klangen

Am Tag, als Conny Kramer starb
Und alle Freunde weinten um ihn
Das war ein schwerer Tag
Weil in mir eine Welt zerbrach»

«Ich komme mir vor wie mit fünfzehn», murmelte mein Dermatologe in meine Haare.

Ich murmelte zurück: «Ich komme mir auch vor wie mit fünfzehn – und dank dir sehe ich sogar fast wieder so aus.»

Das war in etwa der Zeitpunkt, als Dr. Bauer seine randlose Brille abnahm und seine Hose öffnete.

Ich schüttelte bloß lächelnd den Kopf und versuchte, seine Jeans wieder zuzuknöpfen. Das war einfacher, damals im Pfadfinderlager, als die Jungs ihre Genitalien noch hinter Reißverschlüssen aufbewahrten, die leicht mit einer Hand zu bedienen waren.

«Wie schade», seufzte der Doktor und half mir beim letzten Knopf. Eine ritterlich selbstlose Geste, die ich zu schätzen wusste.

«Vielleicht ein andermal», flüsterte ich, begleitet von «There is a house in New Orleans, they call the Rising Sun».

Ich kam mir ungeheuerlich emanzipiert und erwachsen vor. Wenn du vierzig bist, sind die Zeiten vorbei, in denen du dich dafür verantwortlich fühlst, jede Erektion, die du angerichtet hast, auch wieder kleinzukriegen.

Neben uns ging das Feuer langsam aus, und sie sangen:

«Nehmt Abschied, Brüder
Ungewiss ist alle Wiederkehr
Die Zukunft liegt in Finsternis
Und macht das Herz uns schwer
Der Himmel wölbt sich übers Land
Ade, auf Wiedersehn»

«Jedes Mädchen hat das Recht, verzweifelte Maßnahmen zu ergreifen, um den Mann ihrer Wahl zu ergattern.»

Agatha Christie

Ganz ehrlich, Vera, ich habe bei der Sache irgendwie doch kein so gutes Gefühl.»

«Ich auch nicht.»

«Wollen wir nicht lieber nach Hause fahren und uns betrinken? Das ist in solchen Fällen doch immer eine intelligente Alternative.»

«Ich bin schon betrunken.»

«Aber anscheinend noch nicht genug.»

Das stimmte, denn die Absurdität der Lage, in der ich mich befinde, ist mir leider gnadenlos bewusst.

Johanna hatte noch versucht, mich aufzuhalten, als ich sie geweckt und um ihr Auto gebeten hatte.

«Wozu in Gottes Namen brauchst du um diese Uhrzeit ein Auto?», hatte sie verschlafen, aber alarmiert gefragt.

«Ich halte es nicht mehr aus. Ich muss wissen, wer diese Frau ist. Wenn ich jetzt losfahre, bin ich um sieben in Stade. Vorher werden die beiden an einem Samstag die Wohnung bestimmt nicht verlassen.»

«Und was willst du dann tun?»

«Das Haus beschatten.»

«Spinnst du? Stell dir vor, Marcus sieht dich. Wie peinlich ist das denn bitte?»

«Er wird mich nicht erkennen. Selma und ihre Tochter sind beim letzten Kostümball im Stader Tennisclub als ‹Modern Talking› gegangen.»

«Entschuldige, aber ich kann dir nicht ganz folgen.»

«Ich habe eben Selma angerufen und ...»

«Um drei Uhr morgens?»

«Selma war noch wach. Ihr Mann ist mit den Kindern übers Wochenende zum Segeln gefahren, und der Klavierlehrer ist bei ihr. Sie holt gerade die Perücken aus dem Keller und macht bei der Sache mit.»

«Bitte, Vera, überleg dir das nochmal. Du hast doch schon eine Menge erreicht. Zwei Männer sind hinter dir her, du hast fünfmal in sechs Tagen mit Karsten trainiert und gestern zum ersten Mal seit fünfundzwanzig Jahren wieder ein ärmelloses T-Shirt getragen. Dank Hyaluronsäure und Botox im Gesicht siehst du aus wie eine sehr gut ausgeschlafene Achtundzwanzigjährige, und nächsten Freitag ist der Fünfundzwanzigste. Da kommt Marcus wahrscheinlich sowieso nach Berlin. Er wird sprachlos sein bei deinem Anblick, und du wirst feststellen, dass du ohne ihn tausendmal glücklicher bist. Wenn du jetzt diese dämliche Beschattungsaktion startest, setzt du alles aufs Spiel.»

«Ich weiß.»

«Aber? Vera, nenn mir einen einzigen guten Grund!»

«Ich kann nicht anders.»

«Okay, nimm mein Auto, aber eines musst du mir versprechen: Du setzt nicht die Dieter-Bohlen-Perücke auf!»

Ich kenne Selma schon länger, als ich denken kann. Wir wohnten beide in einer Reihenhaussiedlung, in der ein Haus dem anderen bis ins Detail glich, und so wurden wir mit denselben Duscharmaturen, derselben Badewanne, demselben Treppengeländer und demselben Gartenhäuschen groß.

Selma bewohnte, so wie ich, das kleinste Zimmer nach vorne raus, und neunzehn Jahre lang hatte ich jeden Abend gewusst, ob Selma zu Hause war und wie lange sie noch gelesen hatte. Wir waren in dieselbe Schule gegangen, hatten, teilweise zumindest, mit denselben Männern geschlafen, und als ich meine Eltern kurz nacheinander beerdigen musste, hatte Selma neben mir gestanden, meine Hand gehalten und mit mir geweint.

Jetzt sitzt sie neben mir auf dem Fahrersitz von Johannas altem Volvo, trägt eine blondgesträhnte, halblange Perücke und packt die Brote aus, die sie für uns geschmiert hat. Ich bin so gerührt, dass ich heulen könnte, wenn ich nicht sowieso schon heulen würde.

Die schwarzen Haare der Thomas-Anders-Perücke hängen mir ins verquollene Gesicht. Ich hatte schon die ganze Fahrt durchgeweint, drei Stunden bei Regen über die langweilige Autobahn von Berlin über Hamburg nach Stade.

Ich hatte ausschließlich die allertraurigsten Lieder in Endloswiederholung gehört, vom Tränenschocker «If I Could Fly», dem einzig guten Song von Boy George, bis hin zum schier unaushaltbaren «Un-Break My Heart» von Toni Braxton.

«Don't leave me in all this pain
Don't leave me out in the rain
Come back and bring back my smile
Come and take these tears away
I need your arms to hold me now
The nights are so unkind
Bring back those nights
When I held you beside me

Un-break my heart
Say you'll love me again
Un-do this hurt you caused
When you walked out the door
And walked outta my life
Un-cry these tears
I cried so many nights
Un-break my heart
My heart»

Ein Werk, das mich auf mehreren Ebenen erschütterte. Erstens wurde mir dabei klar, wie unerhört lange es bereits her war, dass ich zum letzten Mal zu diesem Lied geweint hatte, und zweitens, wie unerhört schlecht mein Musikgeschmack damals gewesen war.

«Vera! Er kommt!»

Ich bin fast eingenickt und schrecke hoch.

Ich sehe ihn sofort. Marcus. Meinen Mann. Auf der anderen Straßenseite, keine zwanzig Meter weit entfernt.

Er trägt Jeans und Converse-Turnschuhe und das tintenblaue Jil-Sander-Hemd, das ich ihm zu seinem letzten Geburtstag geschenkt habe.

Marcus sieht leider gut aus, jungenhaft, verstrubbelt. Er geht so, als wolle er gleich hüpfen. Plötzlich dreht er sich um und schaut nach oben. Eine Hand klopft im zweiten Stock zwischen den Vorhängen hindurch ans Fenster. Winkt.

Marcus lächelt und winkt zurück.

Ich kann nicht atmen.

Die Vorhänge habe ich ausgesucht. Meine Vorhänge in meinem Schlafzimmer.

Selma schaut mich besorgt an.

«Willst du dir das wirklich antun?»

Ich nicke. Selma seufzt.

«Er geht bestimmt Brötchen holen», presse ich hervor.

Ich habe recht. Zehn Minuten später kommt Marcus zurück, eine Tüte vom Bäcker in der einen, einen Blumenstrauß in der anderen Hand.

«Oje», sagt Selma.

Ich sage nichts.

Wenig später werden die Vorhänge im Schlafzimmer zurückgezogen. Ich erkenne, ganz kurz nur, einen nackten Körper hinter dem Fenster.

«Frühstück im Bett», sage ich bitter. Und jedes Wort schmerzt im Hals wie eine Reißzwecke.

«Lass uns gehen, Vera.»

«Nein. Ich will sie sehen.»

Es ist halb eins. Seit Stunden hat sich da oben nichts gerührt.

«Und wenn die nun den ganzen Tag im Bett bleiben?», fragt Selma.

«Du bist ja die Expertin für so was», antworte ich giftig. «Hast du dir eigentlich mal überlegt, was du deinem Mann damit antust, wenn du ihn betrügst?»

«Du willst diese Diskussion jetzt nicht wirklich führen, oder?»

«Doch. Erklär es mir bitte. Ist euch der Schmerz, den ihr verursacht, völlig egal? Habt ihr überhaupt kein schlechtes Gewissen?»

«Wen meinst du jetzt genau mit ‹ihr›?»

«Dich, den Klavierlehrer, Marcus und all die anderen Ehebrecher, die alles aufs Spiel setzen für ein bisschen Fremdvögeln.»

«Ich verstehe ja, dass du wütend und verletzt bist, aber denk bitte daran, dass du noch vor einem Monat überhaupt nichts gegen meine Affäre einzuwenden hattest. Du warst selbst nicht sicher, ob Ehen auf Dauer halten können, wenn man sie nicht ab und zu bricht.»

«Du nimmst Marcus auch noch in Schutz?»

«Ich kann beide Seiten verstehen. Ich weiß nun mal, wie öde und festgefahren eine Beziehung nach zehn Jahren sein kann. Schlüpfer statt Strings und Schamhaare bis zu den Kniescheiben. Da ist es verdammt schwer, die Versuchung niederzuknüppeln, sich mal wieder lebendig und begehrt zu fühlen. Jede Frau will, dass es bei ihr noch darauf ankommt, was sie untendrunter trägt.»

«Man muss dieser Versuchung doch widerstehen. Wenn man freiwillig treu ist, dann ist es Liebe.»

«Das glaubst du doch selbst nicht. Wir sind schließlich keine sechzehn mehr. Wie viele unserer angeblich großen Lieben haben sich schon sang- und klanglos in Luft aufgelöst? Du würdest doch im Ernst niemandem mehr ewige Liebe und ewige Treue schwören, zumindest nicht mit reinem Gewissen. Ich darf dich daran erinnern, dass du innerhalb von zwei Tagen mit zwei Männern was hattest.»

«Das war Notwehr.»

«Bist du dir sicher, dass du Marcus niemals betrogen hättest? Vielleicht bist du nur sauer, weil er dir zuvorgekommen ist?»

«Du bist geschmacklos! Kannst du dir überhaupt vorstellen, wie ich mich fühle? Oder dein Mann, wenn er wüsste, was du hinter seinem Rücken treibst?»

«Ich muss mich vor dir nicht rechtfertigen. Vor ein paar Wochen hast du mich noch um meine Affäre beneidet, und jetzt führst du dich wie die heilige Unschuld auf, die die Moral ganz alleine für sich gepachtet hat. Sieh es doch mal so: Wenn man Untreue verzeihen kann, dann ist es Liebe. Wenn man versteht, dass man nicht der allein seligmachende Partner für den anderen ist, dann ist es Liebe. Wenn man damit leben kann, dass man für niemanden niemals genug ist, dann ist es Liebe.»

Selma macht eine Pause.

«Weißt du, worum es hier in Wirklichkeit geht? Du liebst Marcus gar nicht, aber du bist zu feige, dir das einzugestehen.»

«Und wie kommst du darauf, dass ich ihn nicht lieben würde? Weil es mir was ausmacht, dass er mich betrügt? Vielleicht solltest du dich weniger um deine Dessous und mehr um deinen Verstand kümmern. Wenn der Klavierlehrer deiner Tochter dir nicht dauernd das Hirn porös ficken würde, könnte man vielleicht mal wieder normal mit dir reden.»

«Das reicht jetzt!»

Selma steigt aus, knallt die Autotür zu und geht.

Im Rückspiegel sehe ich, wie sie ihre Dieter-Bohlen-Perücke wütend in eine Hecke schmeißt.

Um fünf Uhr nachmittags sitze ich immer noch regungslos auf dem Beifahrersitz. Nichts, gar nichts ist in den vergangenen Stunden geschehen, außer, dass mein Elend immer größer und der Aschenbecher immer voller wurde.

Ich schäme mich zu Tode. Erdal und Johanna haben mehrmals versucht, mich anzurufen, aber ich bin nicht drangegangen. Was soll ich sagen? Dass ich vor Kummer und Selbstmitleid so krank und bitter bin, dass ich sogar meine älteste Freundin beleidigt und vertrieben habe? Dass ich mir vorkomme wie das letzte Häuflein Dreck, wie ich hier vor meiner eigenen Wohnung meinem Mann und seiner Geliebten auflauere? Dass ich eine erbärmliche Witzfigur bin, ein Thomas Anders für Arme?

Und dabei ist der originale Thomas Anders sowieso schon ein Thomas Anders für Arme.

Ich rufe Marcus auf seinem Handy an. Mailbox. Kann mir vorstellen, warum er gerade nicht ans Telefon gehen kann.

Ich habe grauenvolle Kopfschmerzen und schließe für einen Moment die Augen. Die beiden da oben sind ja beschäftigt.

Ich werde an ein Kreuz geschlagen.

Es steht direkt vor meinem Schlafzimmerfenster, und ich schreie, als die Nägel durch meine Handflächen dringen. Aber die Vorhänge im zweiten Stock bewegen sich nicht. Blut spritzt. Mein Blut. Das Hämmern wird immer lauter. Meine Schreie auch.

Ich fahre hoch und weiß nicht, wo ich bin.

Es hämmert. Meine rechte Hand ist eingeschlafen und schmerzt.

Jemand klopft an die Fensterscheibe des Autos. Draußen ist es fast dunkel. Es regnet.

Wer ist das?

Ein Mann. Aber ich kann ihn nicht erkennen. Vorsichtig lasse ich die Scheibe ein kleines Stück runter.

«Ja bitte?»

«Ich bin's, Vera. Es ist genug. Wir fahren jetzt nach Hause.»

Karsten und ich sprachen nicht viel auf der Fahrt nach Hamburg. Er erzählte, dass Selma bei Johanna in Berlin und Johanna dann bei Erdal in Hamburg angerufen hatte. Alle gemeinsam hatten beschlossen, dass man mich jetzt, wenn nötig auch gegen meinen Willen, aus Stade wegschaffen müsse.

Dafür war natürlich Karsten am besten geeignet. Wegen seines beruhigenden Einflusses auf jegliches Lebewesen und weil Erdal nahezu nachtblind ist und zum Dramatisieren und Hyperventilieren neigt.

«Verachtet ihr mich jetzt alle?», fragte ich Karsten.

«Überhaupt nicht. Erdal ist begeistert von deiner Aktion. Er bereut nur, dass er nicht dabei war. Johanna ist froh, dass du letztendlich nichts vermasselt hast. Und mit dieser Selma hast du wirklich eine sehr, sehr gute Freundin.»

«Und was denkst du?»

«Ich denke, dass du gleich ein Bad nehmen und eine große Portion Spaghetti bolognese essen solltest. Und dann schläfst du dich erst mal aus.»

«Menschen, an denen nichts auszusetzen ist, haben nur einen Fehler: Sie sind uninteressant.»

Zsa Zsa Gábor

Ich war nicht sicher, ob ich nicht doch lieber wieder auflegen sollte. Schließlich wusste ich so gut wie nichts über diesen Mann. Vielleicht war er ein Serienkiller? Oder, schlimmer, womöglich verheiratet?

Aber Erdal hatte nicht lockergelassen: «Ruf ihn an, sonst wirst du dir nie verzeihen, dass du mit ihm nur geknutscht hast – das ist wie Silvester kurz vor Mitternacht die Vorhänge zuziehen. Du wirst dich ewig fragen, ob du womöglich das Feuerwerk deines Lebens verpasst hast.»

«Ich weiß nicht, sonntags um sechs ruft man nicht so einfach wildfremde Leute an.»

«In deinem früheren Leben vielleicht nicht. Aber jetzt ist alles anders. Und, Vera, bitte bedenke stets den weisen Rat meiner Freundin Sabine: ‹Wenn du das tust, was du immer getan hast, wirst du das bekommen, was du immer bekommen hast.›»

Mit diesem Satz ließ mich Erdal alleine auf der Terrasse seines Hauses zurück.

Ich hatte einen wunderbaren Tag verbracht, und meine gestrige Beschattungsaktion erschien mir nun fast, als wäre sie jemand anderem widerfahren, und das, obschon Erdal nicht müde geworden war, mich nach jedem entwürdigenden Detail zu fragen, meinen unbedingten Willen zur Lächerlichkeit entgegen jeder Vernunft zu preisen, und sich einen Spaß draus gemacht hatte, dem zweijährigen Joseph immer wieder die Thomas-Anders-Perücke aufzusetzen und dazu «Cheri, Cheri Lady» zu singen.

Karsten und ich waren morgens um die Alster gejoggt, nicht in der aeroben Komfortzone, versteht sich. Es war das erste Mal in meinem Leben, dass ich beim Laufen andere Leute überholte, und die Sprints zwischendurch waren eine Grenzerfahrung für mich. Nach dem Frühstück hatte ich Josephs Planschbecken mit Wasser gefüllt, und er hatte, ohne zu zögern, reingekackt. Erdal und Leonie hatten in der Sonne gelegen und Karsten beim Rasenmähen zugeschaut. Ich hatte Ahoi-Brause gegessen, und sie schmeckte noch genauso wie vor fünfunddreißig Jahren.

Der Geschmack von Ahoi-Brause in Kombination mit dem Plastikgeruch des Planschbeckens und dem Duft von Nivea-Sonnenmilch und frisch gemähtem Gras hatten mich auf wunderbarste Weise wehmütig gestimmt. Bei mir scheint nämlich das Hirnzentrum für Kindheitserinnerungen direkt oberhalb der Nase angesiedelt zu sein. Und wann immer da ein altvertrauter Duft vorbeiweht – Tannennadel-Badezusatz, Nutella, Pfannkuchen, Pinimenthol-Erkältungssalbe –, fühle ich mich sofort zurückversetzt in meine Vergangenheit.

Ich habe nichts gegen meine frühen Erinnerungen, jetzt mal abgesehen von der üblen Sache, als ich mich über einen Scherz, den ich auch noch selbst gemacht hatte, derart kaputtlachte, dass ich mir in Anwesenheit sämtlicher Nachbarskinder in die Hose pinkelte.

In der Vorweihnachtszeit zum Beispiel kann ich mich praktisch nicht mehr frei bewegen, ohne von Kindheitserinnerungen behelligt zu werden: gebrannte Mandeln, Tannenzweige, Bienenwachskerzen, Vanillekipferl.

Ich kann kein Kipferl passieren, ohne den Eindruck zu haben, dass früher alles besser war. An Weihnachten lag immer Schnee, ich bekam stets genau das, was ich mir gewünscht hatte, und über der gesamten idyllischen Szenerie lag der Duft von, na ja klar, Vanillekipferln.

Meine Recherchen haben jedoch ergeben: So war es nicht! Der Großraum Hamburg belegt den letzten Platz auf der Liste der Gegenden in Deutschland, in denen man auf weiße Weihnachten auch nur ansatzweise hoffen sollte. Meine Eltern waren bedauerlicherweise fanatische Anhänger von Holzspielzeug. Ich dagegen favorisierte blonde Barbie-Puppen auf rosa Plastikpferden – was zu dramatischen Szenen unter dem Weihnachtsbaum führte und bis heute einen unbewältigten Konflikt darstellt, der sich bei mir in einer nahezu unstillbaren Sehnsucht nach Kitsch und allem, was pink oder mit Pailletten bestickt ist, äußert.

Auch die Erinnerung an den Geruch frischer Backwaren ist wohl nachträglich in meinem Hirn überarbeitet worden. Denn, ich muss es im Sinne einer überfälligen Vergangenheitsbewältigung so offen sagen, meine Mutter konnte sehr schlecht backen und hat das Gen «Ich nehme lieber die Backmischung und vergesse selbst dann noch die einzige Zutat, die man selbsttätig hinzugeben muss» an mich weitergegeben.

War meine Kindheit womöglich gar nicht so glücklich, wie ich glaube? Waren die Sommer nicht lang und heiß? Mein Kinderbett nicht viele Quadratmeter groß, eine riesige, himmlische Kissenlandschaft? Und welche üblen Spielchen spielt mein Gedächtnis womöglich sonst noch mit mir, nicht eingeschlossen die Tatsache, dass es sich regelmäßig weigert, Vornamen mir eigentlich recht gut bekannter Personen rauszurücken?

Diese Fragen hatten mich lange beschäftigt, bis ich beim Martinsgans-Essen im Tennisclub mal neben einem Gedächtnisforscher saß, der mir den Sachverhalt folgendermaßen erklärte: «Das Gedächtnis ist ein ungehorsamer Diener, und natürlich erinnern Sie sich an das eine Weihnachten mit Schnee besser als an die vielen ohne. Genau so, wie Sie die verregneten, langweiligen Ferientage vergessen und die sonnigen im Gedächtnis behalten. Wir erinnern das Außergewöhnliche. Kindheits- und Jugenderinnerungen sind deshalb so intensiv, weil so vieles, was uns in dieser Zeit begegnet, neu und besonders ist. Fast jeder, der nach dem Buch gefragt wird, das ihn am meisten beeindruckt hat, wählt eines, das er vor seinem dreiundzwanzigsten Lebensjahr gelesen hat. Und die meisten Menschen idealisieren die Musik, die sie als Teenager gehört haben, und sind der festen Überzeugung, dass bald danach die Qualität dramatisch abgenommen habe.»

Aber jetzt mal ehrlich: Nach Reinhard Mey, The Cure, David Bowie und Human League kam ja wirklich nicht mehr viel.

Früher war also nicht alles besser. Aber früher war alles neu. Klar, der erste Kinobesuch ist ein Abenteuer, der hundertste oft eine Enttäuschung.

Der erste verknutschte Sonnenuntergang: so was von romantisch! Und später denkst du dann auch zuweilen ernüchtert: Kennst du einen, kennst du alle.

Gewöhnung setzt ein, unvermeidlich, und im Hirn wird alles entsorgt, was schon mal so oder so ähnlich da war. Je mehr sich wiederholt, desto weniger gibt es zu erinnern.

Der Forscher erzählte mir von einer Frau in Amerika, die nichts vergessen kann. Seit ihrem fünfzehnten Lebensjahr hat sie ein lückenloses Gedächtnis. Jede Banalität, jedes gesprochene Wort, jede Mahlzeit, jeder Film, nichts von dem, was ihr geschieht, kann sie je vergessen. Die Zeit heilt ihre Wunden nicht. Sie ist schwer depressiv geworden.

«Vergessen ist ein Segen», sagte der Mann. «Ihr Kinderbett wird für Sie immer groß bleiben, weil Sie klein waren und weil es für Sie etwas ganz Besonderes war.»

Vielleicht ist meine Kindheit nur glücklich gewesen, weil ich so ein schlechtes Gedächtnis habe. Na und? Ich bin froh, dass so manche Realität irgendwo verschüttet ist in den Untiefen meiner Hirnmasse.

Ich bemerke zum Beispiel, wie sich allmählich ältere, versöhnliche Erinnerungen breitmachen und sich gnädig, wie ein Vorhang, der das grelle Licht dämpft, vor die jüngeren und schmerzlichen Erfahrungen schieben.

Mein Vater wird langsam wieder gut aussehend, unerschütterlich und angstlos. Meine Mutter zupackend, ruhig und geradlinig. Meine Tante lustig, nervtötend laut, tapfer und lebensklug. Und Ben Zucker gesund und kraftspendend.

Ich hatte sie alle sterben sehen. Von Krankheit entstellt, von Angst gezeichnet, schwach, hilflos, müde.

Meine Mutter hatte erst sterben können, als ich für ein paar Minuten ihr Zimmer verlassen hatte. Sie wollte mir diesen Moment wohl ersparen.

Die letzten Worte meines Vaters waren typisch für ihn:

«Macht euch bitte keine Sorgen um mich.» Dann fiel er ins Koma, und sein Gesicht verschwand hinter einer Beatmungsmaske. Sein Herz brauchte noch drei Monate, um aufzugeben.

Meine tapfere Tante schrie vor Schmerzen. Und vor Wut, schon gehen zu müssen. Neben ihrem Sterbebett sah man auf der Tapete die Spuren ihrer Fingernägel. Sie hatte versucht, sich an ihr Leben zu krallen.

Ben Zucker war immer ein Freund zügiger Abschiede gewesen. Zwischen der Diagnose «Leberkrebs» und der Ausstellung des Totenscheins lagen sechs Wochen.

Und natürlich hatte Ben nicht auf sein Ende gewartet. Er hatte in seinem Leben nie auf etwas gewartet, und es fiel ihm nicht ein, ausgerechnet bei so einer existenziellen Sache eine Ausnahme zu machen.

Ben hatte den Tod zu sich bestellt, wie einen seiner Angestellten. Am Morgen hatte er geduscht, sich einen seiner schwarzen Maßanzüge aus der Savile Row in London angezogen und ein Frühstücksbuffet vom KaDeWe kommen lassen.

«Ich komme ja nicht zur Beerdigung, deshalb ziehen wir den Leichenschmaus vor», hatte er lachend gesagt. «Bitte habt Verständnis, dass ich bei der Auswahl der Speisen heute mal nicht aufs Cholesterin geachtet habe. Und bitte keine betretenen Mienen. Wer verzweifelt stirbt, hat umsonst gelebt.»

Nach dem Frühstück hatte er mich umarmt und gesagt: «Letzte Worte werden völlig überbewertet. Der Philosoph Hegel sagte auf dem Sterbebett: ‹Nur ein Mensch hat mich je verstanden›, um dann klagend fortzufahren: ‹Und auch der hat mich nicht verstanden!› Das ist eitel und pompös. Deshalb: Lebe wohl, meine allerliebste Taube, und werde glücklich!»

Dann hatte er seinen Leibarzt kommen lassen und sich ins Schlafzimmer zurückgezogen.

Als der Arzt gegangen war, hatten Johanna und ich an Bens Bett gesessen und zugesehen, wie er in den Tod hinüberschlief.

Auch das war unser Geheimnis geblieben.

Ich bin froh, dass in meinem Gedächtnis die guten Erinnerungen überwiegen. Die heißen Sommertage, die weißen Weihnachten, die lebendigen Liebsten und nicht die sterbenden.

Aber das Vergessen macht mir dennoch Sorgen. Ich tue zu viel, woran ich mich später nicht mehr erinnern kann. Einfach, weil es nicht wert ist, erinnert zu werden. Zu langweilig, zu gewöhnlich, zu unerheblich, zu unmutig.

Wie man vermeidet, dass man vergesslich wird?

Tue Unvergessliches!

Und da bin ich mit meinem sonntäglichen Anruf bei Dr. Bauer doch schon mal auf einem ganz guten Weg.

Es klingelt immer noch. Komisch, hat der Mann keine Mailbox? Ich will gerade die Anruf-beenden-Taste drücken, halb erleichtert, halb enttäuscht, als er sich doch meldet.

«Bauer.»

«Ich bin es, Vera.»

«Vera! Das ist aber eine schöne Überraschung!»

«Ich habe zwei Fragen: Bist du verheiratet? Und wenn ja: Hast du heute Abend Lust, deine Frau zu betrügen?»

«Wenn ein Mann einer Frau höflich die Wagentüre aufreißt, dann ist entweder der Wagen neu oder die Frau.»

Uschi Glas

Der Mann in meinen Armen riecht nach Erdbeerzahnpasta und Penatencreme und trägt einen hellblauen Frottéschlafanzug mit Bärchenmotiv. Seine dunkelblonden, leichtgelockten Haare sind noch feucht vom Baden, sein Mund steht staunend offen, seine Augen sind gebannt auf den Fernseher gerichtet.

Es ist die heiligste Zeit des Tages: Sammy und ich gucken «Sandmännchen».

Hätte ich mir auch nicht träumen lassen, dass ich mich mal für das Kinderprogramm am frühen Abend interessieren und auswendig wissen würde, wann «Heidi» und «Lauras Stern» beginnt. Und dass ich beides nur sehr ungern verpassen würde.

Johanna ist bei Karsten im Studio zu ihrer ersten Trainerstunde nach der Brust-OP. Sammy und ich haben gemeinsam gebadet, Würstchen mit Ketchup gegessen und waren dann mit ein paar Milch-Schnitten von Ferrero zum Fernsehen in Johannas großes Bett gekrochen.

Ach, wie ich diese heile Kinderwelt liebe. Ich finde, nirgends kann man seine verdammten, erwachsenen Sorgen so gut für eine Weile vergessen wie um zehn vor sieben im Bett neben einem frisch gebadeten Kind.

Ich bohre meine Nase in Sammys Hals. Er lässt es geschehen, schnauft zwar etwas unwillig, ist aber zu sehr mit dem Sandmann beschäftigt, um sich nachhaltig gegen meine Zärtlichkeiten zu wehren.

Mein Handy klingelt. Verdammt! Kann sich, um diese Zeit, nur um einen kinderlosen Ignoranten handeln.

Es ist Erdal.

«Erdal, das Sandmännchen läuft!»

«Ich weiß, aber das ist die einzige Zeit des Tages, in der mein Sohn mich in Ruhe telefonieren lässt.»

«Was gibt es denn?»

«Ich muss es unbedingt jemandem erzählen: Mein Gehirn ist quasi unbenutzt …»

«Gehst du mit dieser Selbstkritik nicht etwas weit?»

«Meine Lungen sind vollständig belüftet, meine Gallenblase ist zartwandig und meine Eingeweidearterie voll durchlässig mit juvenilem Aspekt …»

Jetzt fällt es mir wieder ein: Erdal war heute bei seinem jährlichen Komplett-Check-up.

«Mein Körper ist quasi noch überhaupt nicht gealtert. Als der Arzt meinte, ich hätte die Werte eines Neunzehnjährigen, wollte ich dem Mann glatt eine Anschlussverabredung vorschlagen. Selbst meine Leber nimmt es mir offenbar nicht übel, dass ich Wein in Mengen zu mir nehme, die deutlich über dem von der WHO empfohlenen Maximum liegen. Ist das nicht wunderbar?»

«Natürlich, aber wie hast du bloß die Magnetresonanz-Röhre überstanden? Das muss doch die Hölle sein für einen Klaustrophobiker wie dich. Du besteigst einen Aufzug doch nur in Begleitung einer examinierten Krankenschwester.»

«Es war die Hölle, Veralein. Ich lag eine Ewigkeit in dieser knallengen Knatterröhre. In der einen Hand hielt ich den Alarmknopf, mit der anderen Hand versuchte ich zu beten. Weißt du, ob einhändiges Beten überhaupt wirkt?»

«Das müsste man mal recherchieren.»

«Augenblick mal ... Ja, Joseph, das Sandmännchen hat auch einen Pipimann, aber bitte steck deinen jetzt zurück in die Hose! Sag mal, Vera, ist Sammy auch so genitalfixiert? Neulich stürmte Joseph im Supermarkt auf einen Mann zu und wollte ihm die Hose runterziehen – zum Schwanz-Vergleich! Peinlich, oder? Die Leute müssen doch glauben, ich hätte den Kleinen darauf abgerichtet. So, und jetzt rate mal, wer gestern Abend bei uns war.»

«Erdal, bitte, das Sandmännchen ...»

«Dr. Bauer! Der Hautarzt deines Vertrauens. Er hat mit Karsten und Leonie das nächste ‹Nackt besser aussehen›-Seminar durchgesprochen. Ein echtes Schnuckelchen, das muss ich schon sagen, hübsch und auch so gut erzogen.»

«Du hörst dich an, als wäre der Mann ein Yorkshireterrier.»

«Mich hat er eher an einen gutaussehenden Dackel erinnert, vielleicht wegen der etwas längeren Haare. Wir haben auch über dich gesprochen. Ich habe mir erlaubt, den Herrn Doktor für eure Party am Fünfundzwanzigsten einzuladen.»

«Spinnst du? Da kommt Marcus doch auch!»

«Eben. Das verleiht der ganzen Angelegenheit die nötige Brisanz und Würze. Es ist jetzt unheimlich wichtig, dass Marcus denkt, du seist eine begehrte Frau, die auch von anderen Männern noch attraktiv gefunden wird.»

«Ich bin eine begehrte Frau! Ich habe erst vor zehn Minuten wieder eine SMS von Michael bekommen, der mich dringend treffen will.»

«Perfekt. Den solltest du auch einladen. Ich liebe Komplikationen. Denk doch mal an all die unvergesslichen Szenen, die diese Konstellation hervorrufen könnte.»

«Ich will keine Szenen. Ich will meinen Mann zurück. Und wenn der eines ganz bestimmt nicht leiden kann, dann Mittelpunkt einer Szene zu sein.»

«Du wirst doch nicht ernsthaft wollen, dass alles wieder so wird wie vorher. Doch nicht nach allem, was wir in dich investiert haben.»

«Du klingst, als hättest du es mit einem undankbaren Entwicklungsland zu tun.»

«Ich verstehe ja, dass du deinen Mann zurückwillst. Es ist wie mit Negerküssen: Du bist eigentlich pappsatt, aber sobald jemand nach dem letzten greift, schnappst du ihm das Ding vor der Nase weg, auch wenn es dir nachher schwer im Magen liegt.»

«Du meinst, ich will Marcus nur, weil ihn eine andere auch will?»

«Bingo, Schätzchen. Ist aber doch nicht der schlechteste Grund. Und im besten Fall wird es Marcus nach der Party genauso gehen, wenn er mitbekommt, dass ein anderer an dir rumschraubt.»

«Ich will aber nicht, dass er mich will, nur weil ein anderer mich will.»

«Ach, Vera, jetzt verkomplizierst du die Sache unnötig. Hauptsache, er will dich, ist doch egal, warum. Wo kämen wir denn da hin, wenn jeder nach den Motiven fragen würde? Glaubst du etwa, dass es Männer stört, wegen ihres Geldes oder ihrer Macht geliebt zu werden? Du musst bloß darauf achten, dass du nicht in alte Muster zurückfällst und in drei Monaten wieder unrasiert und nahezu arbeitslos in der Provinz verfettest. Dann hat dein Mann in einem Jahr die nächste Geliebte, und wenn die dann ganz fix schwanger wird, tja, dann sieht es für dich natürlich finster aus. Frauen kämpfen mit allen Mitteln, und das solltest du auch tun. Du bist in letzter Zeit ziemlich interessant geworden, das solltest du bleiben.»

Erdal hatte meinen wundesten Punkt getroffen und an meine tiefste Angst gerührt: Ich kann Marcus nicht das bieten, was er wirklich will. Marcus will keine interessante Frau, Marcus will eine schwangere Frau. Und sollte mir diesbezüglich eine zuvorkommen …

Ich suche Trost an Sammys warmem Hals. Aber diesmal finde ich keinen.

Sammy ist gleich nach dem Sandmännchen eingeschlafen. Johanna hat angerufen und Bescheid gesagt, dass sie später kommt, weil sie ihre neuen Brüste nach dem Training zum ersten Mal in die Sauna ausführen will.

«Ich kann gar nicht genug von den Dingern bekommen», hatte sie am Telefon geschwärmt. «Im Umkleideraum habe ich mir sogar nackt die Füße eingecremt. Es ist drei Jahrzehnte her, dass ich mich vor anderen Leuten unbekleidet vornübergebeugt habe. Ich freue mich schon auf den ersten Sex. Endlich kann ich mich mal wieder aufs Vögeln konzentrieren statt auf eine Stellung, bei der meine Titten einigermaßen chic aussehen. In der Sauna wusste ich echt nicht, was ich mehr genießen soll: die begeisterten Blicke der Männer oder die neidischen Gesichter der Frauen. Endlich sieht man mir nicht mehr auf den ersten Blick an, dass ich ein Kind bekommen habe.»

Johannas Schwangerschaft war ein atemberaubender Vorgang gewesen. Ehrfürchtig und im Lauf der Zeit auch zusehends beunruhigt hatte sie erstaunliche körperliche Veränderungen an sich registriert. Ihre Taille hatte sich eigentlich bereits am Tag nach der Empfängnis verabschiedet.

Während vielen Frauen ihr süßes Geheimnis erst im sechsten Monat anzusehen ist, waren bei Johanna bereits ab der sechzehnten Woche jegliche Vertuschungsversuche zum Scheitern verurteilt. Bauch, Busen, Po, Arme, Beine: Alles an Johanna wurde rund, sehr rund.

Das Unerfreuliche war, dass sie zeitgleich mit Claudia Schiffer schwanger war, die mit knapp vierzig ihr drittes Kind erwartete.

«Willkommen im Club der Risikoschwangeren und Spätgebärenden», hatte Johanna gesagt. «Wir haben ja sowieso eine Menge gemeinsam. Wir kommen beide aus dem Rheinland, haben blaue Augen und weigern uns grundsätzlich, dass Oben-ohne-Fotos von uns veröffentlicht werden. Zudem vermute ich, dass wir dieselbe Ursprungshaarfarbe haben.»

Fünf Monate und vierzehn Kilo später war Johanna das Lachen vergangen. Während Frau Schiffer mit leckerem Bäuchlein und makellosen Beinen auf Zwölf-Zentimeter-Absätzen über rote Teppiche zu glamourösen Abendveranstaltungen schwebte, legte Johanna abends um kurz nach sieben ihre Elefantenfüße hoch.

«Es ist schon bitter», hatte sie gemault, «wenn die erste

und wahrscheinlich einzige Maßanfertigung deines Lebens die vom Arzt verschriebenen Stützstrümpfe sind.»

«Ihr Körper speichert Wasser, das ist ganz normal», hatte Johannas Gynäkologe versucht, sie zu beschwichtigen.

«Dagegen habe ich ja nichts», hatte sie erwidert, «aber warum speichert mein Körper das Wasser für Frau Schiffer gleich mit?»

In der fünfundzwanzigsten Woche hatte Johanna von vorne exakt gleich rund ausgesehen wie von hinten, so, als handele es sich um eine Zwillingsschwangerschaft, bei der das eine Kind im Bauch und das andere im Po ausgetragen würde.

«Wenn man dich heute zum Kaiserschnitt in den OP rollen würde, müsstest du achtgeben, dass man dich nicht versehentlich auf der falschen Seite aufschneidet», hatte mein fröhlicher Kommentar gelautet.

«Gestern habe ich meinen Umfang mal wieder unterschätzt und bin zwischen einer Mülltonne und einem parkenden Auto stecken geblieben», hatte sie unlustig erwidert. «Wie soll man da seine minimale Restwürde bewahren? Halte dich bitte zurück mit Scherzen über meinen Körper, denn ich weiß selbst, dass ich schon mal flotter ausgesehen habe. Und bitte hör auf, mir Geburtsgeschichten aus deinem Bekanntenkreis zu erzählen. Du scheinst ausschließlich Frauen zu kennen, bei denen die Narkose nicht gewirkt hat, die nach sechsunddreißig Stunden Wehen dann doch einen Kaiserschnitt bekommen haben oder die zwei Jahre nach der Geburt immer noch inkontinent waren und nur auf weichen Gummibällen sitzen konnten. Und dann immer dieser monumental dämliche Schlusssatz: ‹Aber in dem Augenblick, in dem du dein Kind das erste Mal in den Armen hältst, ist alles vergessen.› Geht's noch verlogener? Wieso erzählen diese Frauen dauernd Schauergeschichten, wenn sie angeblich alles vergessen haben? Gestern sagte eine Kollegin vom Theater zu mir: ‹Nach zweiundzwanzig Stunden Wehen war die Saugglocke eine Offenbarung – und das, obwohl ich das Gefühl hatte, mich zerreißt es. Ich sage dir, das Geräusch des Dammschnittes werde ich nie vergessen.›»

Ich war zu der Zeit zweimal im Monat in Berlin, um die intrauterine Entwicklung meines Patensohnes möglichst lückenlos zu überwachen und zu dokumentieren.

Ich knipste Fotos von Johannas Bauch, zwang sie, einen Gipsabdruck machen zu lassen, und ermunterte sie zur Einnahme von frischer Luft und frischer Möhrenrohkost. Johanna war noch nicht im fünften Monat, als ich eine umfangreiche Erstausstattung für das Neugeborene kaufte, die ich mehrmals mit hypersensitivem Waschmittel durchspülte, um sie dann hingebungsvoll zu bügeln.

Selbstverständlich hatte ich auch einen langärmeligen Wolle-Seide-Body erstanden, ohne den ein Säugling ja heutzutage kein menschenwürdiges Dasein führen kann. Das hatte ich zum Glück gerade noch rechtzeitig in dem Fünfhundert-Seiten-Wälzer «Die ersten vier Wochen mit Ihrem Säugling» nachgelesen. Nicht auszudenken, was das Baby hätte leiden müssen!

Unschön war, dass das unappetitlich teure Kleidungsstückchen gleich bei der ersten Wäsche deutlich einlief. Dieses kleine Malheur hatte Johannas Wunsch nach einem zarten Baby mit kleinem Köpfchen und schmalen Schultern noch verstärkt. Das sähe ja nicht nur hübscher aus, meinte sie, sondern würde auch besser bei ihr raus- und ins Wolle-

Seide-Gewebe reinpassen. Na ja, schlussendlich hatte Sammy dann weder bei ihr raus- noch in den Wolle-Seide-Body reingepasst.

Wolle-Seide scheint sowieso ein überaus angesagtes Gemisch zu sein. Sogar die Stilleinlagen, die im BH für Trockenheit sorgen sollen, hatte ich für Johanna auf Anraten meiner Freundin Elli, die ewig schläfrige mit den vier Kindern, in Wolle-Seide gekauft.

Die unansehnlichen Dinger hatten mich sehr an die Topflappen erinnert, die ich mal im Kindergarten gestrickt habe. Ich war damals etwas zu spät zur Handarbeitsstunde gekommen und hatte das übrig gebliebene, zahnbelagfarbene Wollknäuel nehmen müssen.

Noch nie hatte ich eine Schwangerschaft so hautnah miterlebt, und noch nie hatte mir das Ergebnis so am Herzen gelegen. Selbst zum sagenumwobenen 3-D-Ultraschall war ich eigens angereist und hatte eine Konferenz mit der Katalog-Designerin des «Bäder- und Küchenstudios Hogrebe» verschoben.

Mit Kommentaren und Fragen hatte ich mich bei dieser Untersuchung jedoch bewusst zurückgehalten. Wochen vorher, beim großen Organ-Ultraschall, war ich nämlich bereits negativ aufgefallen. «O Gott», hatte ich alarmiert gerufen, «das Kind hat ein Loch im Hirn!»

«Entschuldigung, aber das ist der Magen», hatte der Arzt gesagt.

Ein 3-D-Ultraschall kostet so viel wie ein Fünf-Gänge-Menü in einem gehobenen Restaurant, ist aber eine nicht unbedingt vergleichbar lohnenswerte Investition. Man darf sich das nicht als großartiges 3-D-Kinoerlebnis wie «Avatar» vorstellen.

Sammy hatte sich während der Aufnahmen derart unkooperativ gezeigt, als hätte Johanna bereits Gelegenheit dazu gehabt, ihn schlecht zu erziehen. Entweder hatte er das Gesicht hinter seinen Fäusten verborgen oder die Plazenta als natürlichen Schutzschild benutzt.

Der Arzt, eine ausgewiesene 3-D-Fachkraft, hatte sich viel Mühe mit dem störrischen Blag gegeben. Er hatte Johanna munter in den Bauch geboxt, ihr den Kopf des Ultraschallgerätes tief zwischen die Rippen gebohrt und schließlich, ungelogen, ein paar Töne auf der Mundharmonika gespielt. Das hatte gewirkt.

Der Junge hatte, offenbar musisch interessiert, um die Ecke des Mutterkuchens gespäht, eine Sekunde nur, aber die hatte für einen dreidimensionalen Schnappschuss gereicht.

Ich frage mich ehrlich gesagt bis heute, wieso ein Arzt so ein ekeliges Bild überhaupt herausgibt. Damit versaut er der werdenden Mutter doch jegliche Vorfreude, denn objektiv betrachtet hatte das Kind sehr an eine übellaunige, weichkochende Kartoffel erinnert.

Johanna hatte das zum Glück anders gesehen und gemeint, immerhin einige Teile, und nicht die schlechtesten, ihres Vaters auf dem Foto wiederzuerkennen.

Wie immer klappe ich den Laptop mit Herzklopfen auf, und wie immer schaue ich, bevor ich mit meiner Arbeit an «Damenwahl» beginne, in Marcus' Facebook-Postfach.

Ich finde neue Nachrichten von Gutemine und Marcus von heute Mittag: «Sag mal, Majestix, du fährst am 25. doch nicht zu dieser Party nach Berlin, oder?»

«Ich muss wohl. Wie soll ich denn erklären, dass ich nicht komme?»

«Werd doch einfach krank! Erzähl ihr irgendwas von Magen-Darm und Brechdurchfall.»

«Viel zu auffällig. Ich habe dir doch gesagt, dass V. letzte Woche so seltsam am Telefon war. Wir müssen aufpassen. Könnte sein, dass sie was ahnt.»

«Aufpassen, aufpassen – warum eigentlich? Mach doch endlich mal reinen Tisch! Deine Ehe ist doch sowieso am Ende. Worauf wartest du denn noch?»

«Hör bitte auf damit. Mein Vater ist gerade gestorben, meine Halbschwester will sich in die Firma einklagen, meine Mutter ist nach Mallorca ausgewandert, und meine Frau will sich in Berlin selbst verwirklichen. Das sind genug Baustellen, oder? Glaubst du etwa, ich bin scharf auf diese Party?»

«Ich weiß nicht, vielleicht bist du wieder scharf auf deine Frau. Wäre ja nicht das erste Mal, dass eine räumliche Trennung eine Beziehung wieder in Schwung bringt. Letzte Nacht hatte ich so ein Gefühl, dass du nicht ganz bei der Sache bist. Schläfst du etwa wieder mit ihr?»

«Ich habe zurzeit wirklich andere Sachen im Kopf. Etwas mehr Verständnis von dir würde ich da schon erwarten.»

«Wenn du Verständnis willst, dann geh zu deiner Frau!»

«Ach komm, Schatz, sei bitte wieder lieb. Sehen wir uns heute Abend?»

Darauf hat der liebe Schatz nicht mehr geantwortet.

Ich lehne mich mit einem zufriedenen Grinsen zurück. Sieh mal einer an, das Traumpaar hat Streit. Meinetwegen. Und Marcus ist im Bett nicht mehr ganz bei der Sache. Auch meinetwegen.

Gutemine fängt an zu drängeln, zu meckern, ihm auf die Nerven zu gehen. Ich kenne Marcus. Er hasst es zutiefst, wenn man ihn unter Druck setzt.

Das dumme Ding verspielt gerade ihre Chancen. Hat wohl ihre Hausaufgaben nicht gemacht. Als Geliebte hast du stets gut gelaunt, nachsichtig und unproblematisch zu sein. Frag ihn nie, warum er erst so spät kommt, wann er seine Frau verlässt und ob er nicht über Nacht bleiben kann.

Eine, die meckert, hat Marcus schon zu Hause. Dafür braucht er seine Ehe nicht zu ruinieren.

Ich finde, das ist eine sehr, sehr erfreuliche Entwicklung.

Meine Lebensgeister erwachen schlagartig und verlangen nach Unterhaltung.

Es ist kurz nach neun. Eigentlich zu spät zum Arbeiten. Aber nicht zu spät, um noch eine kleine Dummheit zu machen. Mein runderneuerter Körper müsste eigentlich dringend mal unter Leute.

Ich schreibe Michael, dem Marathon-Mann, eine SMS, die keinen Interpretationsspielraum offenlässt: «Sex? Jetzt?»

Zehn Sekunden später kommt eine Antwort, die ebenfalls keinen Interpretationsspielraum offenlässt: «Bergmannstraße 28 – dritter Stock.»

«Frauen möchten in der Liebe
Romane erleben, Männer Kurzgeschichten.»

Daphne Du Maurier

So muss sich Ivana Trump regelmäßig fühlen, wenn sie sich in ihrem satinbezogenen Luxusbett mit Blick über Manhattan vergnügt: das Gesicht voll mit Botox und neben sich einen deutlich jüngeren Mann, auf dessen Po sie ihr Glas mit Jahrgangs-Champagner abstellen kann.

Ich trinke zwar Astra aus der Flasche und liege in Berlin-Kreuzberg auf einem Ikea-Bett namens Aspelund – zu Hause in Stade haben wir dasselbe Modell –, aber Michael hat wirklich einen phänomenalen Hintern.

Ich denke an den Arsch, mit dem ich verheiratet bin. Was zehn Jahre weniger und ein gutes Training doch ausmachen. Erst im direkten Vergleich wird mir gerade sehr deutlich bewusst, dass das Alter keineswegs spurlos an meinem mittlerweile fünfundvierzigjährigen Mann vorbeigegangen ist.

Aber man ist als Frau ja immer derart damit beschäftigt, am eigenen Verfall zu verzweifeln, dass man den Verwüstungen der Schwerkraft auf der anderen Hälfte von Aspelund oft viel zu wenig Beachtung schenkt.

Marcus und sein Hintern hatten sich in den letzten Jahren sehr verändert. Nachdem sein Vater ihm die Geschäftsführung übertragen hatte, war der Rest Leichtigkeit aus seinem Wesen ebenso schnell entwichen wie die Jugendlichkeit aus seinem Körper. Aus Marcus war ein stets besorgter Geschäftsmann geworden, ein Weißweinschorle-Trinker, der niemals vergaß, dass er am nächsten Morgen wieder früh rausmuss.

Seine Schläfen ergrauten, das stand ihm gut, aber seine Schultern bekamen diese Starre von Menschen, die mehr Verantwortung tragen müssen, als ihnen lieb ist.

Seine Falten um Mund und Augen wurden tiefer, aber ich fand das nicht alt, sondern männlich und spottete über die einzelnen, absurd langen Theo-Waigel-Haare, die immer häufiger aus seinen Augenbrauen hervorsprossen.

Zum vierundvierzigsten Geburtstag schenkte ich Marcus einen Nasenhaarschneider. Mäßig amüsiert ließ er das Teil sofort in den Tiefen unseres Badezimmerschrankes verschwinden. Mittlerweile jedoch ist der Nasenhaarschneider für Marcus zu einem regelmäßig in Anspruch genommenen Lebensbegleiter geworden, ebenso wie die Mobilat-Creme, die Lesebrille und die Trinkfläschchen mit Orthomol Vital M.

Die Übernahme der Firma ist Marcus nicht gut bekommen, denke ich jetzt. Uns beiden nicht. Er ist unduldsam und unkonzentriert geworden und verpasst bei Abendgesellschaften die Pointen, weil er mit dem Kopf noch im Büro ist. Insgeheim schäme ich mich dann ein bisschen für ihn.

Sex findet, wenn überhaupt, hauptsächlich morgens statt. Selma hatte mir mal erklärt, warum das in vielen langen Beziehungen so ist: «Sex am Morgen ist höchst effizient. Der Mann liegt sowieso schon im Bett und muss kein langes Vor- oder Nachspiel einkalkulieren, weil ja klar ist, dass er gleich ins Büro muss. Und im besten Fall hat er auch schon einen stehen.»

Na bravo.

Marcus spielt Tennis, um Kontakte zu pflegen und neue Kunden zu gewinnen. Marcus geht in Theaterpremieren, um zu demonstrieren, dass er Teil der Stader Gesellschaft ist. Marcus überfliegt den Kulturteil der «Welt» und die ersten Seiten des neuen Herta-Müller-Romans, um nicht wie ein bildungsferner Manager zu wirken, der nur Excel-Tabellen im Kopf hat. Marcus will Kinder, weil Kinder nun mal dazugehören. Marcus fährt einen Audi A3, um seiner Kundschaft nicht das Gefühl zu geben, er würde sich mit ihrem Geld teure Limousinen leisten. Zum Abendessen lädt er immer öfter Geschäftspartner statt Freunde ein. Er isst auf nüchternen Magen zwei Esslöffel eingeweichte Leinsamen, um seine Verdauung in Gang zu bringen. Und Marcus hat ab und zu Sex, um seine Morgenerektion optimal zu verwerten.

Dieser Mann hat keinen Spaß mehr im Leben. Er tut kaum noch etwas freiwillig, stattdessen: Zwang, Konvention, Routine. Und mir ist darüber auch die Laune vergangen.

Wir waren nicht immer so. Wir hatten mal ein Leben, aus dem keiner von uns ausbrechen wollte. Und jetzt? Jetzt schläft mein Mann mit einer anderen Frau, um sich männlich, begehrt und frei zu fühlen. Um für eine kurze Weile den Nasenhaarschneider zu vergessen, die Idioten im Tennisclub – und mich, die nölige Alte, an deren Seite er sich nicht mehr jung fühlen kann.

Und ich? Ich mache dreimal dreißig Liegestütze pro Tag, lasse mir meine verlorene Jugend ins Gesicht spritzen und lenke mich mit zwei Männern von der Tatsache ab, dass der Mann, den ich wirklich will, mich nicht mehr wirklich will.

Der eine, Michael, ist ein beziehungsunfähiger Dauer-Single mit häufig wechselnden Freundinnen und Jobs, Mitte dreißig, aber unerwachsen, keine zwei Abende in der Woche zu Hause, am Wochenende mindestens auf fünf Partys eingeladen, unentwegt am Handy, immer in Angst, etwas zu verpassen oder sich zu binden. Sein Flur wird von einer nackten Glühbirne erleuchtet, als sei ein Lampenschirm bereits eine zu große Annäherung an ein bürgerliches Leben.

Treue?

«Es ist doch schade, für die Eine alle anderen auszulassen», sagt er. «Ich möchte offenbleiben für alles, was Zweisamkeit verschließt. Wenn ein Mann fremdgeht, ist das für ihn wie Wellness. Als Frau sollte man sich deswegen nicht verrückt machen.»

Der andere, Dr. Alfred Bauer, ist ein zweimal geschiedener melancholischer Wochenend-Vater von drei Töchtern, als Dermatologe erfolgreich, als Ehemann gescheitert, mit einem stylischen Apartment in der HafenCity und einem unabbezahlbaren schlechten Gewissen seinen Kindern gegenüber.

«Natürlich», sagt er, «habe ich Sehnsucht nach einem Hafen, aber den Glauben, dass es diesen Hafen für mich gibt, habe ich längst verloren. Nochmal heiraten? Warum soll ich alte Probleme gegen neue eintauschen?»

Der eine hat gar keine Altlasten, der andere zu viele. Beides keine Volltreffer.

Ich lege meine Hand an Michaels Wange und streiche mit dem Daumen über sein Kinn.

Eine etwas zu vertraute, etwas zu liebevolle Geste zwischen zweien, die einander nicht lieben, sondern sich miteinander die Zeit vertreiben. Aber mir fehlt mein eigenes Gefühl, und mit dieser hilflosen Geste will ich mich und ihn darüber hinwegtrösten, dass wir nicht zusammengehören. Ich kenne mich noch nicht so gut damit aus, mit diesem wärmelosen Zustand, der dem lieblosen Sex folgt.

Es geht mir nicht schlecht. Es ist wirklich nicht schlimm. Nicht zum Heulen oder so. Der Sex war gut.

Wahrscheinlich habe ich gerade sogar etwas total Emanzipiertes getan: einen Typen benutzt. Mir Ablenkung durch Sex verschafft. Gefühlfrei Liebe gemacht. Bier im Bett getrunken neben einem Mann, den ich wahrscheinlich nicht nochmal wiedersehen werde und dessen Arsch mir wichtiger ist als sein Charakter. Ein sehr männliches Prinzip.

Schon komisch, dass Frauen oft dann als besonders emanzipiert gelten, wenn sie sich wie Männer benehmen. Wenn sie ein Unternehmen leiten und ihre Kinder morgens und am Wochenende sehen. Wenn sie einen jüngeren Liebhaber haben, der als Model arbeitet und Credit crunch für eine neue Müslisorte hält. Wenn sie Ekel-Prosa über Muschi-Grind und die Schmackhaftigkeit von Wund-Sekreten schreiben. Wenn sie um halb vier morgens nach dem Sex sagen: «Du, ich muss jetzt los.» Und mehr nicht.

Ich sage: «Du, ich muss jetzt los.» Und mehr nicht.

Michael bringt mich nackt zur Tür, gibt mir im Licht seiner unbürgerlichen Flurglühbirne einen flüchtigen Kuss und schließt dann hinter mir ab.

Kein Getue, kein blödes Nachwinken im Treppenhaus, kein noch blöderes: «Ich ruf dich an.» Hätte ich von ihm auch nicht erwartet. Wir wissen ja beide, woran wir sind.

Mir soll es recht sein. Aber als ich ins Auto steige, sehne

ich mich doch nach jemandem, bei dem ich gern bleiben wollen würde. Das ist jetzt höchstwahrscheinlich wieder extrem unemanzipiert.

Ich weiß wirklich nicht, ob ich eine emanzipierte Frau bin. Irgendwie hat man ja heutzutage das Gefühl, als moderne Frau komplett versagt zu haben, wenn man nicht Mutter von fünf Kindern ist und nebenbei noch ein Bundesministerium leitet.

Die meisten Frauen, die sich voller Selbstbewusstsein und ohne Zweifel emanzipiert nennen oder in Zeitschriften so genannt werden, machen mir etwas Angst. Ich habe gelesen, dass Akademikerinnen über vierzig zu den Frauen gehören, die am schwierigsten zu vermitteln sind. Weil sie nämlich einen Mann suchen – ganz so, als ob es die Emanzipation nie gegeben hätte –, der ihnen das Wasser reichen kann, der ihnen ebenbürtig oder sogar überlegen ist.

Aber jetzt mal ehrlich, zu wem willst du denn noch aufschauen, wenn du die Verteidigungsministerin der USA oder die neue Chefin von Airbus bist? Da wird die Luft schon recht dünn.

Zumal Männer auf Ebenbürtigkeit ja bekanntermaßen keinen gesteigerten Wert legen. Ich bin immer wieder zutiefst erstaunt, mit was für faden Bienchen manche Männer ankommen, sobald ihre erste Ehe entweder daran gescheitert ist, dass die werte Gattin auf ihre Selbstverwirklichung verzichtet hat, oder daran, dass sie nicht darauf verzichtet hat. In beiden Fällen hast du als Typ eine Alte zu Hause, die dich nicht ausreichend bewundert und mit der du nicht mehr deine Ruhe hast.

Nichts ist anstrengender für einen Mann als das Leben mit einer zur Emanzipation neigenden Frau.

Und für die Freunde des bequemeren Weges lässt sich meist leicht eine dumme Tusse finden, die auf dem Markt die Preise verdirbt, indem sie so einem reaktionären Doofmann das Gefühl gibt, es sei sein gutes Recht, grundsätzlich niemals die Betten zu beziehen oder nicht die Bratpfanne einzuweichen, wenn er am Wochenende zur Entspannung ein Rezept von Jamie Oliver nachkocht, die Küche versaut und sich dabei vorkommt wie ein moderner Mann.

Ich kenne sehr, sehr wenige wirklich moderne Männer. Denen es nichts ausmacht, wenn ihre Frauen mehr verdienen als sie. Die sich Haushaltsgeld zahlen lassen und halbtags arbeiten, um mehr Zeit für die Kinder zu haben.

Und ich kenne beschämenderweise auch nur sehr wenige wirklich moderne Frauen, die einen wirklich modernen Mann wollen.

Und ich? Ich bin eine von diesen verwirrten Seelen, die von Feministinnen verachtet werden, weil sie zu vielen Frauen-Klischees entsprechen.

Ich habe einen Mann, der nicht bügeln kann, und wäre bereit, beruflich kürzerzutreten, damit mein Kind nicht ganztags in die Krippe muss.

Ich bin eine von diesen wachsweichen, halbentschlossenen, halbgebildeten, halbstarken Frauen, die sich zwar theoretisch für emanzipiert halten, in der Praxis aber den hohen Ansprüchen ausgewachsener Emanzen nicht ansatzweise gerecht werden können.

Zu meinem vierzigsten Geburtstag hatte ich von Selma ein beunruhigendes Buch geschenkt bekommen. Die Autorin ist genauso alt wie ich und hat sich nach dem Philosophen Theodor Adorno einen Künstlernamen gebastelt. Finde ich ja auch schon irgendwie komisch.

Diese unheimliche Thea Dorn jedenfalls ist der Ansicht, dass ich dringend leuchtende Vorbilder brauche, weil ich zu den Frauen gehöre, «die im Durcheinander der auf sie einstürmenden Forderungen immer weniger wissen, wie ihr individueller Weg aussehen könnte».

Das stimmt ja auch, im Prinzip, aber mit den elf «meinungsmachenden Frauen», die dann in dem Buch ihre Geschichte erzählen, habe ich so wenig zu tun wie Heidi Klum mit Heidi Kabel.

Da habe ich zum Beispiel gelesen, dass die Autorin und Ex-Moderatorin Charlotte Roche sich niemals allein in die Küche stellen würde, um für Gäste zu kochen. «Wie sieht das denn aus?», fragt sie. Sie würde grundsätzlich nur mit ihrem Freund zusammen kochen, «damit keiner auf die Idee kommt, ich würde immer die Familie bekochen».

Das ist natürlich sehr, sehr anstrengend, wenn man ständig vermeiden muss, Dinge zu tun, die man womöglich gerne tut, die aber als unemanzipiert gelten. Auch irgendwie ungeil.

Ich bügle zum Beispiel zur Entspannung. Schuhe putzen ist für mich wie Meditation. Ich koche am liebsten alleine, und ich lese in der Badewanne Bücher, die man gemeinhin in der Buchhandlung im Regal «Frauen» oder, schlimmer noch, «Freche Frauen» findet. Und manchmal muss ich sogar lachen über die Klischees und wie sehr ich ihnen entspreche. Bisher hatte ich vergessen, mich dafür zu schämen.

Bis Selma, die sich, seitdem sie ihren Mann betrügt, für eine Hardcore-Emanze hält, mir ebenjenes Buch «Die neue F-Klasse» schenkte und sogleich ein paar Sätze von Charlotte Roche daraus vorlas:

«Ich bin die Letzte, die was für Geschlechterklischees übrig hat … Ich kann mich nicht in einen Mann verlieben, der meint, nur weil ich eine Muschi habe, wäre ich für den Haushalt zuständig … dass er, nur weil er einen Schwanz hat, das Geld reinholt. Glücklicherweise war ich noch nie mit einem Mann zusammen, der so etwas zu mir gesagt hätte … Wobei: Eigentlich sollte ich nicht von Glück reden. Es ist nämlich kein Zufall, dass ich immer an gute Männer geraten bin. Die Wahrheit ist: Ich verliebe mich erst gar nicht in dumme Männer-Männer-Schweine. … Und so wie ich nicht verstehe, warum Frauen sich an Männer hängen, denen sie jedes Mal wieder den Weg zur Spülmaschine erklären müssen, begreife ich nicht, warum Männer sich Furien aussuchen, die keinen Spaß wollen … Deshalb frage ich mich auch immer: ‹Warum haben Frauen so viel Probleme mit Männern?› Beziehungsweise: ‹Was sind das eigentlich für Frauen, die mit Männern zusammen sind, bei denen Abspülen eine Diskussion ist?›»

Das sind Frauen wie ich, liebe Frau Roche, Frauen mit Zweifeln, mit Schwächen, mit Problemen, mit unemanzipierten Männern. Stinknormale Frauen, wie sie in Ihrem modernen Leben überhaupt nicht vorkommen.

«Und Charlotte Roche soll mein Vorbild sein?», hatte ich Selma wütend gefragt. «Die würde mich verachten. Die würde mich mit dem Arsch nicht angucken. Die würde kein Wort mit mir reden vor lauter Ekel vor meinem nichtbügelnden Mann und meinem kleinen Klischee-Leben. Nein danke, da hätte ich doch lieber eine Frau zum Vorbild, die wenigstens ansatzweise weiß, was es heißt, durchschnittlich zu sein.»

«Aber du willst doch nicht durchschnittlich bleiben, oder doch?»

«Nein, eigentlich nicht, aber ich bräuchte Vorbilder, die mir Mut und keine Angst machen. Angst habe ich schon selber genug.»

Damit hatte ich das Buch ins Regal gestellt und angefangen, Marcus' Hemden zu bügeln.

Aber entspannen konnte ich mich dabei nicht mehr.

«Wenn ich zwischen zwei Übeln zu wählen habe, dann nehme ich lieber das, welches ich noch nicht ausprobiert habe.»

Mae West

Berlin um vier Uhr morgens. Ich habe Michael in seiner Kreuzberger Wohnung zurückgelassen und fahre mit Johannas Auto nach Hause.

Heute Nacht nehme ich absichtlich die unangenehme Strecke. Die, die mich normalerweise nervös macht: durch den Tiergarten auf die Siegessäule zu, dann Richtung Brandenburger Tor und schließlich vorbei am Alexanderplatz.

Das ist ein gewagter Weg. Macht dich noch kleiner, wenn du dich ohnehin schon beschissen fühlst. Und stärkt die Starken.

Die Straßen sind breit. Die Monumente erhaben. Der Hauch der Geschichte zerstrubbelt dir die brave Frisur. Hier herrscht nie Ruhe. Hier geht das Licht nicht aus. Hier gibt es keine Langeweile, keine Routine, nichts, an das man sich gewöhnen könnte oder sollte.

Irgendeine Straße ist immer gesperrt, weil am nächsten Tag ein Staatsgast zu Besuch kommt. Von irgendwo ist immer ein bunter Scheinwerfer aufs Brandenburger Tor gerichtet. Meistens überholt dich ein Polizeiwagen im Einsatz oder eine Stretch-Limousine mit verdunkelten Scheiben, in der wahrscheinlich doch wieder nur Jenny Elvers sitzt.

«Berlin ist eine Behauptung», habe ich mal gelesen. Für

mich ist Berlin immer die Behauptung, dass mein Leben auch anders sein könnte. Abenteuerlicher und anstrengender. Intensiver und greller und voller Erlebnisse, an die ich mich auf jeden Fall erinnern würde.

Und am Ende meiner Strecke steht der Fernsehturm.

Lockend, mahnend. Wie ein Zeigefinger, der sich zielsicher in meine Wunde legt.

Hat mich immer mindestens so nervös gemacht wie emanzipierte Frauen, Selbstverwirklichungs-Literatur und Musik, die langsam anfängt und dann immer schneller und schneller wird. So wie der Csárdás von Kitty Hoff.

Habe ich ewig nicht gehört. Passte nicht zu mir und zu meinem Leben, das nicht immer schneller wurde, sondern immer langsamer.

Aber heute Nacht kann ich den Csárdás gut ertragen. Weil ich zum ersten Mal das Gefühl habe, mithalten zu können. Mit dem rauschenden Berlin. Mit dem drängelnden, schubsenden Rhythmus. Und ich kann ertragen, dass Bhagwan gesagt hat: «Wirkliches, lebendiges Leben gibt es immer nur auf Messers Schneide.»

Ich bin dabei!

Ich lächle meinem Freund, dem Fernsehturm, zu und drehe die Musik noch lauter:

«Komm schon, komm schon
lass uns starten
bevor das Leben verglüht.
Warum weinen oder warten
dass ein Wunder geschieht?
Heute Nacht muss alles weg:
Tränen, Trauer, Hoffnung, Dreck.
Komm schon, komm schon
lass uns starten
bevor das Leben verglüht!»

«Abschminken heißt,
das Alter auf den neuesten Stand zu bringen.»

Liz Taylor

Ich wünschte, ich würde mich so gut fühlen, wie ich aussehe.

Johannas Freundin Sabine, Maskenbildnerin an der Volksbühne, hat mir in der vergangenen Stunde ein Gesicht zurechtgeschminkt, das ich nach dem Abschminken mein Leben lang schmerzlich vermissen werde.

Ich habe so schlecht geschlafen wie schon lange nicht mehr. Zum einen, weil heute der fünfundzwanzigste August ist und ich Marcus am Abend auf der Party wiedersehen werde. Zum anderen, weil ich Johanna am Morgen die neue Fassung von «Damenwahl» gegeben habe und nun voller Nervosität ihr Urteil erwarte.

Mein pumperlgesunder, unelegant rosiger Teint ist unter mattem Puder-Make-up verschwunden. Meine Wangen wirken geradezu eingefallen dank eines daruntergepinselten Schattens aus braunrotem Rouge, und meine Augen strahlen, umkränzt vom dichtesten Wimpernkranz, den sie je gesehen haben.

Selbst meine Haare sitzen ungewöhnlich lässig. Mit Hilfe einer Kreuzung aus Lockenstab, Glätteisen und Schneebesen ist es Sabine gelungen, mir eine fabelhafte Berlin-Mitte-Frisur zu verpassen. Ein paar Fransen legen sich wie absichtslos in meine Stirn, und einige im Urzustand weitgehend kraftlose Strähnen hat Sabine dazu gebracht, widerspenstig und eigenwillig auszusehen. Und das färbt irgendwie auf den Rest von mir ab.

Ich könnte glatt durchgehen als eine Frau mit Charakter.

Das Kunstwerk auf meinem Kopf hat Sabine mit einer halben Dose Spray fixiert. Nun fühlen sich meine Haare zwar genauso an wie die Thomas-Anders-Kunsthaarperücke, aber heute Abend ist schließlich die Optik der Fassade ausschlaggebend. Auf Johannas Silikon-Brustkissen habe ich dennoch verzichtet.

Marcus werde ich mit Attrappen kaum beeindrucken können. Der kennt ja die traurigen Tatsachen. Ich bin aber sicher, dass er sich einer gewissen Bewunderung für meinen deutlich erstrafften und schlankeren Körper nicht wird entziehen können.

Kleidungsmäßig habe ich mich ebenfalls dem Berliner Party-Style angepasst: eine enge, dunkle Jeans, dazu hochhackige schwarze Stiefeletten und ein asymmetrisch geschnittenes, lilafarbenes Shirt, das eine Schulter frei lässt und ab und zu den Blick freigibt auf den Träger meines neuen, selbstverständlich reichlich wattierten La-Perla-BHs.

«Großartig, Liebchen!», schreit Erdal bei meinem Anblick. «Man könnte glatt vergessen, dass du vom Land kommst und seit Jahren von einem Toilettenbauer betrogen wirst. Sag mal, Marcus kommt doch zur Party, oder?»

«Ja. Aber er wird sich wohl etwas verspäten.»

«Hat er denn gesagt, weshalb?»

«Angeblich Ärger in der Firma. Ich glaube aber, er hat Stress mit Gutemine und fährt vorher noch bei ihr vorbei.»

«Schläft er hier?»

«Nein. Wollte er nicht. Ist ihm zu viel Johanna. Ich habe uns ein Zimmer im ‹Best Western Hotel› gebucht.»

«In diesem Kettenbunker? Kommt überhaupt nicht in Frage! Ihr geht ins ‹Hotel de Rome›. Karsten trainiert den Chef-Concierge, deshalb zahlst du da nicht mehr als in einer Jugendherberge. Ach ja, ich werde mich übrigens heute Abend in dich verlieben.»

«Du wirst was tun?»

«Da hast ja leider nur einen deiner Verehrer zur Party eingeladen, und da es sich bei Herrn Bauer um einen zurückhaltenden Akademiker mit Stil zu handeln scheint, werde ich heute Abend die Rolle des coolen Angrabers spielen, der dich gleichzeitig provoziert und erotisiert. Muy macho, sage ich nur. Mit dieser Latino-Nummer werde ich Marcus ordentlich in Panik versetzen.»

Ich schweige betroffen.

Erdal trägt ein hautenges, goldglänzendes, sehr weit aufgeknöpftes Dolce&Gabbana-Hemd mit aufgestickten schwarzen Totenköpfen am Kragen. Zur weißen, an seiner pummeligen Figur etwas zu prall sitzenden Jeans trägt er eine überdimensionale Gürtelschnalle mit der Aufschrift «ROCKER». Und um seinen massiven Hals liegt eine Panzergliedkette mit wuchtigem Goldkreuz, auf dem «I LOVE PARIS HILTON» steht.

Ich werfe Leonie einen verzweifelten Blick zu.

Sie legt Erdal eine Hand auf den Arm und sagt: «Ich hätte da mal eine Frage, Erdi. Was soll Marcus eigentlich denken, wenn der einzige Mann, der seine Frau anbaggert, eine stämmige Schwulette mit Migrationshintergrund und einer Vorliebe für Paris Hilton ist? Karsten, vielleicht sagst du auch mal was dazu.»

«Mein Reden.»

«Konzentriere dich lieber darauf, Marcus kennenzulernen und dir ein Bild von ihm zu machen», sagt Leonie. «Das ist für das Gelingen dieser Operation tausendmal entscheidender.»

Erdal nickt einsichtig.

«Da hast du recht, auf meine Menschenkenntnis kann man sich wirklich hundertprozentig verlassen. Da ich mich wegen Marcus auf der Party nicht um dich kümmern kann, musst du mir eines versprechen. Wenn es dir zu anstrengend wird, leg bitte sofort die Beine hoch und nimm eine Magnesiumtablette. Ich möchte kein Risiko eingehen.»

Erdal blickt voller Stolz in die Runde.

«Wir sind nämlich seit heute im sechsten Monat.»

Ich bin gerührt. Und der Stich ins Herz bleibt diesmal aus. Kein Neid, keine Bitterkeit, kein: Warum die und nicht ich?

«Im sechsten Monat?», ruft Johanna. «Wo ist denn bitte schön dein Bauch, Leonie? Ich sah im sechsten Monat aus wie ein Flusspferd, das Männchen macht. Ich musste Kompressionsstrümpfe tragen und in halbsitzender Position schlafen. Wenn mir irgendwas runterfiel, habe ich mir sehr genau überlegt, ob es nicht bis nach der Geburt liegen bleiben kann.»

Johanna geht in die Küche und kommt mit Gläsern und einer Magnumflasche Rosé-Champagner zurück.

«Bevor gleich die Gäste kommen, möchte ich etwas sagen. Wie ihr wisst, hat Vera in den letzten Wochen versucht, mein Comeback zu retten, und das unter erschwerten Umständen, die alle hier kennen. ‹Damenwahl› ist ein großartiges Stück geworden – für Diven von Diven, traurig und klug, lustig und laut, leise und weise. Es ist eine Ehre für mich, damit auftreten zu dürfen. Du bist wirklich eine phantastische Autorin, Vera, und ich bin stolz darauf, deine Freundin zu sein. Auf dich, Taube, und auf diesen Abend. Damenwahl!»

Und sie singt mit ihrer filterlosen Gänsehautstimme:

«Für dich soll's rote Rosen regnen
Dir sollen sämtliche Wunder begegnen
Deine Welt soll sich umgestalten
Und ihre Sorgen für sich behalten»

Dann hebt sie ihr Glas, alle stehen auf und klatschen, und ich muss kurz darauf Sabine bitten, mein Make-up komplett zu erneuern, weil ich mir vor lauter Erleichterung und Ergriffenheit und Stolz die Wimperntusche übers Gesicht bis runter zum Kinn verheule.

«Auch Ehemänner können gute Liebhaber sein – besonders wenn sie ein schlechtes Gewissen haben.»

Liza Minnelli

Was für ein unvergessliches Fest!

Ein Desaster könnte man auch sagen.

Selma kam als eine der Ersten. Sie hatte mir mein Verhalten während der Beschattungsaktion zum Glück verziehen. An ihrer Hand hielt sie einen schmalen, haarfreien Mann, der etwas angestrengt aussah.

«Das ist Stefan, der Klavierlehrer», flüsterte sie mir wenig später ins Ohr. «Mein Mann meinte, ich soll mir ein schönes Wochenende in Berlin gönnen. Ich hab ihn beim Wort genommen.»

Stefan hielt sich etwas gezwungen an einer Flasche Bier fest und rauchte selbstgedrehte Zigaretten, an denen er in einer Weise zog, wie andere stottern.

«Er ist so schüchtern, typisch Künstler», seufzte Selma entzückt. «Es ist toll, mal irgendwo zu sein, wo wir uns nicht verstecken müssen. Händchenhalten und Knutschen unter Leuten bekommt einen ganz neuen Reiz, wenn man das sonst nie machen kann.»

«Bist du vielleicht verliebter, als du dir eingestehen willst?»

«Kann sein. Manchmal würde ich gerne herausfinden, wie es ist, mit Stefan zu leben. Wie wäre ich? Wie wäre unser

Alltag? Ich dachte immer, Trennungen seien etwas für Deppen, die nicht wahrhaben wollen, dass man mit einem neuen Mann nach ein paar Jahren bloß wieder da ankommt, wo man mit dem alten aufgehört hat. Ich bin nicht mehr sicher, ob das stimmt. Aber was soll's, mir fehlt sowieso der Mut. Und du? Ist es nicht seltsam, aufgeregt zu sein, weil man den eigenen Mann wiedersieht? Dank Karsten hast du ja jetzt den Körper, um gegen Gutemine zu gewinnen. Meine Güte, ich hasse mich für meine Oberflächlichkeit, aber dein Arsch ist eine Unverschämtheit, ein echter Hammer.»

«Das finde ich auch.»

Hinter mir stand Dr. Alfred Bauer und lächelte verlegen über seine eigene Bemerkung.

Er sah wieder so hübsch aus, wie einem Setzkasten entstiegen. Ich wusste nicht genau, wie ich ihn begrüßen sollte, und entschied mich dann für zwei Wangenküsse in Verbindung mit einer einen Hauch zu langen Umarmung.

Selma ließ uns taktvoll allein.

«Ich freue mich sehr, dich wiederzusehen, Vera.»

«Ich sag's dir lieber gleich. Mein Mann kommt auch. Er kann jeden Moment hier sein. Tut mir wirklich leid.»

«Das braucht es nicht. Ich wusste ja, dass du verheiratet bist. Ist es dir lieber, wenn ich wieder gehe?»

«Offen gesagt, ja. Um meine Ehe steht es nicht gut, aber ich werde nicht ohne Kampf aufgeben. Und bei diesem Kampf würdest du mich nur ablenken.»

«Ist das ein Kompliment?»

«Ja, ein sehr großes.»

«Wir hatten eine schöne Nacht.»

«Das finde ich auch.»

«Auf ein Wiedersehen.»

Dr. Bauer umarmte mich, sehr zärtlich und sehr lang, und ging in Richtung Tür.

Dort stand Marcus. Er beobachtete uns.

Er war nicht allein gekommen. Neben ihm stand Thorsten und schaute wie erstarrt auf die Tanzfläche.

Da tanzten Selma und der Klavierlehrer zu «Strip For You» von R. Kelly Klammerblues und knutschten, als seien sie fünfzehn und säßen in der letzten Kinoreihe während des Films «Die blaue Lagune».

Thorsten, das muss man vielleicht dazu sagen, ist Selmas Mann.

Es bedurfte meinerseits keiner hellseherischen Fähigkeiten, um hier ein zünftiges Drama herannahen zu sehen. Ich wollte das Knutsch-Knäuel aus Selma und dem Klavierlehrer unauffällig entwirren, aber Thorsten war schneller.

Er baute sich vor den beiden auf und zischte: «Selma!»

Wie vom Schlag getroffen fuhr sie zurück. Ihre Lippen glänzten feucht von der Klavierlehrerspucke.

Sie schaute Thorsten außerordentlich verdutzt an und sagte dann vorwurfsvoll: «Und wer passt zu Hause auf die Kinder auf?»

Ich liege neben Johanna im Bett, und wir rauchen. Das Rauchen im Schlafzimmer ist nur bei außergewöhnlichen Anlässen erlaubt, aber die Nachbearbeitung dieses Wochenendes zählt mit Sicherheit dazu. Es ist Sonntagabend, und ich verpasse schon wieder einen «Tatort», weil mein eigenes Leben so spannend ist.

«Selma ist wirklich eine super Frau», sagt Johanna. «In flagranti erwischt werden und dann dem Ehemann eine Szene machen, das hat schon Klasse.»

«Der Auftritt von Thorsten war aber auch wirklich erbärmlich, nichts als Gestammel und Wischiwaschi-Sprüche.»

«Seine Sätze ‹Wir können über alles reden› und ‹Denk doch an die Kinder› hätten mir als Scheidungsgrund völlig ausgereicht. Da wäre ich an Selmas Stelle auch ausgerastet.»

«Sie sagt, hätte Thorsten sich etwas archaischer verhalten und dem Klavierlehrer eins aufs Maul gegeben, hätte sie anders reagiert. Aber ein Mann, der nicht mal aus sich rausgeht, wenn er seine Frau beim Knutschen erwischt, wird nie der gefühlsbetonte Lebensgefährte mit Hang zur Romantik und gelegentlicher Wildheit sein, den sie sich immer gewünscht hat. Ich glaube, sie ist im Grunde erleichtert, dass jetzt alles rausgekommen ist.»

Selma hatte sich den Klavierlehrer geschnappt und die Party verlassen.

«Ich betrüge dich seit einem halben Jahr», hatte sie ihrem Mann gesagt. «Ich sehe so aus wie zuletzt mit zwanzig, ich habe ständig gute Laune, und auf der Straße drehen sich fremde Männer nach mir um. Und mein eigener Mann? Der merkt mal wieder überhaupt nichts! Und jetzt stehst du hier auch noch rum wie ein begossener Pudel und faselst was von ‹Nachholbedarf in Sachen Kommunikation›. Ich sag dir was: Ich will nicht mehr reden, ich hau jetzt ab.»

Und weg war sie.

Marcus hatte zügig zwei Gin Tonic geleert, was sonst nicht seine Art ist, und ließ sich aufs Sofa fallen.

«Berlin scheint dir zu bekommen. Du siehst wirklich sehr gut aus.»

«Danke.»

«Und wer war dieser Typ?»

«Wen meinst du?»

«Als ich reinkam, hat sich ein Mann gerade mit sehr viel Körpereinsatz von dir verabschiedet.»

«Das ist ein Arzt aus Hamburg», sagte ich leichthin und ließ die Fachrichtung wohlweislich weg. Hautarzt ist zwar nicht ganz so schlimm wie Gynäkologe oder gar Proktologe, aber auch längst nicht so chic wie Unfall- oder Gehirnchirurg.

«Ich hoffe, ich habe euch nicht gestört.»

«Ihn vielleicht. Mich nicht.»

«Will der Typ was von dir?»

«Ich denke schon. Aber er weiß, dass ich verheiratet bin.»

«Dann ist ja gut.»

Marcus zog mich an sich und gab mir einen unerwartet intensiven Kuss, mit vollem Zungeneinsatz und Ansätzen von Leidenschaft.

Na bitte, geht doch.

Drei Stunden später lag ich endlich in den Armen meines rechtmäßigen Mannes und freute mich über die Annehmlichkeiten unserer Executive Suite im «Hotel de Rome».

Vom riesigen Bett aus sah man die angestrahlte Staatsoper Unter den Linden, und auf einem Beistelltisch standen Champagner und Rosen mit einem Kärtchen vom Chef-Concierge:

«Karsten und Erdal bitten mich, Ihnen eine unvergessliche Nacht zu wünschen.»

«Auf die Liebe», sagte ich und prostete meinem nackten Gemahl zu.

«Auf uns beide», sagte Marcus. «Ich bin wirklich sehr, sehr froh, dass ich zu eurer Party gekommen bin – auch wenn ich mich eben an deinen spitzen Beckenknochen fast aufgespießt hätte.»

Das war Marcus' norddeutsche Art, Komplimente zu machen. Ich lächelte geschmeichelt und schob meine Hand unter die Decke. Auf zur zweiten Runde. Diese Nacht musste unvergesslich werden.

Und der Beginn vom Ende der Affäre meines Mannes.

«Alles in allem ist es doch ganz gut gelaufen», sagt Johanna und zündet uns zwei Zigaretten an. «Selma genießt ihre neue Freiheit, und Vera Hagedorn kehrt zurück in ihr leichtbeschmutztes Nest und macht weiter wie bisher.»

«Ich werde nicht weitermachen wie bisher, aber weitermachen will ich. Ich habe mir neulich die Fotos von meiner Hochzeitsparty angeschaut. Von all den Paaren sind nur noch fünf zusammen, genau genommen vier, denn Selma und Thorsten kann man ja jetzt nicht mehr mitrechnen. Ich möchte zu denen gehören, die zusammengeblieben sind.»

«Aber Zusammenbleiben ist doch kein Wert an sich.»

«Ich finde schon. Ich möchte mit dem Mann, mit dem ich zusammen bin, eine gemeinsame Vergangenheit haben – schöne Erlebnisse, Katastrophen, Wunder, Langeweile, Krankheiten, Älterwerden. Zeit verbindet.»

«Ich hoffe nur, dass es die richtige Vergangenheit für dich sein wird.»

«Ich habe ja noch nicht gewonnen. Aber immerhin wird Gutemine zusehends nervöser. Die Geliebte ist eifersüchtig auf die Ehefrau: Das ist schon ziemlich lustig, oder?»

«Gibt es etwas Neues von Gutemine?»

«Ja. Als Marcus heute Morgen im Spa vom ‹Hotel de Rome› war, habe ich sein iPhone gecheckt: neun Anrufe in Abwesenheit, alle mit der Kennung ‹Sparkasse Stade› – und das an einem Wochenende. Da hat sich mein lieber Mann wirklich einen tollen Tarnnamen für seine Geliebte einfallen lassen. Um drei Uhr nachts hat sie ihm dann noch eine SMS geschickt. Sie will ihn unbedingt heute Abend um halb neun sehen. Sonst bräuchte er sich nicht wieder zu melden.»

«Wie spät haben wir's?»

«Kurz nach neun.»

«Großartig! Dann sitzen Marcus und Gutemine gerade in eurem Wohnzimmer und haben eine Beziehungskrise, obwohl sie keine Beziehung haben. Habt ihr eigentlich immer noch diesen blöden Anrufbeantworter, bei dem man mithören kann, wenn jemand eine Nachricht draufspricht?»

Als ich nicke, sagt Johanna: «Okay, dann gib ihr jetzt den Rest. Du weißt, was du zu tun hast …»

Ich greife zum Handy, rufe meine eigene Festnetznummer an und warte, bis sich unser Anrufbeantworter einschaltet.

Dann sage ich – so laut, dass man es bis in den hintersten Winkel unserer neunzig Quadratmeter hören muss:

«Liebster Schatz, bist du heil in Stade angekommen? Was für eine unvergessliche Nacht! So viel Leidenschaft und Ausdauer hätte ich uns altem Ehepaar gar nicht zugetraut. Bald mehr davon! Hab einen schönen Abend. Ich küsse dich.»

«Ich habe meinen guten Ruf verloren – aber nie vermisst.»

Mae West

Ich komme mir doof vor. Alle anderen kommen mir auch doof vor. Das ist eben so, wenn man nicht mit der notwendigen Hingabe bei der Sache ist und sich ständig vor Augen führt, wie absolut lächerlich man gerade aussieht und was für eine Tragödie es wäre, wenn einen jetzt ein normaler Mensch beobachten könnte.

Zum Glück sind hier keine normalen Menschen. Neben mir steht ein Frosch, am Kuchenbuffet verteilt eine ungewöhnlich üppige Elfe frisch gebackene Waffeln, und im Spielkeller sind Ernie und Bert die Schiedsrichter beim Sackhüpfen.

Mir hat sich der Reiz von Mottopartys, Maskenbällen und des gesamten Karnevals nie erschlossen. Der norddeutsche Mensch ist da einfach anders sozialisiert. Ihm fehlt das Bedürfnis, sich zu kostümieren, Polonaise zu tanzen und bei Liedern mitzusingen, deren Refrain lautet:

«Ma hat ma Glück
Ma hat ma Pech
Mahatma Gandhi»

Neben mir rastet gerade eine Hummel aus. Das pummelige Insekt zwingt mich zu schunkeln, schubbert in Ekstase sein plüschiges, gelb-schwarz gestreiftes Kostüm an meinen jetzt fast knochigen Hüften und fuchtelt mir mit seinen Fühlern gefährlich nah vor den Augen herum.

Jetzt schubst mich das rundliche Tier durch den halben Raum vor sich her, und ich muss aufpassen, dass ich nicht ein paar Marienkäfer, einen Feuerwehrmann und etliche Zwerge zertrete.

Die Hummel singt:

«Dicke Mädschen haben schöne Namen
Heißen Tosca, Rosa oder Carmen
Dicke Mädschen machen mich verrückt
Dicke Mädschen hat der Himmel geschickt»

Mir reicht es. Für so was bin ich einfach nicht geboren. Ich drehe mich um, sage «Ich muss mal dringend aufs Klo» und lasse Erdal, die überengagierte Hummel, einfach stehen.

Er war vor Begeisterung außer sich gewesen, als ich ihm mein Leid geklagt hatte: «Am Sonntag muss ich mit Sammy zu einer Karnevalsparty gehen, mit Kostümzwang, auch für die Eltern. Johanna, die Glückliche, hat Lichtprobe im Tigerpalast.»

«Eine Karnevalsparty im September?»

«Bei den Eltern des Kindes handelt es sich um radikale Kölner, die so unglücklich darüber sind, dass sie in Berlin auf Weiberfastnacht, Rosenmontag und den ganzen Quatsch verzichten müssen, dass sie eine Protestbewegung ins Leben gerufen haben und nun gleich zweimal im Jahr Karneval feiern: an Karneval und Anfang September.»

«Was für eine wunderbare Idee! Ich komme doch auch

aus dem Rheinland und bin schon mit vier Jahren als Tanzmariechen gegangen. Später feierte ich als Haremsdame und Schweinchen Babe schöne Erfolge. Du machst dir ja gar keinen Begriff, wie sehr ich im Februar in Hamburg leide. Der unerfreulichste Monat des Jahres: grau, trist, matschig. Er zieht sich ewig hin, obschon er der kürzeste aller Monate ist. Ich bin sicher, Karneval wurde, ähnlich wie Brettspiele und Vorabendserien, aus reiner Langeweile erfunden, einfach nur, weil im Februar keiner so recht was mit sich anzufangen wusste. Leider habe ich ja auch noch das Pech, mit einem Hanseaten zusammenzuleben. Karsten mag es nicht mal, wenn ich ihm an Weiberfastnacht die Krawatte abschneide. Er weigert sich sogar, mit mir auf dem Sofa zu schunkeln, und er beherrscht bis heute weder den Text noch die korrekte Aussprache von: ‹Nä, wat wor dat dann fröher en superjeile Zick, mit Träne in d'r Auge loor ich manchmol zurück!› Augen auf bei der Partnerwahl, kann ich da nur jedem raten.»

Nach diesem Vortrag war mir klar gewesen, dass ich Erdal einen großen Gefallen tat, als ich ihn bat, mich zum Kostümfest zu begleiten. Er hatte sofort versprochen, aus seinem reichhaltigen Fundus passende Kostüme für uns mitzubringen.

Erdal, Sammy und Joseph gingen als Hummel-Familie, wobei Sammy darauf bestanden hatte, ein Tomahawk und ein Laserschwert bei sich zu tragen. Ich hielt das für einen gesunden Instinkt.

Wir waren noch keine fünf Minuten auf dem Fest, da hatten bereits zwei Kinder schreiend abtransportiert werden müssen. Ein drittes hatte sich bei meinem Anblick komplett eingenässt.

Ich hatte mir ja sofort gedacht, dass das Kostüm, das mir Erdal zur Verfügung gestellt hatte, dem Anlass nicht angemessen war, aber Erdal hatte gemeint, dass echte Kölner begeistert sein und eine derart überzeugende Verkleidung zu schätzen wissen würden.

Dem war aber nicht so.

Als «Skeleton Zombie Deluxe» war ich überhaupt nicht gut angekommen – und das, obschon ich den Brustpanzer mit den herausquellenden Gedärmen bereits wohlweislich zu Hause gelassen hatte.

Die Gastgeber hatten mir nahegelegt, das blutige Messer zu entfernen, das aus meinem Rücken ragte, sowie auf die Leichen-Maske mit der klaffenden Stirnwunde zu verzichten und den Kindern gegenüber zu behaupten, ich sei ein ganz, ganz liebes Seepferdchen.

Keine Ahnung, was mein bedruckter Anzug, der einen menschlichen Körper in halbverwestem Zustand, umwunden von schleimigen Schlingpflanzen, darstellte, mit einem Seepferdchen zu tun haben sollte. Aber Kindern kann man ja viel erzählen.

Mir war dennoch weiterhin mit merklichen Vorbehalten begegnet worden. Besonders zwei Mütter, die lediglich rot-weiße Ringelsöckchen zu ihrem Alltags-Outfit trugen, hatten nicht aufgehört, mir strenge Blicke zuzuwerfen und immer wieder ihre Köpfe zu schütteln, wenn Erdal mich mal wieder laut singend an ihnen vorbeischubste.

Jetzt sitze ich auf der Toilette, betrachte meine vermoderten Leichenbeine und überlege, mir auf die Schnelle einen Magen-Darm-Virus zuzuziehen. Einen Ruf habe ich hier eh nicht mehr zu verlieren, und ich weiß, dass Johanna bei langweiligen Kindergeburtstagen und öden Mutti-Treffs mit der Magen-Darm-Geschichte immer befriedigende Ergebnisse erzielt hat.

«Mütter sind die natürlichen Todfeinde von Viren», hatte sie herausgefunden. «Wann immer du eine Veranstaltung vorzeitig verlassen willst, brauchst du bloß erwähnen, dass du und dein Kind derzeit mit einem klitzekleinen Brechdurchfall zu tun hätten, nichts Ernstes höchstwahrscheinlich und womöglich schon wieder am Abklingen. Sofort wird man dich freundlich hinauskomplimentieren, dir gute Besserung wünschen und, sobald die Tür hinter dir zu ist, laut fluchend den Stuhl, auf dem du gesessen hast, sowie sämtliche Klinken, Kinderhände und Klobrillen mit Sagrotan desinfizieren.»

Während ich zunehmend mit dieser Strategie liebäugele, klingelt mein Handy. Unbekannter Anrufer. Normalerweise gehe ich ja nicht dran, denn meistens handelt es sich um eine konkurrierende Telefongesellschaft, die mich mit einer sagenhaft niedrigen Flatrate ködern will, oder aber, das ist die weit unangenehmere Variante, um meine Schwägerin.

Im Moment aber bin ich froh um jeden Aufschub meiner Rückkehr in das närrische Treiben, zumal ich gerade durch die Badezimmertür vernehme, dass Eltern und Kinder aufgefordert werden, sich zum gemeinsamen Ausdruckstanz zu versammeln. Es erklingt das Lied «Hörst du die Regenwürmer husten?».

«Hagedorn.»

Schweigen am anderen Ende.

«Hallo?»

Ich schaue auf mein Handy. Am Empfang kann es nicht liegen.

«Hallo?»

«Spreche ich mit Vera Hagedorn?»

«Ja. Und mit wem spreche ich bitte?»

«Ich möchte Ihnen etwas sagen.»

«Entschuldigung, aber wer sind Sie?»

«Ich bin die Geliebte Ihres Mannes.»

Mir schießt das Blut in den Kopf, und mein Herz rast wie nach dem zwanzigsten Liegestütz.

Was soll ich sagen? Wie soll ich reagieren?

Zum Glück fällt mir ein Ratschlag ein, den mir Johanna mal gegeben hat: «Wenn du nichts Falsches sagen willst, sag einfach nichts. Schweigen wird völlig unterschätzt. Dabei ist es das beste Mittel, um den anderen aus der Reserve zu locken, während man selbst noch Kräfte sammelt.»

Also schweige ich. Viel länger, als ich es eigentlich aushalten kann.

Es wirkt. Die andere gibt zuerst auf.

«Hallo, sind Sie noch dran?»

«Ja.»

«Warum sagen Sie denn nichts?»

«Sie haben mich angerufen.»

«Ja. Also, ich dachte, Sie sollten das wissen.»

«Warum?»

«Wie warum? Interessiert es Sie denn gar nicht, dass Ihr Mann seit fast einem Jahr eine Affäre hat?»

«Nein. Solange mein Mann es nicht für interessant genug hält, es mir selbst zu erzählen …»

«Ich meine es doch nur gut mit Ihnen. Er wird Sie verlassen.»

«Das bezweifle ich beides.»

«Marcus wartet nur noch auf den richtigen Zeitpunkt.

Und glauben Sie mir, der ist bald da. Ich möchte einfach nur fair sein und Ihnen von Frau zu Frau die Wahrheit sagen.»

Die Wahrheit? Dass ich nicht lache. Ich habe langsam genug von der Wahrheit!

In einer Talksendung habe ich mal einen Kriegsreporter sagen hören: «Wenn mir bei einem Telefoninterview eine Frage gestellt wird, die ich nicht beantworten kann oder will, sage ich ‹Hallo? Ich glaube, die Leitung bricht gerade zusammen …› und lege auf.»

Das scheint mir in dieser Situation eine angemessene Taktik zu sein, schließlich befinde ich mich auch in einem Kriegsgebiet.

«Können Sie mich noch hören?» Gutemines Stimme wird schrill. «Was halten Sie davon, wenn wir uns unter vier Augen treffen?»

«Hallo? Ich glaube, die Leitung bricht gerade zusammen …»

Ich verlasse das Badezimmer und schaue mir die tanzende Eltern-Kind-Gruppe an, die sich um Erdal geschart hat und singt:

«Ich hab 'ne Zwiebel auf'm Kopf
Ich bin ein Döner
denn Döner macht schöner»

Ich bahne mir meinen Weg durch die schunkelnden Narren, schubse Sponge Bob beiseite, trete einem Indianer auf den Mokassin, und meine Schlingpflanzen verheddern sich in den Haaren von Pippi Langstrumpf. Das hier ist ein Albtraum. Ich bin sicher, ich sehe jetzt auch ohne meine Leichenmaske wie ein überzeugender Zombie aus.

«Erdal? Erdal!»

«Ah, da bist du ja wieder, Liebelein. Ach du meine Güte, wie siehst du denn aus?»

«Lass uns gehen. Ich glaub, ich hab Magen-Darm.»

Erdal sitzt auf der Schaukel neben mir und isst ein «Snickers Maximus» aus der Limited Edition mit Überlänge und besonders viel Karamell und Erdnüssen. «Ich brauche jetzt erst mal Nervennahrung», hatte er nach unserem Aufbruch verkündet und die nächste Tankstelle angesteuert.

Jetzt schaukeln wir, eine Hummel und ein Zombie, auf einem Kinderspielplatz, und Sammy und Joseph krabbeln im Sandkasten herum.

«Das läuft ja alles viel besser, als ich jemals zu hoffen gewagt hätte», sagt Erdal. «Deine Rivalin hat gerade bewiesen, dass sie Angst vor dir hat. Als Geliebte kannst du nichts Dümmeres machen, als die Ehefrau anzurufen. Das geht grundsätzlich nach hinten los, denn so was verzeihen Männer nicht. Da sind sie überraschend sensibel.»

«Aber Marcus wird es nie erfahren, zumindest nicht von mir. Das wäre unter meiner Würde. Es ist doch für mich viel befriedigender, wenn die beiden sich ohne meine Einmischung entzweien. Ein Jahr lang geht das schon. Das ist keine Affäre mehr, das ist ein Doppelleben.»

«Sieh es doch positiv: Dein Mann ist eben von der soliden Sorte. Hoffentlich funktioniert eure Ehe überhaupt ohne Gutemine.»

«Was soll das denn jetzt?»

«Na ja, ein Mann, der sich daran gewöhnt hat, zwei Frauen zu haben, könnte schlechte Laune bekommen, wenn ihm eine abhandenkommt. So eine Geliebte ist ja wie Ausgleichssport. Du bist in eurer Ehe für die solide Grundausdauer zuständig und Gutemine für das Zusatztraining spezieller Muskelgruppen. Männer werden muffelig, wenn man ihnen eines von beidem streicht.»

«Und was ist die Konsequenz daraus? Eine offene Ehe?»

«Ich fürchte, dazu seid ihr beide zu konventionell. Aber ich würde dir dringend raten, in Zukunft nicht mehr zu schnüffeln. Meide die Wahrheit. Du erlebst ja gerade am eigenen Leib, in was für Schwierigkeiten sie einen bringen kann.»

«Aber das ist doch absurd!»

«Ja und?»

Am nächsten Nachmittag – ich habe inzwischen sechs Anrufe ohne Kennung bekommen und bin tapfer keinmal drangegangen – sitze ich vor dem Laptop und lese auf Facebook eine Unterhaltung zwischen Gutemine und Marcus, die keine Stunde alt ist:

«Mir geht es sehr schlecht. Seit ich letzten Sonntag die Stimme deiner Frau auf eurem Anrufbeantworter gehört habe, weiß ich nicht mehr, woran ich mit dir bin. Du hast immer gesagt, bei euch im Schlafzimmer sei tote Hose. Und dann höre ich was von ‹Ausdauer und Leidenschaft›. Was läuft da eigentlich zwischen euch? Zweiter Frühling, oder was? Und warum sagst du ihr nicht endlich die Wahrheit?

Hast du eigentlich gestern Abend noch mit ihr telefoniert? War sie irgendwie komisch?»

«Jetzt lass mal bitte die Kirche im Dorf. Ich muss mich doch nicht rechtfertigen, wenn ich mal mit meiner Frau schlafe. Klar habe ich gestern Abend noch mit ihr telefoniert. Das machen wir immer so. Hast du jetzt auch dagegen was? Und, nein, sie war überhaupt nicht komisch. Warum?»

«Nur so. Du hast doch mal gesagt, dass du das Gefühl hast, sie ahnt irgendwas. Klang sie gestern irgendwie seltsam?»

«Überhaupt nicht. Ich glaube auch nicht mehr, dass sie einen Verdacht hat. Dazu ist sie zu gut gelaunt. Sie hat den Kopf voll mit Johannas Premiere, ihrem Training und diesem Kind, das sie beaufsichtigen soll.»

«Ach Gottchen, wie modern und emanzipiert. Bist du deswegen wieder scharf auf sie?»

«... Hallo, Herr Hogrebe? Bekomme ich keine Antwort? Hat die kleine Bella da vielleicht ins Schwarze getroffen?»

«Jetzt hör endlich auf. Ich habe dir doch gesagt, das Thema ist erledigt. So, und jetzt muss ich arbeiten ...»

«Bleibt es bei unserer Verabredung am Wochenende?»

«Ich hoffe. Kann aber sein, dass ich zu viel Arbeit habe.»

«Eins noch, dann lass ich dich auch in Ruhe: Hast du dich mal gefragt, was deine Frau in Berlin wirklich treibt? Warum sie auf einmal abnimmt, Sport macht, ständig gut drauf ist und sich einen Dreck für dich und deine Probleme interessiert? Hast du Tomaten auf den Augen? Glaubst du etwa, die macht das alles nur aus Daffke? Entweder hat sie einen anderen, oder sie will einen anderen. Oder sie plant, sich von dir zu trennen, sobald sie ihr Idealgewicht erreicht hat. Lass es dir gesagt sein: Eine Frau, die abnimmt, will nicht ihre Figur, sondern ihr Leben ändern.»

«Der Typ ist sie nicht. Ich kenne sie schon ein bisschen länger als du.»

«Ich hoffe, du irrst dich. Dann wären all unsere Probleme auf einen Schlag gelöst. Sie ist die Böse, weil sie dich verlässt, und du wahrst dein Gesicht im Lions Club und kannst nach einer Anstandsfrist die neue Frau an deiner Seite präsentieren.»

«Interessant. Ich soll mir also wünschen, dass meine Frau mich betrügt.»

«Was ist auf einmal los mit dir? Was ist mit unseren Plänen? Willst du nicht mehr? Bin ich dir nicht mehr gut genug, weil dein Mauerblümchen auf ihrem Berliner Egotrip ein bisschen aufblüht? Seit einem Jahr liegst du mir in den Ohren, deine Frau sei nicht mehr so warm und weich wie früher und könne keine Kinder bekommen. Gelten deine Versprechungen nicht mehr? Bist du auch nur eines dieser Arschgesichter, die groß rumsülzen, weil sie fremdvögeln wollen, und sich verpissen, sobald es ernst wird? In zwei Wochen ist deine Frau wieder in Stade. Und was dann?»

«Bitte, Bella, was soll dieser Ton? Es ist doch immer schön mit uns. Und dass Vera nach Stade zurückkommt, wussten wir vorher. Wo soll auf einmal das Problem sein?»

«Du hast zwei Frauen, ich habe einen halben Mann. Vielleicht kapierst du mal, dass das für mich ein klitzekleines Problem ist. Ich habe langsam das Gefühl, dass du das Leben deines Vaters führen möchtest. Glaubst du etwa, ich bin deine Iris Koch? Hast du auch vor, mich bis zu deinem Tod zu verstecken?»

«Lass bitte meinen Vater aus dem Spiel. Jetzt gehst du wirklich zu weit.»

«Zu weit? Du klagst doch immer, dass sich deine Frau in

Stade unwohl fühlt, weil sie sich für was Besseres hält. Was würde deine ach so mondäne Vera wohl für ein Gesicht machen, wenn sie erfährt, dass sie ihren Marcus seit einem Jahr mit einer Kosmetikerin aus Harsefeld teilt? Das wäre dann wohl erst recht unter dem Niveau der feinen Dame, oder?»

«Soll das jetzt eine Drohung sein?»

«Bella, komm, antworte mir!»

«Mach bitte keinen Unsinn, Bella!!»

«Verdammt, Bella, geh wenigstens ans Telefon!!!»

Ich klappe den Laptop zu. Und als mein Handy piept, fällt mir ein, dass ich eigentlich auch mal wieder atmen müsste. Eine SMS von einer Nummer, die mein Telefon nicht kennt:

«Guten Tag, Frau Hagedorn, ich bin es nochmal, die Geliebte Ihres Mannes. Ich schlage ein Treffen vor. Gerne in Berlin. Passt Ihnen dieses Wochenende? Ort und Uhrzeit bestimmen Sie. Ich werde da sein. Bitte, es ist sehr wichtig. Für uns beide! Viele Grüße.»

Eine halbe Minute später, ich bin immer noch nicht zum Atmen gekommen, wieder eine SMS. Diesmal von Marcus:

«Vera, Süße, ich habe gerade meine Termine gecheckt. Die Küchen-Messe am Wochenende könnte ich ja ausnahmsweise mal schwänzen. Wollen wir uns in Berlin treffen oder lieber einen Kurztrip nach Paris oder Barcelona machen?»

«Die meisten Frauen wählen ihr Nachthemd mit mehr Verstand als ihren Mann.»

Coco Chanel

Erdal schaut sich um.

«Johanna hat mit Abstand die schönsten, natürlich und trotzdem perfekt. Guckt euch mal die Titten da drüben an: Die Narben sehen aus wie die Reißverschlüsse meiner Winterstiefel. Oder die da auf dem roten Badetuch: Ihre Dinger sind völlig versteinert und uneben, als hätte man ihr Geröll statt Silikon implantiert. Da bin ich schon sehr froh, dass ich mit so was nichts zu tun habe – wobei man ja leider auch mit Hodensäcken sehr unschöne Überraschungen erleben kann. Hodensäcke sind genauso unkalkulierbare Opfer der Schwerkraft und des Alterns wie Brüste. Meinst du nicht auch, Karstipuschel?»

Karsten brummt etwas Unverständliches und erhebt sich eilig von seiner Liege, um Sammy und Joseph beim Sandburgenbau zu helfen.

Er ist nicht der Typ, der gerne über Geschlechtsteile plaudert, und Erdal ist nicht der Typ, der sich deshalb zurückhalten würde.

Die Idee mit Ibiza war perfekt gewesen. «Du brauchst Abstand, ich brauche vor meiner Premiere Ruhe, deshalb sind vier Tage Ibiza für uns genau das Richtige», hatte Johanna gemeint. «Während wir in Beachclubs Langusten essen, schmoren Marcus und seine zeternde Geliebte im eigenen Saft und machen sich gegenseitig die Hölle heiß.»

Erdal und seine Kleinfamilie hatten sich angeschlossen. Deshalb hatten wir mit der «Casa Munich» in Las Salinas das familienfreundlichste Hotel der Insel gebucht. Marcus hatte ich so unverkrampft wie möglich abgesagt und aufs Wochenende drauf vertröstet: «Am Freitag ist die Premiere von ‹Damenwahl›. Da sehen wir uns doch sowieso.»

Dass ich nicht mal in Erwägung gezogen hatte, ihn mitzunehmen, hatte ihn etwas gekränkt, aber er hatte sich redlich bemüht, es nicht zu zeigen: «Dann wünsche ich dir viel Spaß – aber nicht zu viel.»

Auf die Nachrichten und Anrufe seiner Geliebten hatte ich nicht reagiert. Erdal und Johanna waren schließlich beide übereinstimmend der Meinung gewesen, dass ich mich bisher durch außergewöhnliche Coolness und Besonnenheit ausgezeichnet hatte und diesen Kurs unbedingt beibehalten sollte.

Im Flugzeug hatte Erdal die Sachlage für alle nochmal mit deutlich hörbarer Befriedigung zusammengefasst: «Die beiden misstrauen jetzt einander. Gutemine quält die Frage, ob Vera Marcus von ihrem Anruf erzählt hat – und wenn nicht, aus welchem Grund. Marcus fragt sich dauernd, ob Gutemine ihre Drohung wahr gemacht hat, Vera von der Affäre zu erzählen – und wenn ja, warum Vera dann nicht längst ausgerastet ist. Und beide haben das riesige Fragezeichen im Hirn, ob Vera selbst eine Affäre hat und deshalb so gottverdammt cool ist. Chapeau, Schätzchen, du hast ausnahmsweise mal alles richtig gemacht. In zwei Wochen gehört dein Mann wieder ganz allein dir, und die Kosmetikerin aus

Hasenhausen kann sich wieder aufs Ausdrücken von Pickeln konzentrieren.»

«Sie kommt aus Harsefeld. Und ehrlich gesagt tut sie mir leid. Es ist schlimm genug, dass Marcus mich betrügt und dann auch noch behauptet, ich könne keine Kinder bekommen. Aber er betrügt sie genauso, indem er sie hinhält und ihr eine gemeinsame Zukunft verspricht. Kaum nimmt seine Frau dann ein paar Kilo ab und macht sich etwas rar, wird die Geliebte zum lästigen Problem. Das ist alles so abgegriffen, dass ich brechen könnte.»

«Dir kann man es aber auch wirklich nicht recht machen. Du hast gewonnen, sie hat verloren. Deine Ehe ist gerettet, und Marcus gehört wieder dir. So hast du es schließlich gewollt.»

«Ja, weil ich dachte, Marcus sei ein anständiger Mensch.»

«Liebchen, Liebchen, Menschen mit makellosem Charakter haben einen großen Makel: Sie sind total uninteressant. Außerdem gibt es keine anständigen Männer, abgesehen von Karsten und dem Dalai Lama. Wenn du monogam leben willst, musst du einen Schwan heiraten.»

«Ich freue mich, dass du jetzt frei wählen kannst, wo und mit wem du leben willst», hatte sich Johanna eingeschaltet. «Ich wollte es dir erst heute Abend bei einer Flasche Wein am Strand sagen, aber es passt gerade: Mein Regisseur ist so begeistert von ‹Damenwahl›, dass er nächste Saison ein neues Stück mit mir inszenieren möchte – und er will unbedingt, dass du es schreibst. Außerdem möchte er dir zwei missglückte Drehbücher zur Überarbeitung geben. Das ist Arbeit für ein Jahr. Du müsstest also nicht länger in Stade Fotos von Nasszellen betexten. Statt nur die Qual hast du jetzt die Qual der Wahl. Ich nenne das einen Fortschritt.»

«Treue heißt nicht, immer dazubleiben, sondern immer wiederzukommen.»

Anna Magnani

Ich muss feststellen, dass die spanische Hüfte deutlich müheloser kreist als die deutsche, ganz besonders die norddeutsche. Nein, ich hab es einfach nicht im Blut, weder den nötigen Schwung, noch das nötige Ecstasy.

Ich gewinne gerade den Eindruck, dass genetisch bedingte Hemmungen im Beachclub «Blue Marlin» an der Cala Jondal durch intensiven Drogenkonsum abgebaut werden.

Ich stehe am Rand der Tanzfläche, trage eine dünne Tunika, einen kurzen Rock und Sandalen und bin damit im Vergleich zu den anderen Gästen geradezu winterlich gekleidet.

Dünne, langhaarige Mädchen in winzigen Bikinis tanzen am späten Nachmittag mit weggetretenem Blick an mir vorbei, ein junger Spanier in knappen Shorts springt auf den Bartresen und lässt seine Lenden kreisen, als sei er bei der Weltmeisterschaft im Hula-Hoop.

«Kann man lernen, erotisch zu sein?», frage ich Johanna.

«Nur bedingt.»

Johanna schaut gedankenverloren aufs Meer hinaus.

«Was ist mit dir?»

«Das letzte Mal war ich mit Ben hier. Wir sind in der Dorfkirche von Santa Gertrudis getraut worden und haben im ‹Blue Marlin› bis zum Sonnenaufgang getanzt.»

«Hätten wir nicht herkommen sollen?»

«Es war mein Vorschlag. Warum sollte ich meinen schönsten Erinnerungen aus dem Weg gehen?»

«Weil sie so hohe Maßstäbe setzen. Ich hätte Angst, dass die Zukunft nur schlechter werden kann. Wenigstens dieses Problem habe ich mit Marcus nicht.»

«Wirst du ihn verlassen?»

«Nein. Ich bin zu feige. Marcus ist nicht meine große Liebe, aber vielleicht die größte, die mir zusteht. Wie kann ich wissen, ob mein Herz nicht zu klein und brav ist, um groß und wild lieben zu können? Ich bin nicht so eine Intensiv-Empfinderin wie du. Ich konnte meine Gefühle immer gut ertragen. Die Liebe hat mir nie die Luft abgeschnürt, und selbst beim schlimmsten Liebeskummer habe ich keine Sekunde überlegt, mich umzubringen. Ich liebe Liebesfilme aus Hollywood, aber sie geben mir auch einen Stich ins Herz, weil ich mich frage, warum ich diese extremen Gefühle nicht empfinden kann. Ich mag keine Minustemperaturen und keine Hitze, ich liege lieber am Pool als am Strand, und ich habe noch nie aus Liebe eine Riesendummheit gemacht.»

«Vergiss nicht, dass du deinen Mann mit einer Thomas-Anders-Perücke beschattet hast.»

«Ja, das war der Höhepunkt meines wohltemperierten Daseins. Was ist, wenn ich jetzt aus meinem Leben ausbreche und mir in einem Jahr eingestehen muss, dass es das mir gemäße Leben war? Du wanderst nach Thailand aus und merkst, dass dir das Curry zu scharf ist. Du hast alles aufgegeben für einen Traum – und dann ist es ein Albtraum.»

«Erinnerst du, was Ben dir immer gesagt hat? Deine Gefühle und deine Talente köcheln auf Sparflamme vor sich hin.

Du bist viel begehrenswerter und begabter, als du glaubst. Die letzten Wochen haben doch gezeigt, was in dir steckt. Wenn du der langsam zu Tode garende Frosch sein willst, bitte, in Stade steht der Kessel für dich bereit. Und nimm es mir bitte nicht übel, aber diese Kosmetikerin passt viel besser zu Marcus als du. Du stehst nicht nur deinem, sondern auch seinem Glück im Weg.»

«Das kannst du nur vermuten. Aber ich weiß ganz sicher, dass meine Sehnsucht nach meinem Zuhause größer ist als meine Sehnsucht nach Abenteuer. Die Dramen der letzten Wochen reichen mir für den Rest meines Lebens. Katastrophen und Diven schaue ich mir lieber im Fernsehen und auf der Bühne an. Ich kenne mich. Aus mir wird nie eine coole Diva werden.»

«Du hast Angst.»

«Ja. Und zwar zu Recht.»

Johanna schaut plötzlich über meinen Kopf hinweg.

«Guten Abend, die Damen!»

Ich drehe mich um. Und mein kleines Herzchen macht tatsächlich einen enormen Sprung.

Es ist Marcus.

Zwei Abende später sitze ich in der Abflughalle und warte auf meinen Rückflug nach Berlin. Ich komme mir vor wie frisch verliebt.

Marcus war mir nachgeflogen und hatte in der «Casa Munich» Karsten getroffen, der auf Sammy und Joseph aufpasste. Er hatte ihm gesagt, dass wir im «Blue Marlin» seien.

Ich war mir nicht sicher, ob Marcus aus Sehnsucht oder

aus Eifersucht gekommen war. Egal, denn beides waren starke Gefühle, die ich seit Jahren in meinem Mann nicht mehr ausgelöst hatte.

Wir hatten eine rauschende Nacht gehabt. Hatten getanzt, am Strand vor dem «Blue Marlin» geknutscht und waren morgens um vier im Pool baden gewesen. Ich war mir vorgekommen wie ein Hippie-Mädchen, wild, verrucht, sexy – und das alles an der Seite meines eigenen Mannes. Eine ganz ungewöhnliche Mischung. Perfekt.

Am nächsten Tag hatte ich festgestellt, dass Marcus sein Handy ausgeschaltet hatte. Offenbar war es ihm völlig egal, ob die Kosmetik-Else in Harsefeld Amok lief und versuchte, ihn zu erreichen. Vielleicht war die Sache ja auch schon offiziell beendet.

Da kann man nur sagen: Ciao, Amore!

Ich finde, es gibt nichts Besseres, als vertraut zu sein und sich trotzdem neu zu entdecken. Eine üble Binsenweisheit, die in jedem Beziehungsratgeber steht, ich weiß, aber man liest da ja immer so konsequenzlos drüber hinweg. Jetzt bin ich wild entschlossen, diesen Rat endlich in die Tat umzusetzen.

Ich werde von nun an zum Beispiel nur noch jeden zweiten Sonntag «Tatort» gucken und den «Polizeiruf» überhaupt nicht mehr. Auch ich werde alle Unterhosen mit ausgeleiertem Bündchen wegschmeißen und nie wieder in der Gegenwart von Marcus Hüttenschuhe tragen. Ich werde von Stade aus für Johannas Regisseur arbeiten, regelmäßig nach Hamburg und Berlin fahren und dort eventuell sogar Jonathan-Meese-Ausstellungen besuchen.

Und ich werde meinen Kinderwunsch an den Nagel hängen. Keine Hormone mehr, kein Psycho-Stress, kein Sex nach Plan. Dann eben ohne Kind. Ich würde meinem Leben auch so einen Sinn verpassen, das wäre doch gelacht.

Ich bin schließlich eine interessante Frau mit rasierter Schambehaarung und Schreibtalent, und ich könnte mir auch sehr gut vorstellen, ab und zu mit Dr. Alfred Bauer und Marathon-Michael zu schlafen. Das hält Ehe und Libido in Schwung.

Und Treue wird sowieso überbewertet. Abwechslung und Abenteuer heißt in Zukunft die Devise.

Ich kehre zwar zurück, aber nicht, um da weiterzumachen, wo ich aufgehört habe.

Ich denke sogar über einen großen Spiegel in unserem Schlafzimmer nach.

Ja, ich bin auf dem richtigen Weg.

Endlich ein Happy End. Und ich habe es mir wirklich verdient.

Ich habe alles richtig gemacht. Ein bisschen schade ist allerdings, dass Marcus gar nicht weiß, wie perfide ich um ihn gekämpft habe, indem ich seinen Betrug wacker ausgesessen hatte. Irgendwie unbefriedigend. Wie anonym Geld spenden. Eigentlich nicht meine Art. Vielleicht werde ich es ihm doch irgendwann mal erzählen.

«Schatz, ich kaufe noch ein paar Magazine für den Flug», sagt Marcus und geht Richtung Kiosk.

Er nimmt die Maschine nach Hamburg, ich, eine halbe Stunde später, die nach Berlin.

Ein Handy piept. Meines ist es nicht. Muss das von Marcus sein. Er hat seine Jacke auf dem Sitz neben mir liegen gelassen.

Ob ich einen kleinen, abschließenden Blick riskiere?

Würde mich ja schon interessieren, ob die SMS von der «Sparkasse Stade» ist.

Eigentlich auch nicht schön, mein neues Leben gleich mit einer alten, schlechten Gewohnheit zu beginnen.

Ach, was soll's. Einmal noch. Quasi zum Abschied.

Mit geübtem Griff hole ich das Handy aus Marcus' Jacke.

Zweiundzwanzig Anrufe in Abwesenheit.

Und eine SMS von der «Sparkasse Stade»:

«Amore, wo bist du denn nur? Ich versuche verzweifelt, dich zu erreichen. Bitte, bitte hör auf zu schmollen und ruf mich endlich an. Du hast den allerschönsten Grund der Welt dafür. Was für ein Riesenglück, dass wir uns noch gesehen haben, bevor du zu der Party nach Berlin gefahren bist. Volltreffer! Es hat geklappt!! Jetzt wird alles gut mit uns. Ich bin schwanger!!! Endlich!!!»

«Große Mädchen brauchen große Diamanten.»

Elizabeth Taylor

Ab jetzt gibt es für mich keine Realität mehr. Ich begreife nicht, was geschieht, und verhalte mich wie ferngesteuert.

Abschied von Marcus. Eine lange Umarmung. Er sagt: «Ich liebe dich.» Jemand antwortet: «Ich dich auch.»

Das werde wohl ich sein. Aber ich erkenne meine Stimme nicht.

Ich denke gar nicht daran, ihm eine Szene zu machen. Ihn zur Rede zu stellen. Ihn umzubringen. Oder mich.

Denn ich denke nicht. Und ich fühle nicht.

Der Rückflug. Neben mir sitzt Johanna mit Sammy. Ich halte die Augen geschlossen. Mir graut vor der bedrohlichen Ruhe in meinem Inneren, weil ich weiß, dass sich dort gerade ein Schmerzensgewitter zusammenbraut, das mit nichts vergleichbar sein wird, was ich bisher erlebt habe.

Ich fühle mich wie jemand, der seinem Folterer dabei zusieht, wie er seine Instrumente für den Einsatz vorbereitet, die Schärfe des Skalpells überprüft, die Zangen der Größe nach sortiert. Die Schmerzen werden kommen, da kannst du dir ganz sicher sein, aber auf einen schnellen Tod brauchst du nicht zu hoffen.

«Taube, du musst mir nicht weismachen, du würdest schlafen», sagt Johanna nach ein paar Minuten Flug. «Was ist los mit dir? Du hast vier Tage Sonne und die erfolgreiche Wiederherstellung deiner Ehe hinter dir. Warum wirkst du dann, als sei dir der Antichrist erschienen?»

Ich zittere jetzt am ganzen Körper, und Johanna legt ihre Hand auf meinen Unterarm. Das sehe ich zwar, aber ich spüre es nicht. Bin ich schon tot? Schön wär's.

«Als wir in der Abflughalle gewartet haben, hat Marcus eine SMS bekommen. Ich habe sie heimlich gelesen.»

«Und?»

«Gutemine ist schwanger.»

«Ach du Scheiße!»

Und jetzt reißt mein Folterknecht mir den ersten Fingernagel raus. Die Realität hat mich wieder, und ich liege weinend und wimmernd in Johannas Armen.

Ich bin zu zerstört, um Marcus zu hassen. Hab nicht mal die Kraft, wütend zu sein. Bald ist nichts mehr von mir übrig. Ich kann nur daran denken, dass ich nie ein Kind bekommen werde. Dass ich deswegen meinen Mann verloren habe. Und dass er mit einer anderen all das haben wird, was ich so gern gehabt hätte.

Ich frage mich, ob die beiden in unserer Wohnung bleiben werden und wo das Kinderzimmer hinkommt. Der Raum neben dem Schlafzimmer bietet sich an, Wickeltisch statt Schreibtisch, Kinderbettchen statt Bücherregal. Die Fenster müssten abgedichtet werden, denn wenn der Wind auf dem Haus steht, zieht es. Eine Bordüre auf halber Höhe würde sich sehr gut machen, vielleicht mit bunten Zwergen, die lustige Zipfelmützen tragen.

Das alles hatte ich mir schon tausendmal ausgemalt, als ich noch dachte, dass die Hormonbehandlung bei mir irgendwann Erfolg haben würde.

Marcus, das wusste ich, wünscht sich einen Sohn. Ich hätte immer lieber ein Mädchen gehabt.

Das hätte doch mein Leben sein sollen. Mein Leben!

Ich fürchte, ich werde verrückt.

Vier Tage später bin ich eigentlich überrascht, dass ich noch lebe. Ich zersetze mich allmählich. Ich kann nicht schlafen und nicht essen, und trotzdem kotze ich dreimal am Tag.

Johanna ist außer sich vor Sorge. Obwohl sie in den Endproben für ihre Premiere steckt, hat sie mit Karsten und Leonie ein Schichtdienstsystem entwickelt, damit ich keine Minute alleine bin.

Jetzt jogge ich apathisch durch den Volkspark Friedrichshain. Karsten hatte darauf bestanden, dass ich endlich das Bett verlasse, einen halben Teller Müsli mit Obst esse und mit ihm laufen gehe.

«Wisst ihr eigentlich schon, was es wird?», frage ich.

«Wir waren gestern beim Ultraschall. Es sieht sehr danach aus, dass wir wieder einen Jungen bekommen.»

«Und, bist du jetzt enttäuscht?»

«Überhaupt nicht. Mit einem Sohn musst du nur auf einen Penis aufpassen, mit einer Tochter auf alle.»

«Glaubst du, man kann ohne Kinder glücklich sein?»

«Ja. Glück ist eine Frage der Begabung. Wenn du kein Talent zum Glücklichsein hast, helfen dir Kinder auch nichts. Ich trainiere jeden Tag Frauen, die von sich behaupten, glückliche Mütter zu sein. Wenn ich mir ihre Gesichter anschaue, sehe ich schlechte Laune und mühsam unterdrückte Wut. Ihre Mienen sagen: ‹Jetzt, wo ich Kinder habe, weiß ich, dass ich keine will.› Kinder können ein Nullsummenspiel sein. Das Glück, das sie dir geben, stehlen sie dir auch wieder. Du hast kaum noch Zeit für dich und deine Freunde, du vernachlässigst deinen Körper und deinen Mann und musst dir eingestehen, dass deine Kinder am angenehmsten sind, wenn sie schlafen oder neununddreißig Grad Fieber haben.»

«Glaubst du, dass ich ohne Kinder glücklich sein kann?»

«Ja. Du hast diese Begabung fürs Glück, aber du hast dich so in deinen Kinderwunsch verrannt, dass du blind geworden bist. Nimm die Schwulen: Sollen die ihr Leben von morgens bis abends als Tragödie beweinen, nur weil sie keine Kinder haben?»

«Aber ihr habt einen süßen Sohn, und du kannst mir nicht erzählen, dass dich das nicht glücklich macht.»

«Ich kann mir ein Leben ohne Joseph nicht mehr vorstellen, aber ich war auch ohne ihn glücklich.»

«Es ist ja nett, dass du mich aufrichten willst, aber für mich klingst du wie jemand, der einer Einbeinigen auf die Schulter klopft und sagt: ‹Wird schon wieder, Mädel!›»

«Ich trainiere eine Frau, die sich einmal hinten im Taxi nicht angeschnallt hat. Als der Fahrer eine rote Ampel übersah, verlor sie beide Beine. Diese Frau mit ihrer Lebensfreude und Zuversicht ist mein Sonnenschein. Außer Erdal macht mir kein Mensch so gute Laune. Entscheidend für dein Glück ist nicht, was dir passiert, sondern wie du damit umgehst.»

«Und genau das ist mein Problem: Was gerade passiert, ist mehr, als ich ertragen kann.»

«Dann ändere deine Perspektive. Marcus bekommt, was er sich immer gewünscht hat: ein solides Leben mit einer Durchschnittsfrau, die sich ums Kind kümmert und ihm den Rücken freihält. Und du bekommst, was du dir immer hättest wünschen sollen: einen aufregenden Beruf mit interessanten Begegnungen und ein Leben, in dem wieder alles möglich ist.»

«Ich soll glauben, dass alle Beteiligten gerade ein Happy End erleben?»

«Ganz genau.»

Ich bin Karsten wirklich dankbar für seine Aufmunterung, aber ehe ich ihm das sagen kann, wird mir schwindelig. Im Fallen denke ich noch an die Hundehaufen, die hier überall rumliegen. Dann verliere ich das Bewusstsein.

**«Der Charakter einer Frau
zeigt sich nicht, wenn die Liebe beginnt,
sondern wenn sie endet.»**

Rosa Luxemburg

Der Arzt schaut mich sehr ernst an und schweigt etwas zu lange.

Nein, das ist wirklich überhaupt kein gutes Zeichen.

Karsten hatte mich gestern nach meiner Ohnmacht sofort zu seinem Internisten Dr. Schröder gebracht und mich zu einem kompletten Check-up überredet. «Okay, dann machen Sie halt alle Tests, die Sie für richtig halten», hatte ich dem Arzt gesagt.

Nach den Untersuchungen hatte Dr. Schröder versucht, mich zu beruhigen: «Nach dem, was Sie mir über Ihre nervliche Verfassung erzählt haben, halte ich es für sehr wahrscheinlich, dass Ihre Ohnmacht auf Schlafentzug und unzureichende Nahrungsaufnahme zurückzuführen ist. Genaueres werden wir wissen, sobald die Blutwerte vorliegen. Morgen Vormittag bekommen Sie von uns Bescheid.»

Am nächsten Tag hatte die Sprechstundenhilfe gegen halb elf angerufen und mich mit belegter Stimme gebeten, möglichst umgehend in die Praxis zu kommen. Auf meine Frage, was denn los sei, hatte das Fräulein spitz erwidert: «Ich bin leider nicht befugt, Ihnen fernmündlich Auskünfte zu erteilen.»

Mir war sofort wieder ganz schummerig geworden, und ich hatte Johanna gebeten, mich in die Praxis zu begleiten.

Jetzt sitzen wir mit pochendem Puls vor Dr. Schröder und warten auf die Urteilsverkündung.

Der Doktor atmet tief durch und sagt: «Frau Hagedorn, es tut mir wirklich sehr, sehr leid.»

Ich sehe auf der Stelle meine eigene Beerdigung vor mir: Johanna singt mit brechender Stimme «Niemals geht man so ganz» von Trude Herr, Erdal schmeißt sich wehklagend über die Blumengebinde, Karsten rinnen große Tränen aus den Augen, und ganz hinten in der letzten Reihe steht totenbleich mit zitternden Lippen Marcus, der weiß, dass er nie wieder glücklich werden wird.

Eigentlich nicht die schlechteste Vorstellung.

«Meine vorläufige Diagnose von gestern war falsch», fährt Dr. Schröder fort. Und jetzt wird mir alles klar.

«Ich habe Aids», flüstere ich entsetzt.

Ich greife nach Johannas Hand. Kaum habe ich mal ungeschützten außerehelichen Geschlechtsverkehr, werde ich vom Schicksal tragisch gestraft.

«Nein, Frau Hagedorn», sagt Dr. Schröder. «Sie sind schwanger.»

Der Applaus nimmt kein Ende.

Die Zuschauer im ausverkauften Tigerpalast springen wie auf Kommando auf.

Einige rufen ganz altmodisch «Bravo!», andere pfeifen auf zwei Fingern oder trampeln mit den Füßen. Rote Rosen werden auf die Bühne geworfen.

Johanna trägt ein weißes Abendkleid aus Samt und lange, schwarze Handschuhe. Sie steht im Lichtkegel eines Scheinwerfers und verbeugt sich.

Sie wird keine Zugabe geben, das haben wir so besprochen.

Eine Diva gibt keine Zugabe, hängt nichts hintendran. Sie ist fertig, wenn sie fertig ist. Man kann sie zu nichts überreden. Sie geht, ohne sich noch einmal umzudrehen.

Wie ich, denke ich, und bin von mir selbst ganz ergriffen.

Ich habe mich entschieden. Ich werde für Johannas Regisseur arbeiten, und nächste Woche ziehe ich in meine neue Wohnung nach Berlin. Karsten wird meine Sachen aus Stade holen. Ich habe ihm genau beschrieben, wo er Marcus' Haarbürste finden wird.

Ist schon irre, dass man heutzutage bereits während der Schwangerschaft einen Vaterschaftstest machen kann. Eine winzige Haarwurzel des potenziellen Kandidaten reicht aus.

Von Marcus habe ich mich vorgestern getrennt. Mit einer SMS. Das fand ich angemessen.

Drei Stunden später hatte ich auf Facebook diese Unterhaltung gelesen:

«Schatz, ich habe gerade eine SMS von Vera bekommen. Hast du ihr von uns erzählt?»

«Warum fragst du?»

«Weil sie sich von mir getrennt hat. Per SMS! Da ist man fast neun Jahre verheiratet und dann so was. Total daneben, oder?»

«Hat sie Gründe genannt?»

«Wir hätten uns auseinandergelebt und würden nicht

mehr zusammenpassen. Nächste Woche kommt dieser Karsten, um ihre Sachen abzuholen.»

«Will sie die Hälfte von deinem Geld?»

«Nein. Komisch, sie verzichtet auf alles, was ihr zustehen würde.»

«Wie supi ist das denn! Deine Frau haut ohne Szene ab, und wir können uns dieses größere Haus leisten, von dem ich dir erzählt habe. Unser Kind wird einen riesigen Garten haben!»

«Aber warum trennt sie sich auf einmal so holterdiepolter von mir? Hast du ihr wirklich nichts von uns gesagt? Ich wäre nicht böse, du kannst mir also ruhig die Wahrheit sagen.»

«Kein Sterbenswörtchen habe ich ihr gesagt. Ich schwöre! Und jetzt sag auch du die Wahrheit: Wo warst du letztes Wochenende? Ich habe an die zwanzig Mal versucht, dich auf deinem Handy zu erreichen.»

«Das habe ich dir doch schon gesagt. Ich war auf einer Novitäten-Präsentation der Firma Dornbracht in Iserlohn. Der Akku meines Handys war leer, und ich hatte das Ladegerät vergessen. Ehrenwort!»

«Na guti. Wir sehen uns heute Abend. Ciao, Amore!»

Ich hatte einen langen Spaziergang gemacht, und es war schon dunkel gewesen, als ich Marcus' Computer in die Spree geworfen hatte.

Ciao, Bella.

Der Applaus dauert jetzt schon zehn Minuten.

Der Regisseur kommt auf die Bühne, sammelt die Rosen auf und überreicht sie Johanna.

«Sie war phantastisch», seufzt Erdal.

«Das Stück ist großartig geworden, Taube!», sagt Karsten und gibt mir einen Kuss auf die Stirn.

Doch plötzlich hebt Johanna ihre Arme in die Höhe. Die herunterfallenden Rosen breiten sich vor ihren Füßen aus wie ein roter Teppich.

Die Zuschauer sind totenstill.

Mein Herz beginnt zu rasen. Der Auftritt war doch perfekt. Was hat sie denn jetzt noch vor?

Johanna dreht dem Publikum eine Sekunde den Rücken zu – und dann lässt sie mit einer großen Geste eine weiße Taube in den Bühnenhimmel steigen. Das Orchester setzt mit voller Wucht ein, und Johanna singt nur eine einzige Zeile:

«Komm schon, komm schon, lass uns starten,
bevor das Leben verglüht!»

EPILOG

«Wenn du lächelst, lächelt auch dein Muttermund.»

«Schnauze!»

«Möchtest du vielleicht in die Gebärposition ‹alte Kuh› wechseln, die wir geübt haben?»

«Ich scheiß auf deine alte Kuh! Hol endlich das verdammte Ding raus! Das ist ja, als würde man einen Medizinball kacken!»

Die Hebamme schweigt befremdet. Ich klammere mich mit beiden Händen an Karstens Unterarme.

«Ist das der Kindsvater?», hatte der diensthabende Arzt gefragt.

«Nein, das ist mein Personal Trainer», hatte ich geantwortet.

Das war vor zwei Stunden gewesen, als wir im Krankenhaus angekommen waren und ich noch sprechen konnte.

Jetzt kann ich nur noch brüllen.

Johanna schaut alle paar Minuten nach Erdal, dem man wegen seines Schwächeanfalls ein Krankenbett im Flur zur Verfügung gestellt hat.

«Easy, Jungs, das ist bereits meine dritte Geburt», hatte er den Rettungssanitätern großkotzig verkündet, als wir im Krankenwagen zur Klinik fuhren.

«Hoffentlich wirst du diesmal nicht ohnmächtig», hatte Karsten gesagt. Johanna hatte nervös gefragt, ob sie hier rauchen dürfe, und Erdal hatte gekränkt geschwiegen, aber bereits in der Aufnahmestation nach einer Möglichkeit verlangt, seine Beine hochzulegen.

Ich muss sagen, es gibt angemessenere Orte, sein Fruchtwasser schwallartig zu verlieren, als das Restaurant «Grill Royal» in der Friedrichstraße in Berlin.

Ich war zwei Wochen vor dem errechneten Geburtstermin, und ich hatte die gegrillte Dorade mit Rosmarinkartoffeln noch nicht mal zur Hälfte gegessen, als es passierte.

Und dann lag ich da wie ein umgekipptes Walross, die Füße auf der Bank, den Kopf auf Karstens zusammengerolltem Sakko, mit freiem Blick auf meine geschwollenen, triefnassen Beine, meinen monströsen Bauch – und auf den Tisch von Bernd Eichinger, der die Kinopremiere seines Films «Blaue Wunder» feierte. Neben Eichinger saßen die beiden Hauptdarsteller Nora Tschirner und Henning Baum.

Ausgerechnet. Ich bemühte mich zwar um ein gewisses Maß an Restwürde und Attraktivität, jedoch vergebens, wie mir trotz meines aufgewühlten Zustandes völlig klar war.

Als ich zehn Minuten später auf einer Trage abtransportiert wurde, klatschte das gesamte Lokal Beifall. Bernd Eichinger rief «Gutes Gelingen!», Nora Tschirner hielt beide Daumen hoch, und Henning Baum nickte mir aufmunternd zu.

Im Krankenwagen nahm Erdal tröstend meine Hand und sagte: «Sei nicht geknickt, Liebchen, es war für Henning einfach nicht die passende Situation, dir seine Handynummer zuzustecken.»

Dann kam die erste Wehe, und das Thema war fürs Erste erledigt.

«Hier alles in Ordnung?»

Der Oberarzt steht in der Tür und schaut ziemlich desinteressiert. Hat vermutlich noch ein paar gebärende Privatpatientinnen hier herumliegen.

«Ja», sagt die Hebamme.

«Nein!», brülle ich.

«Jetzt pressen!», befiehlt die Hebamme. Sie könnte mit ihrer Art auch sehr erfolgreich ein Frauengefängnis leiten.

Minuten später liegt meine Tochter in meinen Armen.

«Sie ist einfach wunderschön», flüstert Johanna.

«Wem sieht sie ähnlich?», frage ich vorsichtig.

«Ihre Nase ähnelt der von Marathon-Michael», meint Karsten und wischt sich die Tränen aus dem Gesicht.

«Wenn ich mir ihre Augenpartie anschaue, tippe ich eher auf den hübschen Dermatologen», sagt Erdal. Er ist immer noch sehr blass. Eine Schwester hat ihn in einem Rollstuhl reingeschoben.

«Dass sie nicht von Marcus ist, sieht man sofort», meint Johanna. «Die Aktion mit der Haarbürste und dem Gentest hätten wir uns auch schenken können.»

Die Hebamme lässt irritiert einen blutverschmierten Latexhandschuh fallen.

«Wird in der Geburtsurkunde eigentlich ‹Vater unbekannt› stehen?», fragt Erdal.

«Richtig wäre: Vater egal», sage ich.

Ich bin so glücklich wie noch nie.

Und ich denke kurz an die Zeit, als ich noch Schinkengraubrot und Halbfettmargarine aß.

Und an den Augenblick, als das Telefon klingelte.

Um zehn nach acht.

An einem Dienstag im Februar.

Quellenverzeichnis

Wenn ich mir was wünschen dürfte – Marlene Dietrich S. 41
Komposition & Text: Friedrich Hollaender
Rolf Budde Musikverlag GmbH

Ich weiß nicht, zu wem ich gehöre – Marlene Dietrich S. 128
Komposition & Text: Friedrich Hollaender
Rolf Budde Musikverlag GmbH

Der Anfang vom Ende – Nena S. 130/131
Komposition & Text: Nena Kerner
Edition Hate Music
c/o EMI Songs Musikverlag GmbH & Co. KG

Keep me in your heart – Warren Zevon S. 140/141
Komposition & Text: Jorge A. Calderón, Warren William Zevon
Imagèm Music GmbH
und
Melodie der Welt
J. Michel GmbH & Co. KG

Wenn ich mein Leben noch einmal leben könnte S. 165
Quelle unbekannt

Am Tag, als Conny Kramer starb – Juliane Werding S. 222/223
Komposition: Jaime Robbie Robertson
Text: Hans-Ulrich Weigel
Neue Welt Musikverlag GmbH & Co. KG

Nehmt Abschied, Brüder S. 224
Text: Claus Ludwig Laue, 1946

Un-break my heart – Toni Braxton S. 149
Komposition & Text: Diane Eve Warren
Sony/ATV Music Publishing (Germany) GmbH

Auszug Beitrag Charlotte Roche aus S. 262
Thea Dorn: Die neue F-Klasse. Wie die Zukunft von Frauen gemacht wird
© Piper Verlag GmbH, München 2006

Quellenverzeichnis

Für mich soll's rote Rosen regnen S. 272
Komposition: Hans Hammerschmid
Text: Hildegard Knef
Musik-Edition Europaton
Peter Schaeffers

Ma hat ma Glück, ma hat ma Pech, Mahatma Gandhi – Bernd Stelter S. 281
Komposition & Text: Christoph Ebener / Uli Winters
Edition 97
c/o EMI Music Publishing
und
Roba Musikverlage GmbH
(Elbsilber Musikverlag
Andreas Jörg Holtz)

Dicke Mädschen haben schöne Namen – Höhner S. 282
Komposition & Text: Henning Krautmacher, Peter Werner-Jates,
Jan-Peter Fröhlich, Hannes Schöner
Vogelsang Musik GmbH

Superjeile Zick – Brings S. 283
Komposition & Text: Peter Brings, Stephan Brings
Vogelsang Musik GmbH

Ich hab 'ne Zwiebel auf'm Kopf, ich bin ein Döner – Tim Toupet S. 287
Komposition: Klaus Hanslbauer, Erich Öxler, Stefan Pössnicker
Text: Iris Sauer
Musikverlage Hans Gerig KG

Csárdás – Komm schon – Kitty Hoff S. 267 + S. 312
Komposition & Text: Kathrin Oberhoff
Edition Mote to you
c/o Arabella Musikverlag GmbH

676

3,50